テンセイゲーム

はじめアキラ

竹書房

REINCARNATION GAME

HAJIME AKIRA

テンセイゲーム

はじめアキラ

REINCARNATION GAME

HAJIME AKIRA

竹書房

目次

※本書は、小説投稿サイト〈エブリスタ〉にて開催されました「竹書房×エイベックス・ピクチャーズ コラボコンテスト」の最恐小説部門・竹書房賞の受賞作です。
物語はフィクションです。登場する人物・団体・名称は架空であり、実在のものとは関係ありません。

装画　一条
装幀　坂野公一（welle design）

テンセイゲーム

一・イツノマニカ

一緒にインターハイに行こう。今年こそ、佐渡高《さどこう》バスケ部を日本一にしよう。――友人達とそう誓いあったところまでは、覚えている。

『とにかく練習するしかねえな！』

自分、雪風《ゆきかぜ》アンリは確かに友人達にそう言った。平均的な体格であるせいかゴール下の競り合いにも向いていない。ちまちまと外側からシュートを入れるしかできないのにＳＦ《スモールフォワード》をやっているという不器用人間だったが、今年こそは苦手な内側での戦いもこなせるようになろうと考えていたところだった。

同時に、いつまでも脳みそ筋肉なプレイばかりもしていられない。元々はＰＧ《ポイントガード》になりたいと思っていたのに、落ち着いて周囲を見ることが下手だったせいで希望のポジションにつけず、他のポジションを希望していた別の仲間に任せることになってしまった経緯がある。実に情けない。数少ない、中学からの経験者だというのに、だ。

自分達のチームはまだまだ県大会を突破できるかできないかレベルというところで、ようは日本一など程遠いことはわかっている。全体的に未経験者や小柄な人間が多いのも事実。それでも、優勝という夢を諦めたくないメンバーが揃っているのは確かなこと。

ゆえに、春から猛特訓を重ねてきたのだ。夏休みになったら、合宿してひたすら練習しようと話をしたばかりのことだったはずだ。

『俺が、絶対お前らを優勝に導くからな！　キャプテンじゃないけど、気持ちはキャプテンで！』

『はははは、雪風は相変わらず熱血だな。お前の場合は、練習よりもその前にうっかりトラブル起こさないかどうかが心配だけど。駄目だぞ、暴力沙汰は。いくらいじめっ子を助けるためといっても』

『う、わ、わかってるってば。気を付けるよ、これからは！』

そう、学校の体育館にいたはずだ。

それで笑いながら友人に注意されて、今日はもう終わりにしようかという話になって。それで
——そのあとは、どうなったんだろうか。

着替えるために体育館を出て、ロッカーに入ったのは確か。だが、学校を出たかどうかがわからない。いつも通りなら友人数人と一緒に、駄弁《だべ》りつつ門の前で別れたと思うのだが。

——俺、どうなったんだ？　一体、何がどうしてどうなってるんだ？

わけがわからない。

今、アンリは奇妙な場所にいる。真っ白な、まったく見覚えのない部屋で。

＊＊＊

「あ、目が覚めたみたいですね」

アンリの傍らには一人の少年がちょこんと座っていた。女の子みたいなおかっぱの黒髪に、眼鏡をかけた少年。——とても整った顔立ちをしているが、多分〝少年〟なのだろう。声も高いし体格も華奢なので、いまいち確信は持てないが。

「え、えっと……？」

どうやら、自分はこの部屋の床に寝かされていたらしい。ほっぺを地面にくっつけていたせいなのか妙に冷たい。まだぐらぐらするこめかみを押さえて、アンリは少年の顔を見つめた。

一体誰だろう、この子は。多分小学生くらい、だとは思うのだが。

それにこの部屋は、どこなのか。

——な、なんだここ？

天井も、壁も、床も、何もかも真っ白な正方形の部屋だった。広さははっきりとしないが、八畳間程度だと思われる。なんとなく、自分の自宅の部屋と同じくらいの広さではないか？　という印象だからだ。

天井が少し高い。身長一七二センチのアンリが手を伸ばしてジャンプしても届かなさそうである——ジャンプ力にはそれなりに自信があるのだが。ただ、真っ白なペンキで綺麗に塗りこめられていることだけはわかった。天井には真っ白な傘を被った電灯が一つ取りつけられていて、窓もないこの部屋を明るく照らしているようだ。

壁のうちの一面には、トンカチのようなものと、斧のようなものが三つずつ吊られている。

それ以外にあるものと言えば、真ん中の白い円柱だろうか。テーブルのつもりなのかもしれない。円柱の上には何も置かれていなかったが、ただ赤い文字だけが彫り込まれているようだった。この距離と角度では、その文字の内容までは判別できないが。

そして特筆するべきは。アンリと少年以外に、あと三人人間がいるということだろう。

「ここ、何処？　本当になんもないんですけど？」

明るいセミロング。ウェーブした髪の、いかにもギャルっぽい女子高校生。女子高校生だ、とわかるのは彼女がアンリ同様（ここで、自分も学校ランを着ていることに気付いた）学校の制服姿だからだ。しかもあの深緑色のスカートにクリーム色のベストは見覚えがある。隣県の某女子高だ。通学の際、電車の中でよく見かけるので知っている。偏差値は――まあ、お察しな学校であったはずだが。

「真っ白ねえ。本当に、何もないってかんじ」

緊張感のない口調で告げたのは、髪の毛をおだんご状にまとめた少し背の高い女性だ。年は三十代後半くらい、だろうか。清楚な印象の美女である。壁をぺたぺた触りながら、この部屋の様子を確認しているようだ。

「…………」

そして、無言で壁に寄りかかっているのは、大柄で筋肉質な体格の男。ムキムキのシャツから覗く二の腕に、竜を象ったような入れ墨が見える。刈り上げた髪型といい、目つきの悪い顔立ちといい、ひょっとしたら本当にヤクザ系の人間なのかもしれない。

――な、なんだこの人達は？

共通点はゼロ。強いていうなら、女子高校生と自分は年が近そうだ、というくらいか。アンリの傍に座っている子供は小学生っぽいし、それ以外は年齢も性別もバラバラときている。

一体、この人達は誰だろう。此処はどこだろう。自分達は、なんでこんなよくわからない部屋に閉じ込められているのだろう。

「あの、皆さんは一体？　ここ、どこですか？　何でこんなところに……？」

「あら、起きたのねボウヤ。ううん、お姉さんたちも何がなんだかわからないのよー」

喋ったのは、おだんご頭の女性だ。

「私は普段通りにお買い物をしていたら、いつの間にかこんなところに閉じ込められちゃってて。直前の記憶がないから、何でこんなことになっているのかもさっぱりわからなくて。だから説明を求められてもねえ、正直とっても困っちゃうというか。貴方もそうなんじゃないのかしら？」

「は、はあ。確かに、記憶は吹っ飛んでますけど……」

「みんなここに閉じ込められたみたいです。誰かに拉致されてきたんだと思います」

女性の説明を補足したのは、小学生らしき男の子だ。

「この部屋から脱出しないと、僕らは全員死ぬみたいですよ。平たく言うと」

「は!?」

「とりあえず、あそこの円いテーブル？　みたいなところに文字が彫られているんで、読んだ方がいいと思います。ちょっと文字小さくて見づらいですけど、お兄さんなら老眼じゃないでしょ？」

「ろ、老眼じゃない、けど、と、とりあえず見る！　うん、見る！」

なんだろう。今のは皮肉なのかジョークなのか。大人しそうな顔をしておきながら、この子は結構毒舌家タイプなのかもしれない。隣で三十代らしき女性が微妙に少年を睨んでいるのが怖い。

ふらつきながらも立ち上がると、アンリは丸テーブル（？）の方へと歩いて行った。自分たちが此処に拉致された経緯や、拉致してきた組織。そういったことでも書かれている、ということなのだろうか。

「これは……」


おめでとうございます。ここにいるのは、勇者の資格を持つ者達です。

皆さんは、異世界に転生して、魔王を退治する勇者の候補として女神様に選ばれました。

ですが、女神様の魔力にも限界があります。

たくさんの人を一気に転生させるようなことはできません。

ですので、その中で特に勇者に相応しい、強い人を選ぶことに決めました。

これは、その転生を賭けた究極のゲーム、テンセイゲームなのです。

まずは皆さんに、この部屋から脱出していただきます。

タイムリミットは、皆さんが死ぬまで。

では、頑張ってみてください。

一見すると、時間制限は無いと言っているように見える。だが。

すぐにアンリは気づいた。この空間にはトイレもなければ水もない。ポケットにはハンカチとティッシュだけは入っていたがそれだけだ。スマホは没収されてしまっているようだし、鞄も何もない。つまり、このまま放置されれば餓死は免れられないということである。

勿論、それ以前にこの部屋には窓も換気扇もないのだ。密閉されているようにも見えるし、五人もの人間が閉じ込められていると鑑みれば、餓死以前に酸欠になって死ぬ可能性すらありうる。ようは、まったく油断ならない状況ということだ。

「だ、脱出するって、どうやって……」

「マジあり得ないし。それを、あたしらに考えろって言いたいみたいなんですけど！」

ぷんぷんと怒ったように、女子高校生は言った。頭回すのとか超苦手なんですけどー、と文句混じりで。

「この斧とかで、壁壊せってこと？　あたし非力だから無理ゲー。ねえ、あんたやってみてよ。男でしょ？」

「いやいやいやいや、男だからってなんでも力技でできると思わないで欲しいんですけど？」

「とりあえずやってみてよ、それからだし！　あ、それが終わったら、あたしの名前くらいは教えてあげる。つーか、みんなで自己紹介くらいはしておいた方がいいかも？　協力して脱出しないといけないっぽいしい」

あはははは、と彼女は甲高い声で笑う。まったく緊張感がない。というか、協力して脱出しないといけないと本当に思っているのなら、あんたも何かやってくれと思わなくもないのだが。

とはいえ、武器らしきものが用意されているのも意味はあるのだろう。アンリは渋々、壁にかかった斧の一つを手に取った。

壁が壊せないか試す。確かに、一考の余地はある。己も実際、頭脳プレイより、物理でなんとかする方が得意だ。

——うう、これなんかの夢かなあ。俺どっかで寝ちゃってんのかなあ。ほんと、まったく現実感がない……。

残念ながら、壁によりかかっているマッチョ男は動いてくれなかった。彼の方がこの手の荒事には向いていそうだというのに。

二・ヒトツメノゲーム

まさか〝壁を壊せ〟が正解だったなんて誰が思うだろう？　アンリはあっけにとられて、崩壊した壁の一つを見た。

「ま、マジか……」

「うえーい！　あたしの言った通りじゃん？　あたしてんさーい！」

「は、ははは……」

四枚ある壁のうち、武器がかかっていた壁の真正面の壁に斧を入れると、なんと音を立てて崩れ落ちたのである。どうやら、粘土のような素材でできていたらしい。強い衝撃を加えると簡単にひび割れるようになっていた、というわけだ。

その向こうには、白く短い廊下があり、その先に黒いドアが佇んでいる。どうやらこれが脱出口、というわけらしい。

ちなみに、他の壁は普通にコンクリートでできていたようで、いくら斧で殴ってもびくともしなかった。

「……なるほど」

あっけにとられるアンリの前で、てくてくと小学生の男の子がドアの方へ歩いていく。

「お、おい下手に近づいたら危ないぞ!?」

「大丈夫です。何も起こりません」

小さいのに、随分度胸のある少年だ。彼は突き当たりのドアを調べている。ノブを回したり、ぺたぺたと触ってみたり。そして。

「ドアを発見するまでが第一段階。このドアを開けるまでが、第二段階ということらしいですね」

くるり、と振り返る少年。円い眼鏡が反射してちょっと眩しい。

「このドア、鍵がかかっているようで開きません。そして、ドアは鋼鉄製。これを斧で壊すのは現実的ではないですね」

「あー、じゃあまたギミックを探さないといけない、と。そりゃそうだよな、脳筋プレイだけで解決できるほど甘くないよな」

「はい。そのギミックですが恐らく、これです」

彼は、廊下の左側の壁を指さした。ん？　とアンリもそちらに近づいていく。

良く見れば白い壁に一か所、窪みのようなものがあるではないか。それも、人の掌のような形をしている。まるで、粘土に手形をつけてそのまま固めたかのような。

ちなみに手形のサイズはやや大きめだが、かなり低い位置あった。この中で一番小柄な小学生の彼でも十分届く高さである。

「いかにも、ここ触ってくださいって感じ、だよな？」

「はい」

意外と落ち着いている。自分でもそう思っていた。直前の記憶がないわ、いきなり拉致されたわ、もっとパニックになってもいいところだと思うのだが。

ひょっとしたらそれは、この少年のおかげなのかもしれない。アンリにも弟がいる。丁度彼と同じ年くらいの弟だ。そのせいか、小さな子供の前で恥ずかしい真似はできない、という心理は少なからず働いている。

同時に、この子が誰より冷静なのがかなり助かっていた。おかげで自分も、良い方向へ引きずられている感がある。

「とりあえず、タッチしてみるか……ほいっとな」

手形は左手のカタチをしている。ので、アンリも左手を当ててみることにした。すると、がちゃり、と鍵が開くような音が鳴る。これはもしや、と思ってそちらを見れば、さっきまでびくともしなかったドアが開かれているのが見えた。一体どういう仕組みなのだろう。

「やっぱりそういうことですか」

彼がドアの向こうを確認して言う。あちらには、緑色のライトに照らされた細長い廊下が存在していた。

間違いない。この手形に手を当てると、ドアが開く仕組みになっていたようだ。アンリが手を離すと、重たい音を立ててドアが閉まっていく。問題は。

「このゲームの趣旨がわかりました。……思った通り、ただの脱出ゲームではないようですね」

淡々と。

むしろどこか冷淡にさえ聞こえる声で、少年は告げる。

「この主催者は、ここにいる五人に殺し合いをしてもらいたいようですよ」

＊＊＊

再び、五人は最初に目覚めた部屋で向かい合うことになった。

沈黙が、重い。アンリは頭痛を覚えて、残る四人を見回す。誰もが視線を逸らす中、唯一女子高校生だけがこちらを見返してきた。そして、渇いた笑い声を上げる。

「と、とりあえず……名前わかんないと不便だし、自己紹介でもしとく？　うんうん、それがいい感じ！　あ、あたし敷波摩子《しきなみまこ》です、よろしく！　花の高校三年生でっす！」

はいはいはいはい、と元気に手を挙げる彼女。そのたびにウェーブした明るい髪が揺れる。間違いなく空元気だが、少しだけ空気が和らいだのは事実だった。

「あら、この流れ、お姉さんも言った方がよさそう？　はい、私の名前は荒潮楓《あらしおかえで》よ、仲良くして頂戴ねえ。三十八歳主婦だけど、見た目より若く見えるでしょう？　うふふふ、ひそかに自慢なのよ」

「何を能天気な」

おっとりとした口調の彼女に、イライラとツッコミを入れるヤクザ風の男。まあ、彼の反応が普通だな、とアンリは思う。なんせ、ここの主催者側がこの五人に争いをさせようとしているのがはっきりとわかってしまったのだから。

とはいえ、この場での孤立は得策でないと考えたのか。あるいは見た目に反して律儀な性格なのか。大男は舌打ちをしながらも名乗ってくる。

「……能代舵《のしろかじ》。苗字が能代で、名前が舵。職業は想像に任せる」

「え、ヤクザでしょ？」

「そう思うなら簡単に口にしないことだ。俺が武器を持っていたら一発で終わってたな、お前」

「ふげっ」

空気が読めないのか危機感がないのか、あっさり口にした摩子を睨みつける舵。ひいい、と言いながら男子小学生の後ろに隠れる様は、ちょっと情けない。

まあ、そのお調子者っぽいところが、彼女の魅力なのかもしれないが。

「陽炎美月《かげろうみつき》。小学三年生」

最後に、ボブカットに眼鏡の綺麗な顔をした少年が名乗る。それで、と彼から視線を向けられて、はたと気づく。肝心の自分の自己紹介がまだだった。

「え、えっと……俺は高校二年生の、雪風アンリ、です。どうも、よろしく……」

「はあい、よろしくねえ」

「あ、年下なんだ。よっろしくう！」

「は、はは……」

おかしい。結構危機的状況であるはずなのに、楓と摩子のせいでいまいち緊迫感がない。どうしたものかと思っていると、楓があっさりと爆弾を投下してきたのだった。

「それで、みんなはこれからどうするつもりなのかしらね？　さっきのドアのギミックはとっても簡単でわかりやすいけれど、だからこそ答えが出てしまっているようなものだもの」

「！」

少し緩みかけた空気に、一気に緊張が走る。そう、いつまでもこの部屋でまったりしているわけにはいかない。此処には水もなければトイレもない。このまま放置されていたら全員餓死するのは免れられないところなのだから。

ここから脱出する方法は見つけた。問題は。

「あの手形に誰かがタッチしていないと、ドアが開かないのでしょう？　でも、あそこから手を離したらすぐ閉まってしまった、そうなのよね？」

「そ、そうですね。かなり重たいドアみたいだし、手で押さえてるのも無理っぽいかと」

「でも、あの手形のスイッチに触れている人間は、外に出ることができないわ。ということは……」

どこか楽しそうに、楓は全員の顔を見回して言った。

「この中で、誰か一人。此処に残ってスイッチを押す人間を決めなければいけない。脱出できないのは、一人だけ。その一人を、私達は今から決めなければいけない……殺し合いをしてでも。そういうことよね？」

言うまでもなく、わかりきっていたことではあった。しかしいざこうしてハッキリ言葉にされると、結構グサリと来るものがある。

当たり前だが、この部屋に一人残された人間は生き残ることができない。恐らく、餓死するまでこのまま放置されることだろう。犯人は、その一人を決めるために殺し合いをしろと言いたいようだ。全員が生き残りたいに決まっているのだから、話し合いで解決するはずがない。

だが。

「殺し合いなんて、なんでそんなことしなくちゃいけないんだよ……！　そんなの、犯人達の思惑通りじゃないですか！」

思わずアンリは叫んでいた。そう、このゲームのルール。犯人達（こんな大がかりなことをするのだから、恐らく複数犯のはずだ）がどうやって、どういう目的で自分達を拉致してきたのかはわからない。でも、ホラー漫画などでデスゲームというのはありがちで、大抵その狙いは決まっているものなのだ。

つまり、人の生死を賭けたゲームを見て楽しみたい、ということ。

転生ゲームだの、勇者を選ぶだのと意味不明なことが書いてあるが。そんなラノベみたいな話を信じている者は、恐らくこの中に一人もいないだろう。事実なのは、犯人一味が自分達が殺し合いをするように仕向けていること。人が死んでも構わないと思っていること、それだけだ。

「楓さんは悔しくないんですか？　そんな、わけわかんねー奴らの掌で踊らされるなんて！　殺し合いなんかしたら、そいつら喜ばせるだけでしょ？　俺は絶対反対だ！」

「勇ましくて、正義感が強いのね。お姉さん、貴方みたいなコは嫌いじゃないわ。でも」

困ったように、楓は肩をすくめる。

「何かに反対するのなら、ちゃんと代案を出さないと。綺麗事だけ言っていても説得力なんかないのよ？　あれは嫌だ、これは嫌だと叫ぶだけなら野次馬にもできることですもの。……私は、他に方法がないなら殺し合いでもなんでもするしかないと思っているわ。もちろん、私も死にたくはないし」

「そ、そんなっ」

「無論、殺し合いになる前に話し合いをしてもいいとは思っているわよ？　誰か一人、自分から死んでもいいって言ってくれる人がいるならそれが一番楽だし……もしくは全員で、ただ一人の生贄を話し合いで決めるというのもテよね。で、その一人を全員で叩きのめしてスイッチを押させる。みんな共犯。運命共同体ね」

「な、な……」

あっけにとられるしかない。この、普通の主婦にしか見えないこの人は一体何を言っているのだろう？　何故、そんな異常な話をさも楽し気に語ることができるのか。

己が殺されない自信がそんなにあるのだろうか。もしくは――本当に、この状況を面白がっているのか。

「や、やだ……！」

その時。緊張がピークに達したのだろう。さっきまでどうにか笑顔を作っていたはずの摩子が叫んでいた。

「やだ、やだやだやだやだやだやだああ！　あたし、死にたくない、死にたくないんだからっ！」

「ちょ、待って、摩子さんっ！」

彼女は壁に飛びついていた——そう、壁に吊られた斧とトンカチのところへ。そして、斧を一つ手に取ると、ぶんぶんと振り回して叫ぶ。

「死にたくないんだから！　あ、あたしを殺そうとしてみなさいよ、みんな、みんな返り討ちにしてやるんだからねっ!!」

三・マチガイサガシ

摩子の反応は、必然といえば必然だったのかもしれない。

この中で一人が犠牲にならなければいけないゲーム。実際に争うとなった時、最も不利になるのは弱い女子供に他ならない。彼女は小学生の美月に比べたら腕力もありそうだが、それでも次いで非力そうなのは事実。狙われるかもしれない、殺されるかもしれない――そう思ったら焦るのも無理ないことではある。

これが、ずっと一緒に過ごしてきた仲良しグループであるならば、もう少し議論の余地もあっただろう。

だが実際は、たった今であったばかりの赤の他人なのだ。生き残るために何をされるかわかったものではない。実際、ここにいる全員が頭の中をちらりと過ぎったはずだ。

誰か一人、犠牲になる人間を選べば――自分は助かるのだ、と。

「こ、ここここ、来ないで！　来たらこれでぶった切るんだからあ！」

彼女は半ばパニックになりながら斧を振り回す。

「どうせ、あんたら弱い人間探して、その一人を犠牲にするつもりなんでしょ？　あ、ああああ、あたしは嫌だから！　殺されたくなんかないんだから！　こ、殺されるくらいなら、や、ややや、やってやるんだからね!!」

なんともテンションの落差が激しい少女だ。アンリは困ってしまった。

確かに、五人の立場はフラットではない。何故なら年齢や性別による力の差はどうしても発生するからだ。

無論、女性という意味では自称主婦の楓も弱い立場であるのは間違いない。しかし彼女は摩子に比べれば体格で勝る上、どうにもさっきから妙な余裕をかもしている。

そう、この状況でニコニコしながら、平気で殺し合いを語ることができるのだ。その態度だけでも十分武器となっていることを彼女が理解しているなら、相当な傑物である。

彼女には何か、生き残るための奥の手があるのではないか。誰もがどこかで、同じことを思ったはず。あるいはポケットの中に武器でも隠し持っているのかもしれない。みんな、バッグの類は持っていないものの、ポケットの中に入っていたものすべてを取り上げられているわけではなさそうだ。アンリもハンカチとティッシュだけは残っているのだから。

「嬢ちゃん、よくわかってるじゃねえか」

そんな摩子を、軽蔑したように見る舵。

「他の出口がないなら、今は主催者側の言う通りにするしかねえ。犠牲になる一人を、話し合いか殺し合いで決めるしかねぇよなあ？　その場合、どういう人間が選ばれると思う？」

「こ、来ないでってば！」

「デスゲームってやつのお約束だ。大抵、ゲームは一回戦で終わりにゃならねえ。二回、三回と繰り返されると考えるのが妥当。ここにいるメンツが敵になるか味方になるかはわからないが……二回目三回目の事を考えるなら、役に立ちそうな人間を残したいと思うのが心理だろ。つまりここで切られるのは、役立たずな人間だ。一番非力で、戦力になりそうもねえガキ。もしくは……」

「パニックになって、すぐ足を引っ張りそうな人はいてもらっても困るわよねえ。敵になっても、味方になっても」

「ひ、ひい！」

楽し気に言葉を続けたのは楓だ。その言葉に、摩子は青ざめる。パニックになる人間——彼女を指しているのは明白だった。

「ぱ、パニックになんかなってないし！　あ、あ、あたしはじぶ、自分を守るために、ぶ、武器が必要だから、それで、そそそれでっ！」

今のやり取りで、舵と楓、二人の性格がおおよそ見えた気がする。いかにも強面ヤクザといった風貌の舵だが、実際はかなり冷静だ。というのもこの中で今一番身体能力も腕力も体格もあるのは明らかに彼だからである。武器をすぐ手に取れる位置にもいるし、なんならいくら摩子が斧を振り回してみたところで素手で制圧するくらいできそうなものだ。あの見た目で、格闘技の心得がないとも思えない。

なんなら彼が斧で全員を脅せば、それだけでもう誰一人文句など言えなくなってしまうはず。にも拘らず、現状彼は最低限しか言葉を発さず、露骨にみんなを脅迫するようなことは言わない。むしろさっきの言葉は、摩子を窘めようとしたようにも見える。

無闇と人を選んで殺すのは得策ではないと、分かっている様子だ。それに対して。

――敷波摩子の反応はごくごく当たり前のもの。……だが、彼女の混乱を助長したのは確実に荒潮楓の言葉だ。

彼女は要注意だ、とアンリは警戒を強めた。

楓は、わざと摩子がより恐慌状態になるように誘導している。彼女が醜態を晒せば晒すほど、己が生贄に選ばれる可能性が下がると言わんばかりに。

つまり言葉で、摩子こそが要らない人間だと思わせようとしているのが透けているのだ。一番年下の陽炎美月が、年不相応に冷静であるように見えるから余計に。

――どうすりゃいい？　下手なこと言っても、俺の言葉にどれだけ説得力があるんだ……？

なんとかこの流れを変えたい。このままでは、適当なタイミングで舵も摩子を見限るだろう。そうなったら、彼女が殺されてゲームが強制終了となってしまう。

そう、殺し合いなんて絶対するべきじゃない。こんなわけのわからない誘拐犯の思惑通りに踊ってやるなんてまっぴらごめんだ。

そもそも、アンリが考える通りなら――殺し合いにはそもそも意味が、ない。

――でも、反対するだけじゃ駄目だ。何か、全員で生き残るための代案を出さないと……！

この状況で、アンリが生贄にされることはまずない。男子高校生であり、恐らく舵の次に腕力も体力もあるバスケ小僧。身体能力面で、舵以外の三人全員に優位であるという自覚がある。

強者ゆえに、言葉の重みがないケースもある。こういう時、より説得力をもって皆に呼びかけられる人間は――。

「摩子さん」

す、と前に一歩出た人間がいた。この中で一番小さく、華奢で、誰よりも弱い人間であろう子供――陽炎美月だ。

「落ち着いてください。僕は子供で、丸腰です。あなたでも素手で制圧できる人間です。その上で、話を聞いてください」

「……っ」

パニック状態だった摩子も、さすがに小さな子供に手を出すのは躊躇われたのだろう。斧を握ったまま、それでもどうにか動きを止める。怯えるように少しだけ美月から距離を取りながら、なに？　と返事をする。

「ち、近づかないで。あ、あんたから殺すわよ……！」

「殺せるんですか」

「え」

「さっき、摩子さんは殺されるくらいなら殺す、みたいなことを言いました。でも、本当にできるんですか。あなたに、人を殺す勇気と度胸がありますか。……正当防衛になるとしても、仮に逮捕されないとしても。自分の罪は、自分が一番よく知っているものです。己を責める己の目から、逃れられる人間なんていません」

見ていたアンリはあっけに取られてしまった。とても、九歳程度の子供から発せられた台詞とは思えない。

　一歩、美月は摩子に近づく。そして震える彼女の顔を見上げて、強い口調で告げた。

「あなたが助かる一番簡単な方法は、僕を殺して生贄にすることです。この中で一番弱いのは僕ですし、子供の僕ならあなたにも殺せるでしょう。今、その斧を振り下ろせば簡単に僕は死にます。あなたにそれができますか。生き残りたいんですよね」

「う、あ……」

「できないなら、脅しには意味がないことになってしまいます。それどころか、よりあなたの評価を下げてしまうだけです。やれるか、やれないか、どっちなんですか」

　摩子の手は震えている。斧を再び振り上げる様子もない。――美月はわかっていてやっているのだ、と察した。摩子はただの、特別な訓練も何も受けていない女子高生だ。そんな人間に、人を殺すことなど簡単にできるものだろうか。

　もっとも、舵が武器を持って摩子に襲い掛かったというなら違ったのかもしれない。何故なら大義名分ができるからだ。自分より強い人間が武器を持って自分を殺しにきた――だから仕方なく反撃した。その結果殺してしまったならばそれは自分の責任ではない、といくらでも逃げることができるだろう。

　でも、今摩子の前にいるのは、摩子よりか弱い小さな子供である。しかも武器も持っていないし、殺そうともしていない。そんな人間に武器を振り下ろしたらもう、言い訳のしようがない。自分の意思で、己が生き残るためだけに、無抵抗の人間を殺した。例え運営の意図がそうであったとしても、その罪の重さに耐えられる人間は——そう多いものでは、ない。

ましてや、人を殺すどころか殴ったこともなさそうな女子高校生ならば尚更に。

「ひ、卑怯じゃん……！」

泣き出しそうに顔を歪めて、摩子は言う。

「ひ、ひ、卑怯だってば！　あ　たしだって、あたしだって本当は……本当はこんなことしたくないし！　子供殺して、へ、平気なわけないじゃん！　なんで、なんでそういう、うう、でも、だけどお……！」

彼女は斧を握ったまま、その場に蹲ってしまった。声を上げて泣きだす少女に、そっと美月はよりそって背中を撫でる。

なんだ、とアンリはどこかで安堵していた。彼女は、普通の人間だ。今はそれに心底ほっとしている自分がいる。普通の人間ばりに生き残りたくて、同時に罪を犯すのに抵抗があって。か弱い子供を傷つけたくないという理性も持ち合わせている。

そして美月。年不相応の、素晴らしい度胸の持ち主。いずれにせよこんなところで、死んでいい人間だとは思えない。

「……俺」

考えた末。アンリは口を開いた。

黙っていては解決しない。中途半端だけれど、まだ考えている最中ではあるけれど——とにかく自分が今、言うべきことを言ってみよう。

「俺、高校でバスケやってるんです。今、SF《スモールフォワード》ってポジションなんですけど、バスケ部員としてはあんまタッパないし体格もよくないから、ゴール下で競り合ったりとか全然できなくて。もっぱら、3ポイントばっかちまちま決めてる選手になってるっつーか。あんま、役に立ててないっつーか」

突然何の話をするんだ、という顔をする四人。自分でも脈絡がないのはわかっている。だが、言いたいのはバスケがどうということではなくて。

「……考えるの苦手だけど、本当は……PG《ポイントガード》ってポジションがやりたいんです。そっちの方が向いてると思って。PG《ポイントガード》なら、小柄でもできるし……みんなのために、作戦考える司令塔っていうか、みんなが戦うために考えるポジションがやりたいっつーか。そ、それは……バスケ以外でも同じというか」

何でこんな意味不明なゲームに巻き込まれているのかさっぱりわからなくて、どうすればいいかなんて答えも出せていない。でも、自分は。

「誰かのために考えることを諦めたくない。諦めない限り、可能性の道は繋がるって信じてるから。……テンセイゲームの運営とやらが、俺達を殺し合いさせたいってなら、俺は絶対抗ってみせる。そんなことしなくたって、みんなで生き残る方法があるって証明してやりたい……！」

「……アンリ君と言ったかしら。理想は立派だと思うけど、でも」

「理想論だけの話じゃないんだ、楓さん。よくよく考えたら、一人生贄を選んだところでこのゲームはクリアにならないんですよ」

「……なんですって？」

眉をひそめる楓。やっぱり気づいていなかったか。アンリは瓦礫を踏み越え、壁の手形の前に立つ。

「これ、このスイッチなんですけど、こう……」

言いながら、手形の前に手を翳してみせた。

「一番小さな美月くんなら、立って身を屈めるくらいの位置。俺や舵さんなら、立膝をするか座ってこう、手を当てる位置になりますよね。この姿勢なんですけど」

ぐるり、とみんなを見回して言う。

「意識がない人間や死体を、この姿勢で固定させる方法、あると思います？　この部屋、接着剤もロープもないのに」

「‼」

はっとしたように楓が、舵が、摩子が目を見開いた。どうやら美月だけは気づいていたようで、驚いている様子がない。

そう。確かにこのドアは、一人が手を当てていないと開かない仕組みとなっている。しかしそれは〝望んで一人の人間がここに残った場合〟の話なのだ。

この中で一人、話し合いか殺し合いで残る人間を決めたところで――その人間は、大人しくここに手を当てて残されるのを良しとするだろうか。死体ならば、崩れ落ちずに上手にここに手を当てていることができるだろうか。

答えはＮＯだ。

この体制で固定する方法がない以上、無理やり一人をここに残してもなんの意味もない。死体を固定できても、多少力を入れて窪みに押し込まなければいけないから尚更に。

「ミスリードだ。殺し合いをさせるための」

アンリははっきりと言い切った。

「脱出する方法は、他に必ず存在する……！」

四・コタエアワセ

　唯一の解答。この中の一人を犠牲にしてこの部屋を出ること――それが極めて難しいと知った瞬間。美月以外の全員の顔に、少なからず絶望の色が浮かんだ。

　特に、摩子は非常に分かりやすく顔を青ざめさせている。己が犠牲にされるかもしれないのは十分恐ろしいことだっただろうが、このまま他に脱出方法が見つからなければ結局同じこと。全員で死ぬか、一人だけ死ぬか、その違いだけなのだから。

　ただ。

「……考えたんですけど、一か所だけ心当たりがあって」

　一度は戻した斧を、アンリはもう一度手に取った。

「あの出口のドアって、この斧で壁を壊したら出現した……でしたよね。粘土みたいな素材で壁ができていたから壊せたっつー」

「ええそうね。それが？　他の壁も殴ってみたけど、壊せなかったじゃない。一か所を除いて全部コンクリートだったから。床も殴ってみたし、そもそも天井は手も届かないでしょう？」

「はい。でも、一つだけ試してないところがあるって気づいて」

　正方形の部屋の中央に歩いていくと、円柱の台座の前に立つ。

　アンリは念のためもう一度台座をまじまじと見た。テーブルのようになった上面に書かれた文字に、やっぱり変化はない。


おめでとうございます。ここにいるのは、勇者の資格を持つ者達です。

皆さんは、異世界に転生して、魔王を退治する勇者の候補として女神様に選ばれました。

ですが、女神様の魔力にも限界があります。

たくさんの人を一気に転生させるようなことはできません。

ですので、その中で特に勇者に相応しい、強い人を選ぶことに決めました。

これは、その転生を賭けた究極のゲーム、テンセイゲームなのです。

まずは皆さんに、この部屋から脱出していただきます。

タイムリミットは、皆さんが死ぬまで。

では、頑張ってみてください。


このメッセージの最大の意味はひょっとして、この文字を刻むためにこの台座がある、と思わせることだったのではないか。

そう、これが読めなくなるから、台座を壊そうという発想にならない――そのように人の思考を誘導するための。そうなら。

「ここはまだ……殴ってない！」

アンリは斧を振りかぶり、思い切り台座に振り下ろした。文字が刻んだ上面は、固い感触だった。では側面は？

「！」

がっ、と音を立てて斧が食い込んだ。やはり、コンクリートではない。固めた粘土らしきもので作られている。

「やっぱりそうだ！　皆さん、ここ、壊すの手伝っていただけますか⁉」

「……わかった」

「お、おっけ……！」

舵と摩子が、それぞれ斧を持って駆け寄ってくる。それを見守る楓と美月。三人がかりで斧を振り下ろし続けると、粘土の壁はドンドン崩れてくる。

やはりそうだ。この台座は、真ん中に柱が立っている形の——元はテーブルだったのだ。だから上面は固い。でも側面は同じ材質に見せかけた粘土だから、強い衝撃を加えればボロボロと崩れていくのである。

一度、二度、三度、四度。繰り返し繰り返し殴り、側面を崩すと——あっという間に円柱状の物体が崩れて、本来のテーブルが露わになったのだった。

アンリの見立て通りならば、この下に何か重要なものがあるはず。例えば、別の出口に繋がるハシゴだとか。

しかし。

「……な、なんもない？」

摩子があっけにとられたように声を上げた。

そう。頑張って三人がかりで円柱の側面を崩したのに、その空洞には普通の床があるだけだったのである。テーブルの根本に、まだ柔らかい粘土の塊らしきものがあるがそれだけだ。別の出口もなければ、もっと重要で使えそうな道具があるわけでもなく。

「……うーん、アテは外れたみたいねえ？」

さほど残念そうでもなく、楓が告げた。

「やっぱり、なんらかの方法で一人を選ぶしかないんじゃなくて？　それで、その人物をあの場所に固定するやり方を考える方が建設的だと思うんだけど」

「貴女は、そんなに殺し合いがしたいんスか……!?」

「そういうわけじゃないわ。ただ、私は現実的な方法を提案しているだけよ？　何か問題でも？」

やっぱり、彼女はどこかおかしい。アンリは楓を睨みつける。

このまま退くのはあまりにも悔しかった。何か、何かないのか。そもそもこのテーブルの側面が壊せるようになっていたのだって意味はあるはず。それに、やっぱり一人を殺して死体をあの位置に固定するのが極めて難しいのは間違いないのだ。

まだ何か、見落としているのだろうか。全員で脱出する方法は本当にないのか――。

「……惜しいですね」

唐突に、鈴が鳴るような声がした。美月が相変わらずの無表情で近づいてくると、テーブルの下を覗き込む。そしてその小さな手には重たそうな粘土の塊を、テーブルの下から引っ張り出したのだった。

「ここが壊せるようになっているのに、意味がないはずがない。……この粘土が使えると思いませんか」

「それってどういう」

「こういうことですよ」

美月は粘土をこねて少し柔らかくすると、壊れた壁から廊下に出た。そして、掌の窪みに、粘土の塊を押し付けて固めていく。

――そ、そうか！　その発想があった……！

美月が窪みに粘土を押し込んでいき、スイッチ周辺を固めてしまうのとほぼ同時。ドアの鍵が、がちゃり、と再び音を立てた。ドアが再び開かれていく。美月が離れても閉まる気配はない。

これで、全員この空間から脱出することができる。

「や、やった……」

安堵したように、摩子がその場にずるずると座り込む。

「やった、やったよう……！　よ、良かった。これで、これで生き残れる……あ、あたし、あたし……うわあああああああああああああああん！」

「うるせえな、泣くんじゃねえよ。さっさと立て馬鹿女」

「ば、ばかって、言う方がばか、なんだからぁ……！」

呆れたように摩子の腕を引っ張る舵。腕を引っ張られながら、鼻水を啜っている摩子。

ほっとしたのはアンリも同じだ。せっかくここまで見つけたのに、最後の最後で鍵を見落とすところだった。すべては、美月のおかげだ。

「み、美月くん！　ありがとう、気づいてくれて‼」

アンリが駆け寄ってお礼を言うと、美月は少し照れたように視線を逸らして、「いえ」と呟いた。

「……勿体ないですよ、貴方は。詰めが甘いって言われません？　脳みそ筋肉ですか」

「みんなによく言われる！　いやわかってんだけどな、PG《ポイントガード》目指してるのに脳筋じゃダメだってことは。もうちょっと頑張らないとな！」

「まったくです」

「でも君と一緒ならなんとかなりそうだ。本当の本当に、人が死ななくて良かった！」

人を殺さなくて良かった、ではなく。死ななくて良かった、という言葉の方が自然に出て来た。美月もそれに気づいたのだろう、困惑したようにこちらを見て言うのである。

「……自分が死ななかったことや、人殺しにならなかったことではなく。ここにいる誰も死ななかったことの方が、貴方にとっては喜ばしいんですか？　全員、出会ったばかりの赤の他人なのに」

言いたいことはわからないではなかった。実際主催側は、デスゲームを期待していたに違いない。殺し合いに意味はなく、他に解決策がある――自分達がそう気づかなければ、ここにいるうちの一人は確実に死んでいただろう。

でも。

「……赤の他人だろうと、人が死ぬのを見るのは嫌だし、悲しいじゃんか。そこをさ、間違えちゃいけないと俺は思うんだよ。……戦争だからとか、殺し合いだからとか、仕方ないとか。そう言い訳して、そういう気持ちを麻痺させちゃったら……それは人として、大事なことを失ってるんじゃないかって俺は思うから。つーかそれはもう、俺が俺じゃない気がするからさ」

正義の味方になんて、なれるとは思っていない。だって正義なんて人によってころころ変わるもので、絶対の正義なんてどこにもありはしないのだから。

でもせめて。自分自身の正義だけは、偽らないでいたいのである。きっとそれを人は『信念』と呼ぶのだろうから。

「……お人よしですね」

呆れたように息を吐く美月。あはは、と笑いながらアンリは彼の頭を撫でた。正直、自分でもそうだろうなあとは思っている。己のようなタイプは、そうそう長生きできるものでもあるまい。それこそ、場合によっては誰かが死ぬことで妥協しなければいけない場面もきっとあるのだろうから。

それでも。誘拐されてきて、赤の他人と恐ろしいゲームを強要されている今であってもなお、自分を捨てたくないというのは我儘なことなのだろうか。

否。本当は誰であってもそうでありたいはずだ。きっと、目の前の子の少年においても。

「行くか。みんなで」

「……はい」

アンリが手を出すと、美月は観念したように手を繋いでくれた。まだ子供だが、非常に冷静だし頭も切れる。彼と一緒なら、よくわからないゲームもクリアできるかもしれない。できればこれで終わりがいいけれど。

「あらあら。……残念ねえ」

二人は歩きだした。

部屋を出る直前に響いた、楓の声に聞こえなかったフリをしながら。

五・キュウケイジョ

五人で廊下を進んでいくと、暫くして〈休憩所〉と書かれたドアに到達した。デスゲームっぽいことをさせているくせに、そんな親切なものを用意してくれるのだろうか。不審に思いながらもドアを開けると、そこにはまるで一般家庭のリビングのような空間が広がっているではないか。

「……むしろここまでくると違和感が」

「確かに」

アンリの呟きに、美月が頷く。

大きな薄型ワイドテレビがあり、その前に低い硝子のテーブル、黒い革張りソファーがある。さらにもう一つ、楕円形の茶色い木製テーブルには、ご丁寧に椅子が五つ。全員座って休んでいいですよ、と言わんばかり。テーブルの中央にはインテリアのつもりか、硝子の花瓶に黄色い花が活けてあった。植物には疎いので、果たしてそれが何の花なのかまでは判別がつかなかったが（アンリからすれば、マーガレットっぽい花？　くらいの印象でしかない）。

奥には部屋が三つ。手洗いができそうな洗面所と、赤と青のトイレマークの個室。洗面所の隣には、大きな冷蔵庫のようなものまであった。目に入った途端、アンリたちを押しのけて摩子が室内に飛び込んだ。

「とととととと、トイレ！　トイレあるうううう！　は、入る！　先入らせてもらいまっす！」

「あ、ちょっと！」

危険かもしれないから様子を見てから、と言おうとしたが。どうやらよっぽど切羽つまっていたらしい。ものすごい勢いで摩子が女子トイレに飛び込んでいく。まあ、トイレはいずれ直面する問題だったし、全員ここで済ませておいた方がいいのは間違いない。

「休憩所、ねえ」

そして楓も、特に気にする様子なくどっかりソファーに座ってしまう。

「次の指示は、そこのテレビにでも表示されるのかしらね？　それまで自由に休んでいていいってことかしら。なんとも親切な誘拐犯さんですこと。それまでお喋りでもしてみる？」

「お喋り……」

正直、そんな気分にはなれない。特に楓にはかなり不信感が募っている。

でも。

「……ちょっと探索してからでよければ」

ここで、ゲームが終わりだなんて思えない。デスゲームというものは大抵、二回戦、三回戦と進んでいくものなのだから。

そもそもこんな大掛かりな仕掛けを作り、部屋を用意した時点で向こうも相当本気である。コストに見合うリターンが欲しいのは間違いない。

「俺も、あなたたちのことは知りたいんで」

この五人で再び争うように仕向けられるのか、それとも協力しろと言われるのか。

どっちにしろ、彼女らのことをよく知っておいた方がいいのは事実だろう。

＊＊＊

冷蔵庫の中には、サンドイッチが人数分と飲み物が入ったペットボトルがあった。どちらも未開封のように見えたこと、ゲームでもゲームでないにしても食べないなんて選択肢はないこと——などから一人一つずつ配ることにする。サンドイッチはオーソドックスなハムチーズだった。意外にも、摩子はきちんと手洗いうがいをしてから手をつけている。

「摩子さんとやら、育ちが良さそうだよな。意外だけど」

思わずぼやくと、摩子はむっとしたようにこちらを見て言った。

「ちょっと、それどういう意味だし!?　あたし、そんなにチャラく見える？　あと、多分あたしの方が年上なんだし。先輩扱いしてほしーんですけどお!?」

「あー、はい、スンマセン。これでいいっすかー？」

「……冗談だし。そんな嫌そうな顔しないでよね」

摩子は気まずそうに視線を泳がせる。そして一番トイレに近い椅子に座ると、その、あの、と歯切れ悪そうに告げた。

「その、アンリくん、だっけ。それと美月くんも。……さっきは、ありがと。助けてくれて。それと、マジでいろいろ、ごめん」

「あ、ああ、うん。……でもあんたのためっていうか、みんなで生き残るためだし、気にしなくていいよ。美月は凄いと思うけど」

その美月少年は今、手洗い場に行っている。こちらの会話が聞こえているかわからない。ちらり、と彼の方に視線を向けると、摩子は苦々しく呟いたのだった。

「それでもいいんだよ。ていうか……それがすごいっていうか。あたし、自分が生き残らなきゃってことしか考えられなくて、正直冷静じゃなかった。他の人も生き残るとか、そういうことをさ。この状況で考えられるんだから、あんたはふつーに凄いなって思って。だって、あたし達赤の他人だよ？　なんで助けようって思えるわけ？」

「そりゃ目の前で人死ぬの嫌だし。そんなの見たら一生トラウマになるじゃん」

「一生トラウマになったとしても、それはつまり自分が生き残ることができる前提でしょ？　まず己の命ありき。そう考えるのが普通だと思う。実際……あたしも、そうだったし。人を殺す度胸があったわけじゃないけど、それでも……生き残るためなら一人二人殺すのもやむなしなのかなって、心のどこかで思ってた。わかってる、サイテーでしょ。でもあたしみたいに思う人は少なくないんじゃないかなって思う。あんた達みたいなのがいなかったら、自分をみっともないと思うこともなかったかも、だし……」

後ろに行くにつれ、声が小さくなっていく摩子。醜態を晒した自覚はあるらしい。同時に、罪の意識も。

罪悪感があるだけ、この人は普通の人間だ、とアンリは思う。そして、普通の人間だからこそ迷ったり戸惑ったり、己の身を護るために攻撃的になってしまうのは自然なことだと。

「そりゃ、俺だって死にたくないけど」

なんて説明すればいいのやら。頭を掻きながら、アンリは告げるのだ。

「でも、死ぬことより怖いこともあるだろ。……死んだように、死ねば良かったかもしれないなんて思いながら生きる方が、俺はずっと地獄だと思ってて」

「どういうこと？」

「俺の友達に、自殺しちゃった奴がいるから。中学の時に」

「！」

凍り付いた摩子の表情に、しまった、とアンリは思った。出会ったばかりの人間にするような話ではなかったと。

いつの間にか戻ってきていた美月が、ちょこんと摩子の隣の席に座る。そしてじっとこちらを見上げた。その先を聞かせろ、と言わんばかりに。

「……中学二年の時さ。隣のクラスでいじめがあったみたいなんだ。隣つっても階が違ってたし、俺は全然気づいてなかったんだけど。その隣のクラスに、一年生の時仲の良かった友達がいて。俺は、そいつが悩んでることに全然気づかなくて、さ」

あまり重たくならないように。そう心がけつつ、話を続ける。言い出してしまったのだから、ここでやめるわけにもいかないだろう。

「三年になって、クラス替えしてからさ。もう一度ソイツと同じクラスになって……それで、二年の時のこと初めて聞いたんだ。だって、一年の時あんな明るい性格だったソイツが、三年になったらもういっつもどんより重たい雲背負ってるみたいな、暗いキャラになっちゃってたもんだから。……そこで初めて知ったよ。二年の時、最初に虐められてたのがソイツだったってこと。……ソイツを助けたせいで、標的がソイツの友達に移ったってことも」

「……その友達、どうなったの？」

「虐められて、度胸試しみたいなのやらされて、大怪我して入院した。……ソイツは、自分を助けてくれたその友達を助けられなかったってずっと後悔してたんだ。もう一度自分がいじめられるのが嫌で、庇うことができなかったって。自分は助けてもらったのに、って。それで……最後は自分で……」

それで鬱のような状態になってしまった彼は。もう虐められていないのに、大怪我をした友人も助かったのに——後悔から逃れるため最悪の選択をしてしまった。駅のホームで、電車に飛び込んでしまったのだ。遺体は無惨なものだったようで、葬式の時でさえ顔を見せて貰うことはできなかった。

彼を助けられなかったことを、アンリも悔やんだ。同時に、己の信念を通せないまま生きることがどれほど苦しいことなのか思い知ったのである。いじめから解放されたソイツは、結果として危険な度胸試しに参加せずにすんだ。庇ってくれた友人のおかげで命を救われたと言ってもいいかもしれない。

でも、命が救われても、心が救われないならば――果たしてそれは、生きているなんて言えるのだろうか。

彼は自分を、生きていると定義できたのだろうか。

罪悪感に蓋をして、ただ生き続けること。それが死ぬことより遥かに恐ろしく、耐えがたかったからこそ、彼は自らの人生に幕を下ろしてしまったのではないか。

「……俺は、あいつを助けられなかった。その後悔を忘れたくないし……未来に生かさなきゃいけない。腐って、どろどろに濁って、自分が自分かどうかもわかなくなって地獄を這いずって生きる……そんな人生は嫌だ。どれほど袋小路に見えても、考えて考えて考えて、ちゃんと出口を探し続けるような。そんな己の信念を通せるような、そんな生き方がしたい。……まあ、そんなエラそうなことが言えるほど頭いいわけじゃないんだけどさ」

アンリの話を、摩子と美月は黙って聞いていた。やがて摩子は、そっか、と頷く。

「……すごいじゃん。あたしより年下なのにさ、人生ってのをちゃんと考えてるんだね」

「人生つーかまあ、……そこまで大袈裟なもんじゃないけどな。要約すると、後悔しないように考え続けたいってだけだし」

「そっか、そっか。……うん。あたしも、反省した。生きたいならむしろ、考えることをやめちゃダメなんだね。頭悪いとか、バカだとか、そういって逃げるなんて簡単だし。でもそんな風に逃げてばっかの人間じゃ、欲しいものなんて手に入らない。周りだって、そんなやつ助けたくない、だろうし」

あたしにもできることあるかなあ、と。彼女はそう呟いて、黙った。それが一番尋ねたかったことなのだろう。

無論、明確な答えが返ってくるとは思っていないはずだ。最終的に、やらなければいけないことは自分で探して、そして決めなければならないのだから。

「完璧に強い人間なんかいないさ。何でもできる人間なんてものも、きっといない」

アンリは自分なりの結論を話す。

「それでも、自分が弱いって知ることはできるし……間違いを正していくことはできるって、俺はそう思うよ」

「うん。……そだね」

そんな自分達を、美月は黙って見つめていたのだった。

ひょっとしたら彼も彼なりに、思うところがあったのかもしれない。実際の年齢に対して、あまりにも達観しすぎている彼。そうなるに至った経験や理由が美月にもあるのだろうか。

彼から話してくれるまで、無理に尋ねようとは思わなかったけれど。

六・ハナシヲキク

「あの」

彼に話しかけるのは、少々勇気がいる。いかんせん、自分よりずっと大柄で筋肉質で、何よりいかにもな入れ墨が腕に入っているのだから。

でも。

「ちょっと、話しませんか」

「……なんだ」

それでもアンリが彼、能代舵に声をかけた理由はただ一つ。彼のこともう少し知っておくべきだと考えたからに他ならない。

さっきまでのやり取りで多少は透けたものの、いかんせん舵は他の三人と比べても寡黙なのである。パーソナリティについて、何一つ明かしていない。年齢さえも教えてくれていない。外見からして、一応二十代後半、多分楓よりは年下だろうと思うのだが。

「能代舵さん、ですよね。俺、貴方のことも知っておくべきだなあって思って。その、俺みたいな高校生のガキと話すのは嫌かもしれないけど……脱出するまでは、仲間みたいなもんだし」

「仲間、な」

アンリはそう言うと、舵はわかりやすく嘲るような笑みを浮かべた。

「その仲間と、ついさっき殺し合いになりかけたばっかりだが？　次の試練もそうなるかもしれねえぜ。どうやら、俺らを拉致した人間は、俺らが醜く殺し合いをするのがお好みだったようだからな。次は、救済処置なんざ用意してねーかもしれねえ。本当に殺し合いになったら、そんな意識はむしろ足を引っ張るだけだと思うが」

「でも、次は協力プレイかもしれないでしょ。それに、敵になるならなるで、他のメンバーのこと知っておきたいって能代さんは思わないんスか？」

「別に。俺は俺のやるべきことをやるだけだからな。……それと、苗字で呼ばれるのは苦手だから下の名前でサン付けしろ。いいな」

「は、はい……舵、さん」

なんだかんだ、他の三人は下の名前で呼んでしまっているとはいえ。どうにも、この明らかに威圧的な男性を下の名前で呼ぶのは抵抗がある。本人がそうしてほしいと言う手前、従うしかないのが。

――……なんていうか、自分の手の内を明かしたくなさそうなんだよな、この人。

他の三人は、ソファーか椅子に座って休んでいるのに、この人は離れたところで壁によりかかって周りを観察している印象。距離を取っている、警戒している、そんなかんじだ。まあさっきの様子を見ていたら、警戒したくなるのも無理はなさそうだが。

多分、普通にいろいろ尋ねたところで大した答えは返ってこない。

特に自分の仕事とか年齢とか、個人的なことは何一つ話してくれないような気がしている。だったら。

「……話したくないことを、無理に訊くつもりはないッス。じゃあ、俺がいろいろ話すので、それに対して舵さんは自分の意見とか、ツッコミをください。あと……嫌だったら言ってください」

舵は何も言わない。それを了承と受け取り、アンリは息を一つ吐いた。怒らせたくはない、が。そうなったらわりと冗談抜きで逃げなければいけないな、なんてことを思いつつ。

「俺。舵さんは、ヤクザさんか何かなのかなーって思ってたです。だって入れ墨だし。怖そうだし。俺、本物のヤクザさんなんか見たことないから……その、入れ墨入っているだけでなんかそういうイメージになっちゃう、というか。気を悪くされたら申し訳ないんですけど」

「そうか、それで？」

「でも、実際ヤクザさんかどうかってあんま関係ないなって思いました。仮にそうだとしても貴方は……見た目ほど怖い人でもなければ、悪い人でもなさそうだなって」

「ほう？」

その根拠は？　と彼の目が言っている。同時に少し話に興味を持って貰えた様子だ。まあ、勝手に舵の性格分析をしているわけだし、興味がなかったらそれはそれとして心配になるわけだけど。

「貴方は……俺が、『犠牲者を一人選んでも意味はない』って話をした時、ちょっと驚いてた印象でした。多分貴方の中での答えは、この中の一人を選んでスイッチを押し続けてもらい、残る四人が脱出するしかない……になってたんだと思います。反応からして、楓さんと摩子さんもそう思ってたっぽいなって。で、仮にその一人を決めるとなった場合は話し合いで生贄を決めるなんてできっこない。殺し合いになった可能性が高い。そうなったら……この五人の中で一番強いのは、舵さんだったはずです」

彼が格闘技経験者だ、なんて確証はない。ただ、ついている筋肉の量からして、何の経験もないということはなさそうだという予想を立てているだけだ。

そして彼が、仮に何の経験者でなかったとしても。残るメンバーは男子高校生一人、女子高校生一人、主婦一人、男子小学生一人。彼が適当な人間を捕まえて殺してしまえば、話はあっという間に終わっていただろう。

ましてや、斧などの武器が運営側に用意されていたのだから尚更に。

「内心殺し合いしかないと思っていたのに、すぐには行動に移さなかった。あなたが有無を言わさず、摩子さんなり俺なりを殺していればそれで話は終わりだったはずなのにそうしなかった。考えられる理由は二つ。あなたが人を殺すことに躊躇いがあったか……それ以外の答えをまだ探している最中だったたか。もちろん、その両方ってこともありますけど」

何も考えずに暴力を振り回す人間ならば、パニクった摩子にあんな冷静な物言いはしない。

摩子は気づいていなかったかもしれないが、あの発言は実質彼女を助けていたようなものだ。パニックになった人間ほど脆く、御しやすいものはないのだから。

『他の出口がないなら、今は主催者側の言う通りにするしかねえ。犠牲になる一人を、話し合いか殺し合いで決めるしかねぇよなあ？　その場合、どういう人間が選ばれると思う？』

　このままではお前が選ばれてしまうから落ち着け。

　アンリには、この男が摩子にそう言っていたようにしか聞こえなかったのである。そのあと楓が余計な茶々を入れて台無しにしてしまってたが。

「以上の流れから、俺は貴方が周囲を冷静に見る観察力があり、暴力を振り回して人に迷惑をかけるタイプの人間ではなく……思い遣りもある人間だと判断しました。もし今本当にヤクザさんだとしても、それは訳があってのことだろうなって。あ、あと」

「あと？」

「ゲーム始まって一時間以上過ぎてますけど、落ち着いてるし、臭くないし。煙草吸わない人だから、ヤクザっぽくないなって。あ、あれ？　ひょっとして、最近はヤクザな人も煙草吸わないのかな。煙草値上がりして高くなったーってケンちゃんとこのオヤジさんがボヤいてたし……」

「ぶっ」

　思ったことをそのまま口にしただけだったのだが、どうやらそれがツボったらしい。アンリの言葉に、ついに舵が噴き出していた。

「ぶ、ふふふ、ははははははは！　はははははははははははははははははははははははははは！ははははははははははははははははは！」

「ちょ、ちょっと！何がおかしいんスか！　な、なんか変なこと言いましたか俺!?」

「い、いや、ぷくくく……ははははははは！　だってなあ？　ははははははははは！」

何なのだ、一体。摩子たちも、突然肩を震わせて大爆笑を始めた舵をあっけに取られて見ている。クールで気難しそうな、ヤクザっぽい男。そのイメージが一瞬にして崩れたのだから当然かもしれないが。

「……ふふふふふ、ああ、おかしい。ふん、お前、おもしれえ奴だなあ。えーっと雪風アンリつったか？　高校生なんだっけ？　最近のガキは、妙に肝が据わってんだな、おい。いや、一応褒めてんだぜ？　ぷくくくくくく」

アンリとしては、はあ？　としか言いようがない。ヤクザのイメージは煙草を吸うことだ、と言ったのがそんなにおかしかったのだろうか。

確かに、正直なところ〝煙草を吸わない人間は上品だ〟みたいなイメージがあるのは確か。吸う人間が無教養だと言っているわけでは断じてないが、煙草というのはどうしても依存症もあるし、病気のリスクもさながら精神面、金銭面でもリスクが多い。そういうことを冷静に考えられるような若い人は手を出しにくいだろうなとは思っていて、それがなんともヤクザな人間と結びつかなかったのは事実だけれど。

「……まあ、いい。うん、そうだな。俺は煙草は吸わねえ。確かにこの場所には煙草もライターも喫煙所もなさそうだ。俺が依存症だったら、さぞかしキツい思いをしただろうな。そろそろイライラし始めていてもおかしくねえ。……体から臭いもしなけりゃ、灰皿探してる印象もないとくりゃ煙草吸わないのは透けるか」

「そ、そうですね」

「俺もな。極道の人間は吸うイメージがあったし、それだけで相手を遠ざける効果はあるだろうなと思ってたんだよ。けど、昨今の事情を鑑みるに、煙草を始めちまうと金銭面のデメリットが馬鹿にならねえ。安月給で煙草に手を出したらもう破滅まっしぐらってな。親父や兄貴達には吸ってた方が様になるし、吸ってる人間のコミュニケーションに参加できないのはどうなんだと言われたこともあったが……それでも断固としてこれだけは拒否させてもらってきたんだ。なんかこう、それを思い出してな」

なんとなく、アンリはピンときた。彼はひょっとして、わざと威圧的でヤクザな怖い人を演じていたのではないか、と。そうやって人と距離を取ることを武器にしてきた人間なのではないかと。なるほど、煙草を吸っている人間はそれだけで近寄りがたい空気を作るのかもしれない。最近は、同じ喫煙者でも別の人の煙草の臭いはイヤだという人もいるから尚更に。

「……ま、お前とそこの小学生にはこれでも感謝してるし……それなりに評価してるつもりだ。だから少しだけ答えてやる、礼代わりにな」

彼は煙草を吸うようなふりをしつつ（パントマイムにしては様になっている）、アンリと美月を交互に見た。

「俺は極道ってヤツだ。けど、下っ端も下っ端、超末端な。……しかも自分の意思でそっちの道に入ったわけでもねえ小物だ。世話になった兄貴が紹介してくれる会社にコネで入社したらそこがまさかの反社だったってだけの話だ」

「うわあ、そ、それは……」

「運がねえ奴だと思うだろ？　昨今は暴対法もあって、とてもじゃねえがまともにシノギを回していけるような環境じゃねえってのに。……しかも、兄貴たちに合わせて煙草吸うこともできねえし、このでけえ体躯と声張って誰かを恫喝するくらいしかできねえチンピラ。入れ墨もノリと勢いで腕にだけ入れたが、これがまた不便でな。入れ墨隠してねえと、何もしないでそこに立ってるだけで警察呼ばれんだ。まあ、この通り強面だから、カタギからすりゃそれだけで怖いんだろうがよ」

　風呂上がりでシール剥がしてたんだよなあ、と彼はため息をついた。そういえば、最近は入れ墨を隠すシールがある、なんて話も聞いたことがある。彼の入れ墨は肩から肘までと限定されているようだし、隠そうとすれば隠せるものなのかもしれない。

「風呂上がって一杯だけビール飲んでたところまでは覚えてるんだが、そこから先の記憶がねえ。ただ、俺が暮らしてたのはウチのフロント企業が管理してたアパートだ。そこで犯罪するってことは、うちの組をまるっと敵に回すのも同じ。俺みたいなデカくて腕力のある男を誘拐するってだけで大変だろうしな」

　つまり、と彼は肩を竦めた。

「このゲームの運営とやら、相当でかい組織だと思うぜ。……それと、お前も情報集めたいなら全員から……どういう流れでここに拉致されてきたか、訊いた方が無難なんじゃねーの？」

七・ハナシアイ

「あら、ゲームに参加した流れ？」

アンリが尋ねると、楓は目をぱちくりさせた。

「それを訊いても、あまり意味はないんじゃなくて？」

「どうしてですか？」

「だって、直前の記憶がないんだもの。どうやって拉致されてきたとか、どうやってここに来たとか、全然覚えてないから何も参考にならないというか。場所を特定できる材料にはならないと思うけど」

「と、いうことは……」

「私も覚えてないのよねえ。確か、スーパーでお買い物してたと思うんだけど……会計したかどうかも記憶になくて。万引きなんて面倒でリスクの高い真似をするほど馬鹿じゃないつもりだから、お金を払わずにお店を出たなんてことはないでしょうけど」

「は、はあ……」

なんか微妙に言い方に棘があるなあ、と渋い気持ちになる。もちろん、アンリも普通の男子高校生であるし、万引きが犯罪だという認識はある。断じてそれを肯定するつもりなどない。ただ、必ずしも犯罪をしたい人間が万引きに走るわけではないのだ、ということくらいは理解しているのだ。

それこそよくあるのが、虐められた生徒が万引きを強要されたケースとか。

あるいは、親にネグレクトされた子供が仕方なくお腹がすいて万引きに走るとか。

犯罪は犯罪だが、その場合一番悪いのはやった当人ではない。やらせるような環境に置いた人間こそ一番に裁くべきだ、と考えている。それをいっしょくたに〝馬鹿〟で片付けるのは、少々理論として乱暴なのではなかろうか。

――……ていうか、本当にみんな記憶が飛んでるのか。薬でも嗅がされたのかね。そのせいで記憶が混濁するとか、ラノベやアニメだとあるあるだし……そんな薬が実在するのかは知らんけど。

「場所の特定につながらなくても、訊く意味はあるだろうがよ」

にべもない楓の態度に、舵が口を挟んできた。

「その手口に繋がる何かがわかるかもしれないし、目的を探るヒントになるかもしれない。お前さんだって、魔王と戦う勇者うんたらーってのを本気にしてるわけじゃないだろ？　ここはラノベじゃなくて現実の世界なんだから」

「あなたからラノベって言葉が出てくるのはちょっと不思議な気分だけど……まあ言いたいことはわかるわ。あなたとは少し見解が違うけどね」

「どういうことだ？」

「その言葉が私達にとって真実かどうかと、組織にとって真実かどうかは大きく意味が違うということよ」

彼女はソファーに座り直すと、色っぽく髪を掻き上げた。そもそもスタイル抜群の美女といって差し支えのない彼女だ。思うところがあるアンリでさえ、その所作にはちょっとだけドキリとしてしまう。

「要するに、信仰の問題ということ。私は、この組織は一種の宗教団体のようなものじゃないかと思っているわけ。……例えばそうね。『もうすぐ悪魔がこの世界を襲うので、それを防ぐためには百人の生贄が必要です』と教祖がお告げを出したとするでしょ。この場合、悪魔が本当にこの世界にやってくるかどうか、なんて一般人に分かるわけがないわ。教祖の妄言なのか、あるいは事実なのか、見分けがつくはずもない。そして目下、一般人にとって重要なのは教祖の言葉が真実かどうか……じゃないわよね」

笑い話などではないはずなのに、楓の声は楽しそうに弾んでいる。

「悪魔が実在しようがしまいが、それを本気にしている教団は百人の生贄を捧げようとするでしょう？　……つまり、悪魔なんかいなかったところで、その時点で災厄は起きてしまう、というわけ。今回も似たような状況なんじゃないかしら。つまり、女神様の元に集う勇者とやらを探すべき、とこの組織が本気で考えている。私達はそれに選ばれた。それがラノベを読み過ぎた妄想だろうと事実だろうと、私達にミッションをこなさせるためには連中はなんだってするだろうと予想できる。だから、妄言だと決めつけることはできないし、真実であってもなくても関係ない、ということね。そして、その動機を探ることにもあまり意義を感じていないわ。言いたいことわかる？」

「まあ、わからなくはないですけど……」

「そこで思考放棄するのはどうなんだ、って思うのでしょうけどね、あなた達は。それよりも私はやっぱり、次のゲームがどうであるかの方が気になるかしらねえ……」

「………」

一理なくは、ない。実際、目下重要なのは次のゲームがあるのかどうか、それが自分達全員で生き残ることができるものなのかどうか、ということなのだから。

しかし。楓がそれを言うと、どうにも疑ってしまうのである。まるで、動機について考察されるのに不都合があって、わざと話を逸らしているのではないか、と。最初のゲームで、意図的に摩子を煽ってパニックを誘発し、あわよくば彼女を生贄にしようとしていたように見えるから尚更に（もっと言えば、自分の手を汚さず舵に殺させて片付けようとしていたふしもある）。

それに、次のゲームが気になったところで、この状況でその内容を推理することなどできるはずもない。どうせ、この部屋がその会場というわけでもないのだろうから。

だったら次のゲームはどうのこうの、と考えたところで答えの出ない袋小路に入るだけ。だったら、まだ少しはヒントがありそうな謎に挑む方が建設的ではなかろうか。

「……僕達を攫った組織が、本当のことを言っているとは限りません」

ずっと沈黙していた美月が口を開いた。テーブル席の方に座り、何かを考えこむように肘をついている。

「さっきの部屋のテーブルに書いてあった、とんでもない動機。あれはむしろ、僕達に思考を放棄させるためのものかもしれないですしね」

「というと？」

「今、楓さんが言った通りです。あんなもの見たら誰だって、頭のおかしい宗教団体の妄言のようなもの、だと思う。だから考えても無駄だって感じてしまう。でも、あの言葉さえミスリードかもしれません。攫った運営側も、異世界転生させる勇者がうんたら、なんて誰も信じてないかもしれない。適当かもしれない。僕達に、本当の目的を悟らせないためのブラフかもしれない……」

事実は一つです、と彼は全員を見回した。さながら、どこかの小さくなった高校生探偵のような口ぶりで。

「どういう動機であるにせよ、結果として僕達五人は誘拐されてここに来ている。そして、人が死にかねないようなゲームを強要されている。……ひっくり返して考えると、彼らにとってそれがどうしても必要なことだったってことですよね。そして、この年齢も性別もバラバラの五人を選んだのには、必ず意味があると思うんです」

「……確かにな」

動機はともかく、目的を探ることはできるのかもしれない。

よく、デスゲームの動機として挙げられるのは『金持ちが賭けの対象としている』なんてものだ。つまり、誰が生き残るか賭け事にして遊ぶため、一般人を誘拐してきた、というものである。

有名なラノベとか漫画にも、そういったものがいくつかあったような記憶がある。

「あたし達を誘拐してきて、デスゲームさせてる理由？　殺し合いさせて、誰が優勝するか賭けて遊んでんじゃないの？」

まるでアンリの思考を読んだかのように、摩子が口を開いた。そう、ちょっとゲームとかアニメの影響がある人間はそう思いたくなるものだ。でも。

「それは無い、と俺は思う」

的外れかもしれないし、思い込みもあるかもしれない。それでも、今考えていることはできるだけ話しておこうと決める。

ＴＲＰＧなんかではよくある話だ。「確証が持ててから仲間に話そう」なんて決めた優秀なキャラは大抵、それを話すこともできないまま殺されるもの。そして情報を抱え落ちしてしまい、他の仲間を困らせるところまでがデフォルトである。

そうなるくらいなら、悩んでいる段階であっても話してしまった方がいい。その結果、アンリが死んでも誰かが助かるかもしれないのだから。

「思うんだけど、デスゲームっぽいのってさ。お金どれくらいかかると思う？」

「へ？　お金？　……あー、そっか。こういう施設を準備するだけでめっちゃコストかかるってやつか」

「そうだよ、摩子さん。なんなら、誘拐するための人間……人件費とか、運ぶための大型車の手配とかさ。土地の確保とかも必要だし、悲鳴や爆発音が響いても近隣住民が気付かないような防音設備も必要っぽいし。……金持ちの道楽ってだけじゃ、ちょっとリスク高過ぎね？　と思うわけで」

ここが、警察の目の届かないような外国の僻地であったなら話は別だったかもしれないが。さすがにパスポートもない人間を国外まで運べたとは思えない。どこかの離島かもしれないけれど、ここはさすがに日本国内だろう。

そして狭い日本という島国に、そんな大掛かりなことができるような場所がどれほどあるのか？　という話である。準備するだけで年単位の時間がかかりそうだ。

「でもってさ、万が一にも警察にバレて事件になりたくないと思わね？　だったら、足がつかなそうな人間を誘拐するんじゃないかな。でも、少なくとも俺は特に孤児とかじゃない、普通の一般家庭の人間だし。多分俺がいなくなったら、親も失踪届くらいは出してくれると思う。警察も探すんじゃないかな。つまり、事後処理も大変そうって話で」

舵に至っては末端とはいえ本職の人間だ。ストレートに敵に回したくない存在だろう。

少しでもリスク回避したいなら、まず拉致対象になど選ばない。というか、そもそも彼のような屈強で、ヤクザの目の届く場所にいた人間をどうやって攫えたんだ？　というところから疑問が生じる。

「もっと言えばさ。賭け対象にするなら……もうちょい、力量が拮抗した五人を選ぶんじゃないかなあ、などと」

「あー……」

「僕みたいなひ弱な小学生選ぶのも意味がわかりませんよね。殴られただけで死にそうだし」

「そゆこと。年齢性別バラバラ、体格もバラバラで選ぶのはちょっとなあ、というか。どう見たって普通に殺し合いしたら生き残るの舵さんじゃん」

以上の理由から、自分達を誘拐してきた目的は金持ちの道楽などではないだろう、と考えているわけで。ならば、宗教団体が勇者とやらを選抜しようとした、という方がまだ筋が通るだろう。真実か妄言かは別として。

「ええー……まさか本当に勇者とやらを選ぼうとしてるってこと？　デスゲームとか脱出ゲームで？　マジで？　……仮に生き残っても、異世界転生ってことはさあ……それやっぱり殺されるってことなんじゃないの？　マジ絶望なんですけど」

摩子が心底嫌そうに言った。実に真っ当な意見である。自殺したいと考えているほど思いつめている人間ならともかく——少しでもこの世界に楽しみを見出している者ならば、異世界転生させるため、なんてわけのわからない理由で殺されたりこの世から追い出されたりはしたくはないはずだ。

考えると、結局『何のメリットがあるかさっぱりわからん』で話が落ち着いてしまう。トトカルチョするためです、はやっぱりリスクと見合わないし可能性は低いと考えて良さそうだが。

「僕も孤児とか、そういうのではないです。学校で授業を受けていて、帰りの会が終わったところまでは覚えているんですが、学校を出たかどうかはわかりません」

「あ、あたしもそんなかんじ。学校出たかどうか覚えてないや」

「僕と摩子さんとアンリさんだけなら、学生縛りと考えられなくもないですけど……舵さんと楓さんがいますし。他に、この五人に何か見えない共通点がある、ということなんでしょうかね」

美月がそこまで言った、その時だった。ぶつん、と何かの電源が入るような音。全員がはっとして、同じ方向を見る。

「テレビが……！」

さっきまで沈黙していたテレビが点いていた。また、新しい何かを始めようと言わんばかりに。

八・ユウキヲトウ

ざざざ、ざざざざざ。

テレビ画面に映っているのは、砂嵐ばかり。昔のアニメとかでしか見たことがないようなものだが（まだ四角いテレビだった時は、砂嵐になるケースは少なくなかったらしい）、これは演出だろうか。

本能的な忌避感がある。なんというか、背筋がぞわぞわと泡立つような。

やがて、アルファベットなのか、模様なのか、よくわからない赤い文字が浮き上がってきた。

『Есть лиу вас смелость?』

最後にクエスチョンマークがあるということは、これは疑問文なのだろうか？　前に何かにドラマで似たような文字を見たことがある気がするが、いかんせん何語かも判別できない。

「〝貴方に勇気はありますか？〟ですって」

「え」

ソファーに座っていた楓が、ぽつりと呟いた。

「これ、ロシア語よ。キリル文字ね。……ああ、言ってなかったかしら。私、外国語は得意なの。ロシア語も、簡単なものならわかるわ。何で今ここで、ロシア語が出てくるのかはわからないけれど」

「ロシアの組織、ってことなんでしょうか」

「さあね。そう見せかけるためにわざと、ってことも考えられるけど」

そうこうしているうちに、ロシア語らしき一文は消えてしまった。

さらに浮かび上がってきたのは、また違う言葉だ。

『Si vous en avez le courage, vous serez en mesure de gagner la gloire à la fin』

「今度は何!?　さっきとは違う言語っつーことしかわからんのですけど!?」

きいいいい！　と摩子が足を踏み鳴らす。

「ここは日本！　あたし達日本人！　日本語でオナシャス!!　つか外国語なんて勉強したくないわー!!」

「お、落ち着きなって摩子さん。って、俺だって簡単な英語くらいしかわからないけど……。これ、何語だろ。普通のアルファベットじゃないし、英語じゃなさそうなのはなんとなくわかるけど……ドイツ語とかそのへん？」

「フランス語ね」

あっさりと、楓が告げる。

「〝もしも貴方に勇気があるならば、最後に栄光を勝ち取ることができるでしょう〟」

「す、すっご……」

さらに文字が消えて、切り替わる。

さっきと字の雰囲気が似ているが――。

『**Der Gewinner wird eine Gö ttin haben, die alle seine Wünsche erfüllt**』

「今度はドイツ語ね。〝勝者には女神が叶えてくれる〟みたいなこと言ってるわよ」

「一体何言語喋れるんですか、あなた。辞書もなしに……」

「難しいこと何も言ってないもの。外国語は便利よ、情報が増える。貴方も無事ここを脱出できたら勉強してみてはどうかしら」

「け、検討しておきます……。ていうか、なんでさっきから外国語ばっか出てくるんでしょ……？」

「さあ？」

再び砂嵐の中に文字が消えると、ぶつん、という音と共に画面が切り替わった。今度は文字ではなく、真四角の部屋が映っている。アングルはナナメ上からだ。そこにカメラがあるのだろうか。壁は味気ない灰色で、打ちっぱなしのコンクリートであるようだった。右上にはハシゴのようなものが映りこんでいる。

不思議なのは。その四角い部屋の床は、四×四のカラフルなタイルが敷き詰められているということだ。赤、黄色、緑、白、黒など。つるつると磨き上げられたタイルは、踏むと滑ってしまいそうなほど光沢を放っている。

そしてハシゴの左側には、巨大なモニターのようなものが。

『**ただいまから、第二のゲームの説明をいたします**』

テレビから、無機質な音声が流れてきた。ＡＩが喋っているのかもしれない。女性の声に聞こえるが、どこか冷たく、異様なほど淡々としている。

『次のゲームでは、皆さんの中から『英雄』を選んでいただきます。ゲームに参加するのは英雄のみ。それ以外の皆さんは、今いる部屋で待機していただきます。英雄がゲームを終えましたら、英雄がゲームに成功しても失敗しても次のフロアへの扉が開かれ、生き残った方々は全員先に進むことができます』

「え？」

アンリは目をぱちくりさせた。それって、と思わず呟く。

「英雄を選んで、ゲームに挑戦さえすればいいってことか？　ゲームの勝ち負けは関係ないと？」

その声が聞こえたわけではないだろうに、ＡＩの声は続けた。

『ゲームに勝利するか、敗北するかどうかは関係がありません。ゲームに挑戦する英雄を決めること。そしてゲームが終わること。それで、扉は開きます。ただし……』

「ただし？」

『ゲームに敗北すると、英雄は死亡します』

さながらそれは、負けたら罰ゲームで犬の真似をしてもらいますよ、というくらいの気安さだった。ゆえに、すぐに頭に入ってこなかったのである。舵が小さく、「死ぬってマジかよ」と掠れた声で呟いたのが聞こえた。

そうこうしているうちに映像が動く。梯子を、一人の女性が降りてきたのだ。大学生くらいだろうか。少々化粧の濃い、若い女性だ。彼女はきょろきょろしながらもモニターの前に立つ。やや不機嫌そうにぶつぶつと呟いていた。

『何よ、何でわたしがやらなきゃいけないのよ……。男がやればいいじゃん、こんな体力使いそうなゲーム』

どうやら、既にルールに見当がついているらしい。彼女が部屋の中心、白いタイルの上に立つと、画面の中のモニターに説明が表示された。同時に、ＡＩがその文章を読み上げる。

『ようこそ、第二のゲームへ。英雄には、今からゲームに挑戦していただきます。五分間、この画面に表示された色のパネルを次々踏んでいただくという、非常にシンプルなゲームです。例えば、赤いパネルが表示されたら、あなたはすぐに赤いパネルのところへ移動してください。その間に、他の色のパネルを踏んでしまっても問題ありません。赤いパネルのあとに白いパネルが表示されたら、次は白いパネルの上に移動します。正確には、パネルを片足でも踏めば成功とみなされますし、場合によっては手で押しても構いません』

『良かった、頭使うゲームじゃないのね。パネルを踏み続けて五分間頑張ればいいだけ？　簡単じゃない』

『一枚を、三秒以内で踏んでください。できなければ失敗となります。五分間、一度も失敗せずにクリアできれば成功です。それでは頑張ってください』

女性は安堵したように息を吐いている。確かに、ゲームの内容は難しくない。パネルは四×四の十六枚。右端上から順に赤色、黄色、青色、紫色などの色で塗り分けられている。画面に表示された色をひたすら踏んでいけばいいのだから、ルールは実に簡単だ。

しかし。

――あのタイル。一枚につき、一メートル四方くらいないか？

仮に一枚の一片を一メートルとした場合。パネルは四枚かける四枚敷き詰められているのだから、端から端へ移動するには単純計算で四メートル。ナナメに向かうには当然もっと距離がある。その間を五分間えんえんと移動し続けなければいけないが、一枚踏むには三秒しか猶予がないのだ。

そして、次の色を探すのにも人は神経を使うし、タイムラグもある。五分間休みなく神経をとがらせ、ひたすら移動を続けるというのは実のところ相当――。

『いいですか？　それでは……スタート！』

アンリが危惧したことは現実となった。最初は簡単なゲームだとタカをくっていた女性が、一分もしないうちに焦りを見せ始めたからである。赤、白、黒、緑、紫、また赤。パネルが表示される順番には一切法則がない。そして、何色がどこにあるのか？　を探すのには存外時間がかかる。

特に、ミッションを見続けるためには常に体をモニターに向けておきたいが、最前列を踏んでしまうと振り返らない限り次のパネルを探すことができない。大幅なタイムロスになる。

そしてタイムロスをすれば、残りのコンマ数秒の間に次のタイルへ移動しなければいけない。

要するに、ほぼ常に全力疾走を強いられるのだ。

『つ、次……水色どこ!?』

ぜえぜえと息をしながら、タイルの上を走り回る女性。限界は思った以上に早く訪れた。タイマー表示がないので正確な時間はわからないが、多分二分も過ぎていなかったことだろう。汗だくになった彼女はついにタイルの上で足を滑らせてしまったのだ。

ただでさえギリギリの秒数で走り回っていたのである。派手に転倒して呻いていたらもう、それだけで時間切れが来るのは明白で。

『ブブー！　残念でした。あなたはタイルを踏むことができませんでした。ミッションを失敗したので、罰ゲームを受けていただきます』

無情な言葉と同時に、画面に大きく、バッテンが表示される。慌てて顔を上げた女性は、絶望の面持ちで叫んだ。

『ま、待って！　お願い待ってえ！　い、今足が滑っちゃって、それで……！　もう失敗しない、失敗しないから！　お願い、もう一度チャンスを頂戴、お願いよおおおおお！』

『それでは、罰ゲームを執行します』

『いやいやいやああああああ！　やめて、助けて、死にたくない！　お願いいいいいいいいい！』

彼女の叫びは、届かない。がこん、と何かが開くような音とともに、天井から何かが降ってきたのである。その物体を見た途端、アンリは絶句していた。何故ならば。

——な、なんだあの化け物は……！

そいつはおおよそ現実ではありえない——さながらゴリラの背中にコウモリの羽根をつけたような、奇妙な姿をしたモンスターであったのだから。

九・コウカイショケイ

　ゴリラにコウモリの翼をつけたような、と形容したが。果たしてその表現も正しいのかどうか。何故ならそのモンスターの顔はゴリラよりも、もっと人間に近いものに見えたからだ。ゴリラ顔の人間みたいな、とでも言えばいいのか。褐色の肌には確かに眉毛があり、やや低くて潰れた形状の鼻があり、分厚い唇がある。ただ、血走った目は正気には見えず、口は通常の人間にはあり得ないほど大きい。ぐるるるるる、と獣のように歯をむき出して、涎を垂らしながら唸っている様は、とても言葉が通じるようには思えなかった。

　そして体躯。体型にはかろうじて人間に見える要素があるが、体躯は首から足までが黒い毛でところせましと覆われているのだ。首は人間よりやや前に突き出していて、極端な猫背のようにも見える。丸太をくっつけたような手足は非常に頑強なものに見え、唯一毛の生えてない手は人の顔くらい容易く掴めそうなほど大きい。

　そして、極めつけがその翼。コウモリ型の黒い翼は、ゴリラのようなイキモノが唸るたび、ばた、ばた、ばた、と興奮を示すように羽ばたいていた。

「な、なななな、何、あれ」

　映像では距離があるのもあって、それ以上詳しく観察することは叶わなかった。それでも出現した生き物の異様な形状は見て取れる。

摩子がひきつった声で、映像を指さして叫んだ。

「何あれ、あれ⁉　み、見たことないんですけど！　あ、あんなの、どっかの動物園にいるの、ねえ⁉」

「んなわけあるか」

舵が即座に否定した。

「あれじゃまるで……キメラだ。もしくは……異世界とやらの、モンスターってのか？　まさか本当に、異世界ってやつが存在するとでも……？」

ついさっきまで自分達は、自分達を攫った集団をなんらかの宗教団体のようなものではないか？　と判断していた。それで、異世界の魔王だの勇者だの、ラノベみたいなことを信じ込んでいてこんなとんでもない事件を引き起こしたのではないか、と。つまり、妄想に付き合わされた可能性が高いのではないかと。

それが、今までアンリたちが生きて来た世界において、唯一説明できる筋であったのだ。空想幻想の中ならば、どのような荒唐無稽な発想も成り立ちうるものなのだから、と。

でも。

今、ひょっとしたら、という想像が誰もの頭に過ぎってしまっている。とてもこの世界にいるとは思えないような、奇妙なモンスターを目にして。無論、あれだけならまだ、科学で作り上げられる範疇にあると言えなくもないが。

『い、いやあああああああああああ！　こここ、来ないでええええええええ！』

女性は悲鳴を上げてモンスターから逃げようとした。しかし、そもそも運がないことにその部屋唯一の脱出口は、モニター横のあの梯子一つのみ。その梯子を背にする形でモンスターが落ちて来たせいで、完全に逃げ場をなくしてしまっている。

同時に、部屋自体が非常に狭い。一体どこに逃げようというのか。いや、そもそも逃げる隙などあの獰猛そうなモンスターが与えるとは思えず。

『ひぎゅっ！』

彼女が逃げようとモンスターに背を向けてしまった瞬間、モンスターが動いていた。即座に彼女の足を掴んで、引きずり倒したのである。

ドタアアン！　と大きな音がして、彼女は前のめりに転んだ。あまりにも勢いがついていたために手をつくことも叶わず、顔面から床に顔を強打したのである。桃色のタイルに、じわ、と彼女の鼻血らしきものがすりつけられるのが見えた。

『い、いだい……やめて、離してえ……！』

呻きながらもそう訴える彼女。しかし、モンスターはまったく聞く耳を持たない。

どうやらこのゴリラもどきは酷く怒っているようだった。運営側が、なんらかの薬でも投与したのかもしれない。うつ伏せに倒れた彼女に近づくと、彼女の腰にひっかかったロングスカートに手をかけたのである。

びりりりり、と灰色のスカートが破られながら下着とともに引きずりおろされ、下半身が露わになった。やめてえ！　と彼女が叫びながら暴れる。

もし、これをやったのがモンスターではなく人間ならば、きっと彼女を待っているのは性的な暴行だったことだろう。それは人の心を切り刻む恐ろしい行為ではあるが、裏を返せばやりたいことが終われば生き残れる可能性もあったはずだ。

だが、そうはならなかった。

そもそもこのゴリラもどきに、自分とはまったく違う見た目の『人間』に性的な興奮を覚える本能などあったかどうか。

モンスターはその丸太のように太い足を、女性の白く豊かな臀部の上に乗せた。そして、思い切り体重をかけ始めたのである。

『ぎいいいいいいいいいいいいいい！　いだい、いだい、いだい！　お、おしり、おしりつぶれちゃう、ううううううううううううううう!!』

みしみしみしみし、と軋む音は長くは続かなかった。それはあっけなく、ばきばきごきごきごき、と骨を踏み砕く音に変わる。そう、ゴリラはその凄まじい膂力で、彼女の骨盤と腰骨を粉々に砕いてしまったのだ。いや、あの様子だと、股関節もやられていそうである。

『ぎゃあああ!!』

凄まじい恐怖と激痛。彼女の股間と尻から、大量の排泄物が噴き上がった。それには赤い色も混じっている。内臓も潰されたのだろう。これだけで十分致命傷になり得るはずだ。しかし、モンスターの暴虐はそれでは済まなかった。

青紫色に変わった臀部に手を書けるとその割れ目に沿って引き裂きにかかったのである。女性の悲鳴がさらに大きくなった。

「くっ……！」

こんな残酷なもの、見ていられない。何より、まだ幼い美月に見せたくない。アンリは我に返ると、テレビ前に転がっていたリモコンを手に取り電源ボタンを押した。何度も何度も何度も、もがく女性の映像に向けて繰り返し。

でも、消えない。映像の中の地獄は終わらない。

「なんで消えないんだよ、くそ！　音消しもできないのかよ、畜生、なんでだよ、なんなんだよこれ!!」

「あ、アンリさん……」

「お、おい！　嫌なやつは見るな！　見なくていい、こんなの！　洗面所でもなんでも避難していい、だから!!」

この映像が本物のスナッフか、あるいは作り物かなんてわかるわけがない。どちらにせよ、あまりにもグロテスクがすぎる。見せたら一生のトラウマを刻まれることは間違いないだろう。

もちろん、次のゲームのヒントになるものが映っているかもしれなから、全員が目を背けるわけにはいかない。それでも、女子供は見なくていいと、そう言う権利はあるはずだ。最悪、自分がちゃんと見ていればそれでいいのだから。

案の定、摩子は真っ青になって震えているし、気丈に見えた美月も青ざめている。舵の表情も険しい。そして楓は。

――な、んで。

彼女の横顔を見て、アンリは絶句した。

――なんで、そんな。笑ってられんの、アンタ。

笑っていた。まるで楽しいコメディ映画でも見るように、目を輝かせて。

アンリは恐ろしくなった。ひょっとしたら最も怖いものはどんなモンスターよりも、むしろ。

『やべて、だずげで！　お尻、お尻ひぎさげちゃう！　無理、無理だがら、ひ、ひぎいいいいいいいいいいいいい！　いだいいだいいだいいだいいだいいだいよおおおおおおお！

あ、あ、あああああああああああああああああああああああああ!!』

誰も、助けになんてこない。

彼女をかっこよく救ってくれる救世主は、現れない。

女性として非常に魅力的で、美しい形をしていたお尻は。化け物の手によって肉を無惨に引き裂かれていった。ぶちぶちぶちぶち、と繊維が千切れ、肉が引き裂かれる音がする。割れた肉から、どろり、とまだ原型を保っている腸が飛び出してきた。それでも容赦なく、尻から腰、腹、背中と肉が真っ二つに割れていく。

白く、折れて尖った背骨が見えた。

腎臓なのか膵臓なのかもわからない臓器がごろんと転がり出て来た。

そして陸に打ち上げられたように痙攣して撥ねていた女性の体が、やがて掠れた声とともに大人しくなっていくのが、わかった――。

「う、うううううううううううううう！」

ついに耐え切れなくなったのか、摩子が立ち上がり洗面所の方に走っていった。そして、盛大に嘔吐し始める。

「げえええええええ、うええええええええええええええ！　えええええええええ！」

「う、うう……っ」

正直、アンリも吐き気を抑えるだけでいっぱいいっぱいだった。自分達は、一体何を見せられているのだろう。これが仮に作り物であったとしても。ここまで精巧に、残酷にする必要が本当にあったのだろうか。見ている人間さえも苦しめるようなこんな映像に、どんな意味が。

ああ、そうか。

――俺達が恐怖して、パニックになるようにするためか……くそったれ！

さっき。少しだけ生まれ始めていた連帯感のようなものが。取り戻しつつあった落ち着きが、再び失われようとしている。

何も言わない舵や美月でさえ青ざめて体を震わせていた。全員が思ったはずだ。あんな恐ろしい死に方なんでしたくない。殺されたくない。

ゲームに参加して負けたら、そんな末路が待っているかもしれない、と。

『**繰り返します。この第二のゲームは、皆さんに英雄を選んでいただくところから始まります**』

女性が全く動かなくなったところで、ぶつん、と映像が真っ黒になり、文字だけが表示されるようになった。白い日本語の文字とともに、再び無機質なＡＩの音声が流れる。

『英雄がゲームを勝利か敗北で終わらせると、その時点で生き残っている皆さんは次のフロアへ進むことができます。ただし、英雄はゲームに敗北した場合、このようなペナルティを受けます』

ペナルティ。そんな生易しいものじゃないだろ、とアンリは吐き捨てる。人の命を、一体なんだと思っているのか。

『ゲーム会場への入口は、こちらです』

映像がそう喋ると同時にテレビの横の壁が動いた。その向こうにまた廊下が続いている。

今度は、出入口が二つ。

地下へ続くマンホールのような穴と、もう一つ鋼鉄のドアが。鋼鉄のドアには『ＮＥＸＴ』の文字が刻まれている。

『今から一時間の猶予を儲けます。その間に皆さんは休憩を取るなり、話し合って英雄を決めるなりしてください。ゲームが終わると、ＮＥＸＴと書いたドアのロックが外れて次に進むことができます。一時間後にゲームが始まりますので、選ばれた人はそれまでに地下への梯子を下りて会場へ向かってください』

ただし、とアナウンスは無感動に告げる。

『もし、誰も会場に入らず、ゲームが不成立となった場合。今皆さんがいる場所に毒ガスを流して、全員を処刑することとします。それでは、ご健闘をお祈りします』

ぶつん、と音を立ててテレビ映像が消えた。暫く、その場にいた全員が動けない。ただ洗面所の方から、摩子がすすり泣く声が聞こえるばかりで。

「ふふ……」

そして。唯一まったく平気な様子の楓が笑いながら言ったのだった。

「とっても面白いじゃないの、これ。やっぱり運営さんは、私達に醜く争って欲しいみたいね？」

十・イケニエニナルベキハ

「一体、何がそんなにおかしいんですか」

流石に楓の言葉は看過できない。みんなが残酷すぎる女性の死に青ざめて、摩子に至っては吐くほどのトラウマを植え付けられているというのに。

そんな彼女の背中をさするために立ち上がれず、恐怖で足が竦んでしまっているのはアンリも同じだ。

「人が、本当に死んだかもしれないんですよ。それもあんな酷いやり方で！　何も思わないんですか、あんたは！」

「優しいのね、アンリくんは。本当に死んだかなんてわからないじゃない、今どきＣＧでいくらでも合成できるんだから。それに、死んだところでまったく見知らぬ赤の他人でしょう？　恋人でも家族でもないわ。心を痛めるほどの話かしら？」

「他人だからってそんな……！　そ、それに！　これからこの中で誰か一人が死ぬかもしれない！　自分もその候補だって忘れてませんか!?」

遠まわしに、そんなに言うならお前を『英雄』にするぞ、ということを告げれば。楓は心から愉快と言わんばかりに、からからと笑い声を上げた。

「それはないわよ。少なくとも今回、私は選ばれない自信があるもの。だってそうでしょう？

これは……一回戦のゲームとは明らかに状況が違うわ」

彼女は妖艶に髪を掻き上げた。

「確かに、最初のゲームは一人を犠牲にすると見せかけて……実際は他の方法を見つけなければ、クリアできないゲームだった。それに気づいてなかったのは私の失策ね。でも今回は？　……必ず、この中から一人を英雄として選抜しなければいけないわ。しかも、その英雄はゲームをクリアする必要がない。その人物がクリアできようができまいが、残った人間は助かって次に進める。そういうルールでしょう？」

「それが何か……」

「お馬鹿さんね、まだわからないの？　つまり、英雄なんて名前で呼ばれはしたけど実際は……役立たずの人間を投げ込んでおけばそれでいいって話なのよ。有能な人間は確実に生き残らせるべきだわ。一回戦、二回戦の様子からしてある程度協力プレイを求められるだろうってことは想像がつくしね」

では問題、と彼女はにやにや笑いつつアンリを見る。

「このメンバーの中で、誰が有能で、誰が無能かしら？　一回戦の様子も踏まえれば、おのずと答えは出そうじゃない？　今後のゲームで、一番役に立ちそうにないのは……だあれ？」

「……っ！」

それを言ったらアンタだって一回戦は何もしてないじゃん、とアンリは言いかけて――止まった。

わかってしまったからだ。その役に立つ、立たないは——単に一回戦で貢献したかどうかだけの問題ではないということに。つまり、今後生かしておいて、駒としてどれだけ使えるかどうかが問われているということに。

「……意地の悪い質問をしやがるな」

気分が悪い。それを隠しもせず、舵が吐き捨てた。彼も顔色が悪い。ヤクザの下っ端と言っていたが、実際彼も人を殺したことのある人間ではないのかもしれなかった。いや、よくよく考えたらヤクザだろうがなんだろうが殺人が犯罪なのは間違いないし、逮捕されていない時点でその可能性が高いのだろう。

「自分で言うのもなんだが客観的に見て……まず俺は選ばれねえ。この中で一番パワーがあるのは明白だし、万が一バケモンと戦闘になっても勝ち目があるのは俺くらいだろう。肉盾っつー意味でも、生かしておく価値はある」

「そりゃ、まあ……」

「次に、一回戦での貢献度。MVPはまあ確実にお前さんだろ、雪風アンリ。あんたが俺らを諭して、答えを見つけてくれなきゃ脱出できなかった。もちろん、あんたと一緒に答えを見つけたそこの小学生のガキ、陽炎美月も十分自分の価値を示しただろう。この滅茶苦茶な環境で冷静さを失ってないし、体張って人を説得するだけの度胸もある。つまり、残るはそこのサイコパス女と、洗面所にいる女子高校生の姉ちゃんだが」

ちらり、と舵は洗面所の方を見た。ようやく吐き気が収まったらしい摩子が、青い顔で戻ってこようとしていた。会話はすべて聞こえていただろう。

「個人感情で言えば、そこのサイコパス女に死んでほしいところだけどな。さっきの映像に映し出された、ロシア語だのフランス語だのの文字を見ただろ？　あれが現時点でどれくらい意味のある言葉だったのかはわからないが、今後のキーワードになっている可能性は十分にある。でもって、俺らじゃあれは読めなかった。悔しいが、そこの女が適当ほざいてるんじゃなければ……語学とか知識の意味で武器があるのは間違いねえ。今後も役立って貰わないと困る」

つまり、消去法。

このまま行けば、流れのまま——英雄として命がけのゲームに投げ込まれるのは、摩子という ことになってしまう。

「そ、そんな、あ、あたし……」

洗面所の入口で、茫然と立つ彼女。頭が真っ白なのか、自己弁護の言葉さえろくに出てこない状態であるようだ。

「ちょ、ちょっと待ってくださいよ！」

慌ててアンリは声を荒げる。

「さっきの映像見てたでしょう⁉　確かにゲームに参加しなかった人は無条件で抜けられるルールだけど、参加する人だって死ぬとは限らない！　ちゃんとゲームをクリアすれば生き残ることができる可能性があるんですよ！　だったら、純粋にゲームに勝てる可能性のある人を選ぶのが筋じゃないですか⁉　そうすれば全員生き残れるわけだし……」

「理想論者なところ、可愛いとは思うけど。バスケでも指揮官になりたいんだったら、もう少しアンリくんは冷静に現実を見た方がいいわね。さっきの映像ちゃんと見てなかったの？　あのゲーム、本当に勝ち目があると思ってる？」

「そ、それは……！」

アンリはそこで、言葉を失った。

さっきの女性は、体力が尽きて転んでしまったことで、ゲームをクリアできなかったように見えた。確かに、シンプルでありながら五分間パネルを踏み続けるのは相当疲れることだろう。運動神経も要求される。そういう意味では、見込みがあるのは自分か舵で、どっちかが英雄をやるべきだと思ったのだが。

もし、自分や舵ならば本当に、ゲームをクリアできるだろうか？

――あのゲームは、次に表示される色を確認するため、ほぼずっと前方のモニターを見ていないといけない。その上で、次の色を探し続けるのは……至難の業、だ。

一瞬で、十六種類の色の配置をすべて覚えて行動できる人間ならばまだいい。色が表示されたあとの、目的の色を探すタイムラグが最小限で済むだろう。しかし、初見でそれができる人間はほぼ皆無。色を探していたら、場所を移動する時間は――それこそ毎回、一秒くらいしか残らないのではないか。

そしてもし、斜めの端から端へ移動する指示が出たら。

いや、あの女性が失敗した時まさにそういう状況であったような。

「気づいたようね」

はあ、とため息をつく楓。

「あのゲーム、本当に勝てば英雄も生き残れるんだとしても。その勝ち目が見えるようなものではなかった、と私は思うわけ。五分間、瞬時に表示されるパネルを判断して移動し続けられる、その精神力と集中力と体力……瞬発力を兼ね備えた人間が本当にこの中にいるのかしら？　私は、あなたや舵さんでも勝つのは難しいと思っているわ。だから、これはあなたのためにも言ってるのよ」

「英雄をやれば、確実に死ぬから……と？」

「そう。あなたの身を護るためにも言ってあげてるんだから、そこは感謝して欲しいわね。私はあなたの能力を高く買ってる。生き残ってぜひ役に立って欲しいわ。その反面、彼女はどうかしらね？」

意地悪な言い方をしつつ、楓は顔面蒼白な摩子を見る。もはや摩子はがくがくと震えるばかりでろくに声も出ない様子だ。

「ミステリーやサスペンスの基本。パニックになって、独りよがりの行動をする人間は早々に自滅して犯人に殺されるわ。いえ、一人で死ぬだけならまだいい。他の人の足を引っ張るようじゃ論外よね。……彼女がそうならないなんて保証、ある？」

「あ、あたし……！」

「ないわよね？　摩子さん、あなた自身だって自分のこと信じられないでしょう？　自分だけ生き残りたいと思うのはなーんにもおかしなことじゃないわ。でも今の状況だとね、他の人に〝生き残るメリット〟を示さないと、生存者に選んで貰えないのもわかるでしょう？　貴女、現状じゃデメリットしか示せてないじゃないの」

「おい、そんな言い方……！」

「はいはい、正義の味方のアンリくんは引っ込んでて頂戴ね。私は今摩子さんと話しているんだから。さあ、摩子さん。残る一時間で、頑張ってみせて頂戴？」

楓は立ち上がると、ニコニコと微笑みながら摩子の前に立った。そして、まるで小さな子供にでもするように摩子の髪を撫でながら、残酷なことを言うのだ。

「あなたが、私達他の四人より……自分が役に立つことを、残る一時間で見せるの。ね、そうすれば……あなたは生贄から外れることができるかもしれないわ。私や、他の誰かがあなたの代わりに死んでくれるかもしれない。ね、素敵でしょう？　あなたもそうしたいでしょう？　ちょっと頑張って頭を捻ってみて頂戴。大丈夫よ、まだゲーム開始まで時間があるんだから」

「あ、あああああ……！」

崩れ落ちる摩子。悪魔かよ、とアンリは思わずそう漏らした。確かに、このメンバーの有用性を冷静に講釈したのは舵である。だが、彼が言わなくてもなんとなくみんな、現在この五人が対等でないことには気づいていたはずだ。

その上で、楓はトドメを刺しにかかった。生贄にされるべきは、摩子以外にありえない――摩子がここで、残る時間で自分が優秀だと示さなければそうなるしかない、という空気を完全に作っている。けしてそれは確定事項ではなかったはずだというのに。

——生き残るためには、なんだってやる……それはあんたのことだろうに！

しかもドストレートに、「お前が生き残るならばつまり、他の誰かに死を押し付けて犠牲にすることだ」という印象も植え付けた。真っ当な人間ならば罪悪感を抱かずにはいられない。それがどれほど、精神状態を悪化させ、己で己の足を引っ張ることか。

摩子が平気でそうできる人間ではないことを、楓はとうに見抜いている。というか、一回戦で彼女が自分より弱い人間をあっさり殺せる人間でなかったからこそ、斧を美月に振り下ろすことができなかったのだから。

——どうすればいい？　このままじゃ、本当に摩子さんが生贄にされてしまう。俺がやるって言えばいいのか？　だけど、あのゲームをクリアできるかというと……！

落ち着け、と己に言い聞かせる。本当に打開策は無いのか。この第二の試練で、全員で生き残る方法は——。

「楓さん」

その時。静かに、一石を投じた人物がいた。ずっと沈黙していた美月だ。

「あなたは、大きな勘違いをしています」

「勘違い？　何を？」

「決まっています」

そして彼は、思いがけないことを言ったのだ。

「このゲームで、英雄にならずに生き残れば……その先も生き残ることができる、と。そう思っていることが、間違っていると言っているんです。これは、単に生贄と生存者を決めるゲームではありませんよ」

十一・オシツケルモノ

　どうやら美月は、周囲が争っている時少し沈黙して状況を整理する——という癖があるらしい。彼が黙っている時は大抵、打開策を一人で真剣に考えている時なのだろう、とアンリは判断した。彼の年齢を考えると、やや不自然なほど落ち着きすぎていて心配な気もするけれど。

「ふうん？　……あなたはなかなか面白い発想をする子のようね。本当に小学生なのかって不思議に思っちゃうくらい。……聞かせて頂戴、考えを」

　これもこれで興味深いというように、楓が鼻を鳴らした。

「あなたも話の流れは理解しているはず。誰かがゲームに参加しなければ全員が死ぬ。参加する英雄はゲームに勝利する必要はない、敗北しても残る四人の安全は保障される。そして肝心のゲームは勝ち目がない、そういう話になったわよね」

「そうですね」

「つまり今大事なのは、誰を英雄に選ぶのかということ。勝ち目のない、生き残る可能性の極めて低いゲームなのだから、役立たずを放り込むのが一番いいわよね？　次のゲームが生き残ったメンバーでの殺し合いだと確定しているのなら、優秀な人間を放り込んで頭数を削っておくのも作戦でしょうけど」

　そう、恐らく楓の余裕はそこからも来ているのだろう。忌々しい、とアンリは舌打ちをしたい気持ちを堪える。

状況的に見て、運営がただの殺し合いを自分達に強いる可能性は低いだろう。しかし仮に第三のゲームが殺し合いだったとしても、自分はここで削られる駒ではないと知っているのだ。その場合は逆に、体力・腕力で脅威になりそうな舵かアンリを犠牲にしておくべきという論法になる。

――知識では役に立ちそうだけれど、腕力的には女性でありそこまで脅威とみなされないであろう楓は、まさに中堅の立ち位置。脅威とみなされて削られるポジションではない、それが今彼女の最大の武器になっているのだ。

そして、一番の役立たずでもない。そう判断されて犠牲者を決められるとしたら、それは摩子になる。いずれにせよ、楓は安牌というわけだ。

「確かに、目下の目標はこの場でいかに犠牲者を押し付けられずに生き残るか、そういうことになるでしょう」

そんな楓に、美月は淡々と言葉を返す。

「では仮に、この場で摩子さんが英雄になり、ゲームに敗北して死んだとしますよね。僕達には第三のゲームが用意されている可能性が高い」

「そうね、それで？」

「それで次も、誰か一人に犠牲を強いるゲームであったとします。その時、あなたは自分が選ばれない自信がおありですか？」

「！」

楓が眉をひそめる。

――驚いた。

アンリは目を見開いた。自分も失念していたことだ。このゲームの次がどうなるか、そんなこと考える余裕もなかったと言っていい。さっきの衝撃的すぎる映像にあてられていたからというのもある。

そしておおよそ、美月が言いたいことも理解できた。それは。

「……あんたが半ば強引に、摩子チャンを犠牲者に持っていこうとしているのは……誰の目から見ても明らかだよな」

舵が低く唸るように言った。

「第一のゲームの時からそうだ。あんたは最初から、彼女に狙いを定めていたように見える」

「だとしたら、それが何？　一番役立たずな人間が誰なのかなんて明白だったでしょう？　私が何もしなくても、彼女を犠牲にしましょうって流れにはなったと思うけど？」

「そうかもな。でもあんたが結果として強誘導をかけていたのは事実だ。……つまり、自分が生き残るために他人に犠牲を強いる、それを当然とするような流れを作ったってな。そういう人間が滅茶苦茶印象悪いってのは言うまでもねえ」

「かもしれないわね。でも、それに乗っかって彼女を犠牲にしたなら、あなたたちも同罪なのではなくて？」

ああいえばこう言う。本当に彼女はただの主婦なんだろうか、とアンリは疑問に思う。さっき、複数の言語が理解できると示したこともそう（もちろん彼女が正しい知識でものを言っているかなんてわからないので、本当は出鱈目を言っていただけという可能性もあるが）。実は弁護士資格でも持ってますとか、翻訳家ですとか言われてもなんだか妙に納得してしまう。

特に弁護士ならば。相手の心理の隙を突くのに長けていても、なんらおかしくはあるまい。

「それだけではないんですよ、楓さん」

美月が追撃した。

「それ以外でも、あなたの言動は印象が悪いんです。

『とっても面白いじゃないの、これ。やっぱり運営さんは、私達に醜く争って欲しいみたいね？』

『優しいのね、アンリくんは。本当に死んだかなんてわからないじゃない、今どきＣＧでいくらでも合成できるんだから。それに、死んだところでまったく見知らぬ赤の他人でしょう？　恋人でも家族でもないわ。心を痛めるほどの話かしら？』

「人の死をまったく悲しまず、悼む様子のない言葉。この残酷なゲームを面白がるような言葉。……サイコパス認定されてもおかしくないような物言いをあなたはしている。正直、僕はあなたがとても危険な人間だと判断しているし、可能なら消しておいた方がいいかもしれないとも思い始めています」

その上で、と続ける美月。

「今回摩子さんを犠牲にして第二のゲームを乗り切ったなら、残る全員タガが外れてしまうと思うんですよ。生き残るために一人を犠牲にした、ならばもうそれは仕方ないと割り切るしかない……と。つまり、一人を犠牲にすることへの抵抗が極端になくなるんです。そうなればその次のゲーム、よほどのことがない限り次の犠牲者に選びたくなるのは、言動にまったく共感できない、孤立している人間です。つまりあなた。もしくは、腕力も体力もない僕とあなたの二択になる可能性が高い。その場合は多分また、論戦で勝った方が生き残ることになるんでしょうね」

「……そうね」

「そして、普通の喧嘩ならともかく、言葉での戦いなら僕は大人にも負けるつもりはありません。何より、心情的に見て後の二人があなたと僕、どっちに味方したくなるかは明らかです」

つまり、彼が言いたいのはこうだろう。

実際のところ楓にとっても、ここで安易に摩子を犠牲者に選ぶのは得策ではないはずだ、と。

「僕は、このゲームで問われているものは単なる頭脳とか、知恵じゃない。……いかに信頼を勝ち取れるか、でもあると思っています。信頼が失墜した人間は、遅かれ早かれ命を落とすことになる。あなたにはそれが見えていない」

だから間違ってるんです、と。彼はそう言って言葉を締めくくった。

なんて子だろう、と純粋に感嘆するアンリ。確かに、次のゲームがあるだろうことまでは想像がついていたが。その第二のゲームを生き残ったメンバーが、どのような関係性になるか——そして誰がその際の生贄になるのか、そこまで頭を回すことはできていなかった。

同時に、このゲームの本質も。

ひょっとしたら自分達を誘拐し、ゲームを運営する組織の者達が真に問いたいものはそこなのではないか、と。もちろん、それならそれで人を残酷に殺す必要もなければ、殺し合いになりかねないようなルールを盛り込む意味もないとは思うが。

「……貴方が言いたいことは理解したわ」

はあ、とため息をつく楓。

「けどね。じゃあ、どうすればいいというの？このまま全員仲良く心中してみる？　それは流石につまらないのではなくて？　……五人が死ぬのと一人が死ぬの、どっちがマシかといったら明らかでしょう？　何か代案があるの？　それとも、まさか自分がゲームに参加して死ぬとでも言うつもり？」

できないわよね、と女は笑い声を上げる。

「そりゃあこの状況で、自分が英雄になりますだなんて言ったらとってもかっこいいわよ？きっとみんなに尊敬され、信頼を勝ち取れるでしょうね。でもそれは生き残ることができたら、の話。死んでしまっては元も子もなくてよ」

それは尤もな意見だ。そう、摩子一人に英雄を押し付けるという選択をしないのならば、自分達はなんらかの代案を考えなければいけないのである。

当然、アンリからすれば誰も犠牲にしない方法を選びたい。しかし、そんなものが本当にあるのかどうか。

――あれ？　そういえば……。


『このゲームでは、皆さんの中から『英雄』を選んでいただきます。ゲームに参加するのは英雄のみ。それ以外の皆さんは、今いる部屋で待機していただきます。英雄がゲームを終えましたら、英雄がゲームに成功しても失敗しても次のフロアへの扉が開かれ、生き残った方々は全員先に進むことができます』

『英雄がゲームを勝利か敗北で終わらせると、その時点で生き残っている皆さんは次のフロアへ進むことができます。ただし、英雄はゲームに敗北した場合、このようなペナルティを受けます』


そうだ、何度思い返してもそう。

運営は、ＡＩは一言も――あの言葉を、言っていない。

ならば。

「……皆さん、聞いて貰えますか」

アンリは意を決して、口を開く。

「俺に一つ、考えがあります」

十二・ユウキアルモノ

「さっきの映像。どうしてもグロシーンが目についてしまったけど……どうしてあれを俺達に見せたのかって、ずっと考えてたんです」

アンリは四人を見回して告げた。

「ただルールを説明するだけなら、アナウンスだけで良かったはず。それをわざわざ、他の人がデモンストレーションしてしかも死ぬシーンを見せる必要なんてないじゃないですか。もし本当に人が死んでるなら、死体を片付ける手間もかかるし……その、嫌な言い方するなら、事後処理もいろいろ大変そうだし」

「まあ、そうだな」

「そ、それがどうしたっていうの？」

落ち着いて返す舵と、青ざめて声がひっくり返っている摩子は対照的だ。とはいえ、摩子もここでどうにか手を打たなければ、本当に自分が生贄にされるだけだとわかっているのだろう。その目には少なからず希望と期待の色が見える。

「私達に、ゲームに本気になってもらうためじゃなくて？」

ふん、と鼻を鳴らす楓。

「本当に死ぬかもしれないとなったら、みんな生き残るために躍起になるでしょ？　それに、わざわざ人知を超えた化け物を出してきたのも意味があるわ。あれが本当は科学によって生み出されたものだとしても関係ない。ああいう化け物が実際に存在している、そういうものを操れるだけの力を持つ組織だと私達に示せる。同時に、異世界転生だの勇者だの魔王だの、っていうファンタジーな話にも説得力が増すでしょう？」

「それもあったと思います。でも、俺はあと二つ、言葉ではない形で説明する狙いがあったんじゃないかって」

「あと二つ？」

「はい」

アンリは指を一本立てる。

「一つは楓さんがさっき言った通り。ゲームの難易度の高さを示すこと、だと思います。さっきの映像を見て俺達はあのゲームが、シンプルながら非常に難易度が高いものだと実感しました。五分間次のパネルを冷静に判断し、踏み続ける体力と精神力。それを持ち続けることは極めて難しいし、足が滑って転ぶ危険性だってある。英雄に選ばれたら、ゲームをクリアすることは困難。生き残りたかったら英雄にならないように、残る側になるため全力を尽くさなければいけない……そう思わせるために」

思わせるというか、それは紛れもない事実。そのせいで現在、英雄にされる＝生贄という図式が出来上がってしまっているのだから。

しかし、実はこの時点で自分達は一つミスリードしている。それは。

「もう一つは。……あのゲームは、一人で挑まなければいけないと思わせることです」

「え」

「皆さん、よく思い出してください。さっきの説明がなんて言っていたのかを。……映像でも、AＩの台詞でも、一度も言ってないんです。英雄を一人だけ選べなんて」

「あ……！」

言っていたのは、英雄を選べということ。

そして、英雄が負けるとペナルティを受けるが、成功しても失敗しても生き残った者は全員先に進めるということ。成功して生き残れば、当然英雄も次に進めるのだ。

では何故、自分達は〝英雄は一人でなければいけない〟と思ったのか？　決まっている、説明文で二人以上選んでもいいと言われなかった上、映像で参戦していた人物が一人だけであったからだ。つまりは思い込みである。

あの女性は本当に死んだのだろうか？　もし彼女の死体が本物で、彼女が同じゲームの過去の参加者だったとしたら。一人だけで地下に降りたのも分からない話ではない。

だってそうだろう。何人で参戦しようが、命の危険があるのは事実。できれば被害を少なくしたいと、最低人数しか英雄を選ばないというのは実に理に適った選択だ。

ただ、その結果、彼女は命を落とした。

ゲームが、一人でクリアするのは極めて困難なものであったがゆえに。

「さっきのゲーム。複数人でパネルを担当するとか、一人がずっとモニターを注視して指示を出し続けるという方法を取れば……難易度は格段に下がります。全員で生き残るためのたった一つの方法は、複数人でゲームに挑むことなんじゃないでしょうか……！」

「ま、マジで？　……そ、それって……」

あっけにとられた様子の摩子、驚いている楓と舵。美月は——感情が表に出にくいタイプなのか、相変わらずの無表情だったが。

ここが勝負どころだ、とアンリは思っていた。美月が言うことは正しい。信頼されたいならば、リスクを犯す必要がある。自分の言葉を、これからも皆に響かせたいのならば。そして、己の正義を貫きたいのであれば。

「英雄には、俺がなります」

信じて欲しいなら。まず、己が示さなければならない。

最初の一歩を、勇気を。

「そして、お願いします。最低一人、できれば二人以上。俺に、力を貸してもらえませんでしょうか！　一緒に戦ってください！」

なんだかんだ、話し合いで時間を使ってしまった。頭を下げた状態で、部屋に壁時計を見ることはできないが——そろそろ、結論をまとめなければいけない段階に来ているはずである。

ここでもし、皆が嫌だと言ったら。安全圏にいたいからゲームに参加しない、と言われてしまえばそこですべてが終わるとわかっていた。言い出した手前、アンリが参加しないわけにはいかない。いや、そうでなくても、今更他の誰かに押し付けるなんてことをしたら自分で自分が許せなくなるだけだろう。

「……わかりました」

数秒か、あるいは数分か。

沈黙の後、高く柔らかい声がした。え、と思ってアンリが顔を上げれば。立ち上がって、こちらにトコトコと近づいてくる美月の姿が。

彼はアンリの隣に立つと、まっすぐ皆を見つめて言った。

「僕が参加します。アンリさんと一緒に、英雄の任を請け負います」

「み、美月くん……！」

「僕一人であのゲームをクリアするのは不可能だと思ってましたけど、アンリさんが一緒ならなんとかなる気がします。……何より、僕は現時点で、この人が唯一信頼できると思っているので。ここでアンリさんに死んでもらっては困ります」

そこまで言って貰えるのは嬉しい。嬉しいが、本当にいいのだろうか。少し戸惑うアンリに、わかったよ！　と甲高い声が響いた。

「あた……あた、あたし！　怖いけど、超怖いけど参戦する！　あ、あああ、あたしも、頑張る、ゲーム！　英雄、やるんだから！」

「は!?　え、ええ、そりゃ嬉しいけど。大丈夫かよ。足も声も震えまくってんじゃん。無理しなくていいって」

既に、摩子がビビリな性格なのはわかりきっているわけで。彼女だけは絶対手を挙げることなどないと思っていたから驚いた。

実際、顔は青いし、汗もびっしょりかいているし視線も泳いでいる。どれだけ勇気を振り絞ったか、怖がっているかは明白で。

「無理くらいするよ！　するっつーの！　だって……あたしよりちっちゃな小学生の男の子が頑張ろうとしてんのに、あたしだけ逃げるとかサイテーじゃん！　そもそも、アンリくんがそーゆー話言い出してくれなかったら、まず間違いなくあたしが一人でゲームすることになって、でもってあっさり失敗して死んでたに決まってんだから。そういう風に言ってくれた時点で、あんたらはあたしにとって命の恩人なんだよ」

それだけじゃない、と彼女は首を横に振る。

「一つ目のゲームの時もそう。パニクってたあたしを、あんた達は助けてくれた。なんも信じられなくて、マジ怖くて、もう駄目って本気で思ってたのに……人間、捨てたもんじゃないなって思えたんだよ。マジのマジ、本気でそう思ったんだから。それがどんだけ救いだったか、あんたらにわかる？」

「摩子さん……」

「あたし、人殺してでも生き残ろうとしたクズだけど。ビビリだし、みんなより役に立てることなんかきっとなんもないんだろうけど。でも……でも、まだ、人間として大事なもの捨てたくないって気持ちはあるから。だから、やれること、やらせて。……一生懸命、頑張るからさ」

声はあちこちひっくり返っていたし、キョドってもいたけれど。だからこそ、摩子が心からそう言っているのがわかった。

ひょっとして、彼女もまた成長しようとしているのかもしれない。一人の人間として、誰かを守れる存在になりたい、と。

「……おい」

やがて。舵が肩をすくめて告げた。

「美月、お前は残れ。どう見ても一番体力がない。判断力はあるだろうが、今回のゲームじゃ足手まといだ。俺がやる」

「か、舵さん……!?」

「その代わり、そこのサイコパス女を見張っておいてくれ。にわかに信じがたいが、お前の胆力は小学生レベルじゃないみたいだ。お前ならまあ、あいつに言いくるめられて騙されることもなさそうだしな」

くい、と親指でさした先には、憮然とした顔の楓がいる。この空気の中、じゃあ私も、にならないだろうことは明白だった。ある意味それもそれで勇気ある選択な気がしないでもないが。

「あんた達、本当に馬鹿ねえ。最悪、三人まとめて死んじゃうのに。それに、小学生の男の子を見張りにつけるって、どれだけ私は信用されていないのかしら」

言葉ほど怒っている様子ではない。呆れて笑っている彼女は、それゆえに不気味だ。

たった今、自分の立場が最下位に転落したことに、気づいていないわけでもなかろうに。

「……本当にいいんですか？」

美月は困惑したように舵を見る。舵は「くどい」と繰り返した。

「何度も言わせるな。ガキは足手まといだ」

無論、その言葉をストレートに受け取る者は誰もいない。なんだかんだいい人なんだなこの人、とアンリは思う。

ようは彼なりのやり方で、子供を守ろうとしているわけだ——舵は。

「……時間がねえ。さっさと下に降りるぞ。来い、摩子にアンリ」

「わ、わかってるってば！」

「はい……！」

さっさと廊下の奥へ進む舵。後を突いていく摩子。

部屋を出ようとしたところで、アンリは腕を引っ張られた。見れば心配そうな顔で美月がこちらを見ている。

「……気を付けてくださいね」

「……おう」

一つ壁は超えたが、まだこれからだ。ここから、生き残りを懸けた本気のゲームが始まるのだから。

十二・ヤルキニナレ

舵がそれとなく美月を庇ったのはアンリにも理解できる。実際、美月がいくらやる気になったところで、彼の体格や体力ではこのゲームに不適格だったことだろう。同時に、〝ほぼ確実に不参加になるであろう楓を見張る人間〟が必要だったのは事実だ。

今までの言動からして、美月は年齢にそぐわず聡明で、強い信念を持っている。恐らくだが、楓のような人の精神を揺さぶって自滅を誘うタイプには滅法強い。楓にとって非常に相性が悪い相手、と言い換えることもできる。

体力、腕力で美月では彼女に勝てないだろうが、それでも〝物理的な喧嘩〟に持ち込ませないよう立ち回るくらいは美月にもできるはずだ。そして楓も楓で、拳でどうこうしてくるより言葉で相手を壊す方が得意なタイプ。そちらで勝負するとは考えにくい。

裏を返せば。

その結果、二番目に参加を表明した摩子が、参加確定になってしまったということでもある。

彼女の参加理由の一つは、美月が頑張るから、だった。

その美月が不参加になってしまった今、摩子としては梯子を外された気分になっていてもおかしくはないのではないか。

「なあ、大丈夫か？」

地下のゲーム会場に降り立ったところで、アンリは摩子に尋ねた。

そこは、デモンストレーションの映像で見た通り、カラフルなパネルが床にはめ込まれた場所である。映像の中では血と内臓と排泄物を飛び散らせて女性が死んでいたが、少なくともこの場所にその手の汚れは見当たらなかった。臭いもしない。あの映像がフェイクだったのか、綺麗に掃除したからなのか、もしくは別の会場だったのかは定かでないが。

「あんた、強がってたけど。本当はゲームに参加するのが怖かっただろ。結局、美月は不参加になったし。……生き残りたいってのは間違いなく本音だろうし。つか、俺だって本当は死にたくないし。どうしても無理なら、今からでも戻っていいぞ」

それは心からの本音だった。人数は多い方が成功率は上がるが、だからといって無理強いはできない。それに、一緒に来てくれたのが舵である以上、二人でも十分勝てる見込みはあるはずだ。

「……あんたもあたしより年下なの、忘れてない？」

そんなアンリに。摩子は唇を尖らせて言う。

「年下にここまで慰められるとか、あたしカッコ悪いじゃん」

「あ、いやその……ごめん」

「別にいいけど。というか、あんたの言った通りだし。そりゃ、美月クンは参加しないことになっちゃったけどさ、今考えるとこのゲームに向いてないのは確かだしね。……小さな子が危険な目に遭わなくて良かったって、今正直そう思ってるよ。でもって、そう思える自分がまだいるってことに……安心してる。そういうの忘れないでいられるうちは、あたしは心までバケモノになってないんだなーって思えるっつーか？」

「……そうか」

「うん。……大丈夫、さっき言った言葉、嘘じゃないから。あたし、美月くんもそうだけど……あんたに恩返しがしたいって気持ちも、マジであるから。だから」

摩子は真っすぐにアンリを見つめて言った。

「あんたの指示に従うよ。どうすればいいか、教えて。……美月くんと同じ。あたしも、あんたのことは信じていいんじゃないかって、そう思ってる。マジで思ってる。人を殺せば生き残れるかもしれないって時に、赤の他人の命まで真剣に考えられるような人間なんか滅多にいない。そういう奴はさ、やっぱり長生きするべきっしょ？」

何もかも割り切ったわけではないし、恐怖が消えたわけでもあるまい。それでも彼女は彼女なりに成長しようとしているし、前を向いて立ち向かおうとしているのだ。

フラグになるから、言わない。でもアンリは思ったのだった。

――そうだな。……うん、もっとこの人達のことを、知ろう。摩子さんとも……話をしよう。何が好きで、何が嫌いで、何に笑って怒るのか。……後悔しないために。

「パネルの大きさは、一メートル四方ってところか？」

しんがりで部屋に降りて来た舵が、室内をぐるりと見回して言った。

「やっぱり、一人でクリアするのはしんどそうだな。ナナメ移動してたら三秒なんてあっという間だ。しかもちょっとつるつるしていて滑りやすそうだしな。どうする？」

「色々考えたんスけど」

アンリはパネルを観察しながら言った。

「パネルの色、結構はっきりした色というか。言い間違えるようなものはそうそうなさそうというか」

右上から順に、赤色、黄色、青色、紫色。水色、白色、黒、黄緑。灰色、桃色、橙色、紺色。そして肌色、銀色、金色、茶色――といったところか。

テレビの映像では、色のパネルが表示されると同時に、文字でも『水色！』などと指示が出ていた。ならば呼び方の相違で混乱することもないはず。だったら。

「俺、舵さん、摩子さん。この三人だと、俺と舵さんの方が摩子さんより体力があると思います。なので、パネルを右半分、左半分で俺と舵さんで分担分けした上で……モニターの前には摩子さんに立って貰って、表示された色を読み上げてもらうというのはどうでしょうか」

「え!? あ、あたし立って読んでるだけでいいわけ!?」

「その方が効率いいんじゃないかと思ってさ。いちいちモニターを見るのにもロスがあるし、そちらを振り向かずに声で指示が聞ける方が楽だ。パネルを三人で分担分けするより、勝率高いって判断した。どうだろう？」

その言葉に、舵と摩子はそれぞれ困惑したような表情を浮かべた。摩子からすれば自分が走り回らなくてもいいのは楽なのと同時に、指示を言い間違えたら一発で三人とも死ぬリスクを背負ったということでもある。プレッシャーは少なからず感じていることだろう。

同時に、舵は。

「いいのか？　二人で分担する分、俺とお前の負担は大きくなるが。体力にそんなに自信あるのかよ？　俺は毎日ジムに行って走ってるが」

「大丈夫です」

やっぱりそうだ。アンリのことを心配してくれたらしい。この人本当はヤクザなんてちっとも向いてないんじゃないのかな――なんてことをついつい思いつつ、アンリは笑みを浮かべた。

「知ってますか？　球技の中でもバスケットボールって……めっちゃ運動量多いことで知られてるんですよ。狭いコートの中で、常に走り回らないといけないわけですから」

バスケが体力勝負だと言われる所以《ゆえん》は、試合が止まる展開＝休めるタイミングが少ないからだとアンリは思っている。コートの広さならばサッカーの方が上だし、走る距離はあちらの方がありそうだが。サッカーの場合、ある程度自分の守備範囲にボールが来るまでは止まっていられるというケースも少なくない。しかし、バスケはコート自体が狭いのでそういうわけにもいかないのだ。

ゆえに、中学の頃からバスケを始めて、一番鍛えたのは脚力と体力だった。今のバスケ部はまだまだ弱小に近いが、それでも毎回マラソンは欠かさない。散々走り回った上でミニゲームをすることもザラにある。――体力と、ボールを見逃さない瞬発力には自信があるつもりだ。

「やれます。……やってみせます」

「……男前だな」

フン、と舵は鼻を鳴らした。心なしか楽しそうに見えるのは気のせいだろうか。

「いいだろう。その言葉、嘘にするんじゃねえぞ」

「はい！」

ピンポーン、とチャイムのような音が鳴った。はっとして三人がモニターを振り向く。黒字に白の、味気ない文字だけの文章。そして、無機質な音声が流れる。

『ようこそ、第二のゲームへ。英雄には、今からゲームに挑戦していただきます。五分間、この画面に表示された色のパネルを次々踏んでいただくという、非常にシンプルなゲームです。例えば、赤いパネルが表示されたら、あなたはすぐに赤いパネルのところへ移動してください。その間に、他の色のパネルを踏んでしまっても問題ありません。赤いパネルのあとに白いパネルが表示されたら、次は白いパネルの上に移動します。正確には、パネルを片足でも踏めば成功とみなされますし、場合によっては手で押しても構いません』

「摩子さん、モニターの前に立って！　……舵さん、俺は左半分担当します。右半分のパネルはお願いします！」

「わ、わかったわ！」

「了解した」

『一枚を、三秒以内で踏んでください。できなければ失敗となります。五分間、一度も失敗せずにクリアできれば成功です。それでは頑張ってください』

いよいよだ。あの映像がフェイクでない限り、化け物は実在する。そして、失敗すればここにいる三人全員が殺されることになる。生き残るためには全力でゲームに勝たなければいけない。

――気合入れろよ、俺……！

『**いいですか？　それでは……スタート！**』

大きくアンリが息を吐いた直後、画面が白く染まり、真ん中にパネルが表示された。いけない、自分はモニターを見ている場合ではない。床のパネルの色に集中しなければ。

「あ、赤！」

「おう！」

摩子が叫び、舵が飛んで赤いパネルを踏む。

命がけのゲームが今、始まった。

十四・ユサブリヲカケル

地下室でのゲームの様子は、上の部屋に残った美月にはわからない。テレビ画面に映像を映してくれるかもと期待したが、残念ながらそんなサービスはここにはないようだった。

ただ、音だけは聞こえてくる。ゲーム開始の説明がされたことも、そこからアンリたちが命がけのゲームを開始したことも。

今自分にできることは、彼らの無事を祈ること。

そしてソファーに座っている楓が、余計なことをしないか監視することだけだ。

『あ、青!』

『おう!』

『オレンジ!』

『はい!』

『桃色!』

『は、はい!』

『黄色!』

『了解!』

摩子、舵、アンリの掛け合いのような声が聞こえてくる。彼らは順調にゲームを始めたようだ。

摩子がいちいちパネルの色を叫んでいるということは、多分摩子がモニターをずっと見て指示を出す役で、後の二人がそれを聞いてパネルを踏む役になったということだろう。二人で役割分担をして、長距離動かなければいけない状況を避けるというわけだ。

理に適っているのは間違いない。アンリ、舵、摩子ならばアンリと舵を動く役にした方が合理的だ。そして、指示役がいればモニターをいちいち振り返らなくていい分、大幅に時間を短縮できることだろう。

「良かったの？」

そんな中、楓が美月に馴れ馴れしく話しかけてきた。ソファーの隣に座って、美月の肩に手を回してくる。

「貴方の場合、地下に行った方が安全だったかもしれないわよ？　だって、ここで私と二人きりになっちゃうんですもの。……いくら私が女性でも、小さな男の子を殺せないほどか弱くはないわ。腕相撲でもしてみる？　一〇〇パーセント私が勝てると思うけど」

「そうですね。体格でも腕力でも、僕は楓さんには勝てないでしょう」

「そうそう。で、それが何を意味するかわかる？　私がここで気まぐれを起こせば」

つつつつ、と彼女の指が、シャツの上から美月の胸をなぞる。

丁度、心臓の上あたりを。

「いつでも貴方を殺せちゃう、というわけ。もうわかっているでしょう、私がどういう人間か。このゲーム、確かに英雄に選ばれなかった人間は自動で次に進めるけど……残った人間同士で殺し合いをしてはいけない、なんてルールはどこにもないわよね。頼りになるアンリくんたちは、今一生懸命ゲームをしていて私達の様子にまったく気づかないわ。あなたが泣いて、叫んでもだーれも助けに来ない。もちろん、摩子ちゃんも、舵さんも、ね？」

にいいいい、と楓は愉快そうに笑う。なるほど、と美月は冷静に理解した。

やはり、自分がここに残ったのは正解だった。確かに腕力体力体格で、自分は彼女に勝つことはできないだろう。殺し合いになれば、数秒ももたずに殺される未来が見えている。

だがそれは。楓がその気になれば、の話だ。

「殺せることと、実際に実行することは違いますよ。世間の人間の多くが人を殺せる能力を持ちながら、それを実行せずにいるようにね」

パシッ！　と美月は楓の手を振り払った。

「あなたはこの場で僕を殺しません。何故なら、それは貴方にとって意義あることではないからです」

「どうしてそう言い切れるのかしら」

「これでも、昔から人間観察は得意なんです。……あなたがここで僕を殺さない理由はいくつかありますが、その最たるところは……貴女が最も楽しいことが〝人殺しそのもの〟ではないから、でしょうか」

最初のゲーム。そして第二のゲームの駆け引きを見ていて思ったのだ。楓は、物理的な攻撃力など持つ必要がない。何故なら彼女の本質は『魔女』だからだ。

力ある言葉で他人を誘導し、貶め、脅かし、自滅に誘うのが大好きな、魔女。頭はいいが、その良さを黒い知識と行動にばかり割り振ったサイコパス。

「あなたが本当に殺したいのは人間の肉体ではない、心です。……あなたは自分が直接手を下すリスクをちゃんとわかっている。同時に、それよりも強い楽しみと興奮を覚える行為がある。そう、人を言葉で追い詰め、その心を壊す行為です。あなたは人を操って不和を招き、苦しめ、自滅することを安全圏から眺めるのが最も楽しい人でしょう。だから」

じっと楓を見つめる。自分の意思はこれだ、と伝えるために。

「ここで、僕を殺すことにまったく意味はない。むしろマイナスです。あなたがやらせたいのは、僕を怯えさせて追い詰めて、自ら死ぬように仕向けることだから。あなたが自ら手を下して僕を殺せば、アンリさんのことは苦しめられるでしょうけど……でも、僕に勝ったことにはならない。あなたのようなタイプにとって、僕がまったく折れずに殺されてしまったらむしろ屈辱。違いますか？」

「……ふふふ」

そんな美月に、楓は少しだけ驚いたような顔をして——すぐに、再び貼り付けたような笑みに戻った。

「なるほど。確かに美月くんは私にとって一番相性の悪い『敵』であるようね。他の人……特に摩子ちゃんならもう少し遊び甲斐があったでしょうに。ああ、失敗したわ。これなら下に行って、ゲーム中に揺さぶってあげた方がましだったかしら？　ああ、でもやらかしたら私も死ぬし、リスクが大きいわねえ」

「とか言ってますけど、実際あなたが一番恐れてるのは自分が死ぬことでさえないんでしょうね。楽しみを途中で中断されるのが残念だから、できれば早いうちに死にたくない。それだけでしょう？」

「ふふふ、よくわかってるじゃない。その通りよ。せっかくこんな面白くて刺激的なゲームに参加できたんだもの。早々に退場したらつまらないじゃない？　少しでも長く、楽しく、貴女たちが悶え苦しむ様を眺めさせて頂戴な。知ってた？　退屈こそが魔女を殺す最大の毒なのよ？」

「……悪趣味」

美月は深くため息をついた。今までいろんなタイプの人間を見て来たが、ここまで露骨なサイコパスは初めてである。まったく厄介な相手を招き入れてくれたものだ。恐らく第三のゲームも、仲間たちとの協力が必要なものになる可能性が高い。この女に揺さぶられることは必至だ。

もしここに摩子が残っていたら、どれだけ余計なことを吹き込まれていたかわかったものではない。間違いなく、一番楓の言葉に動じない自分が残ったのは効果的だったと言えよう。

「アンリくんはとっても面白いわ。今の時代で稀に見る正義感の強い男の子。もっともっと虐めたくなっちゃう。デスゲームの中で、赤の他人を本気で助けたいなんてとっても純粋で素敵よね」

「そこは同感です。……彼にはぜひ、生き残ってほしいですね」

素直に同意しておく。このゲームが始まってすぐ美月が悟ったことでもある。――この集団には、優秀なリーダーが必要だ。そしてそうあるべきは、彼のように嘘偽りなくヒーローとして立ち回れる人間だろう、と。

探偵には向いていないようで少々詰めが甘いところが難点だが、そこは自分がカバーすればいい。舵と摩子もアンリを信頼しつつあるようだし、楓が邪魔しなければあとはうまくいくだろう。

無論それらも、このゲームをうまく切り抜けられたらの話ではあるが。

「同時に、私は貴方にもとても興味を持っているのよ、美月くん。ちょっと小学生にしては、達観しすぎていて不自然なくらいよね？」

楓は寒気がするような手つきで、美月の頭を撫でた。

「それにあなたの名前、どこかで聞いたことがある気がするのよ。陽炎美月……どこだったかしらね。そもそも陽炎なんて苗字がとっても珍しいわ。実はものすごく有名人だったりするんじゃないの？」

「ご想像にお任せします」

どうせ、自分が普通の小学生でないことはバレているのだろう。隠す必要も、否定する必要もない。できれば、一番最初に語るのがこの女相手でない方がいい、というだけの話である。

地下で、ゲームは続いている。

祈るように、ただひたすら両手を合わせることしか、美月にはできなかった。

＊＊＊

「つ、次！　黒！」

摩子が叫ぶ。舵がかろやかに飛んで、黒いパネルを踏んだ。

「き、金色です！」

「はっ」

はい、と返事しようとして、アンリは声がつまった。そろそろ体力が限界に近い。時計がないので、残り時間がわからない。本当に五分きっかりでゲームは終わるのだろうか。実は騙されているなんてことはないのだろうか。そろそろかなり時間は過ぎたと思うのに、まだタイムアップではないのか。

金色のパネルをギリギリで踏んだ。しかし、休んでいる暇はない。摩子が茶色、と叫ぶのが聞こえた。茶色も自分のエリア内だ。アンリが踏みにいかなければいけない。

「ぜえ、ぜえ、ぜえ、はあっ！」

このゲームで唯一幸いなことは、特定のエリアだけ狙い撃ちにされている様子がない、ということだろうか。色を指定する相手が人間だったならば、それこそ常にアンリだけが動き回るように、アンリの守るエリアの色だけ指定し続けるということもできるはずである。そうすればいずれアンリの体力が尽きて、ゲームに失敗する可能性が高いのだから。

しかし今のところ、同じエリア内では最大三連続しか来ていない、と思われる。パネルの選択は完全にランダムであるようだった。

「はっ……はあ……！」

茶色のパネルを足の端で踏むのと、紫色！　と摩子の声が響くのが聞こえた。舵の守備範囲だ。

彼がパネルに飛ぶ。早く息を整えなければ、と思うのに体が重くて仕方ない。

たった五分。たった五分なのに、どうしてこんなに疲れ果てているのだろう。これくらいの運動、バスケの試合に比べたら大したことなどないはずなのに。

――やっぱ、プレッシャー感じてるんだ、俺。自分が失敗したら、みんなも死ぬから、だから。

「紺色！　アンリくんっ！」

「くっ……はあああ！」

最後の力を振り絞れ。アンリは歯を食いしばって紺色のパネルに向かった。しかし、そこでよりにも寄って足がつるりと滑ってしまう。まずい、とひっくり返る景色で思った。アンリくん！

という摩子の絶叫に近い声が響く。

――だ、駄目だ。ここで俺が倒れたら、舵さんと摩子さんも死ぬ……！　それだけは、絶対、駄目だっ!!

必死の思い出、紺色のパネルに手を伸ばした。

残り時間は、あと――。

十五・チカラヲアワセテ

「ぜえ、はあ、はあ、はあ……！」

息も絶え絶えに、アンリはしゃがみこんでいた。摩子のコールがやんでいる。伸ばした手の先で触っているのは、最後に言われた紺色のパネル。

一体どうなったのだろう。疲労で耳がキンキンしてしまって、何もよくわからない。頭もぐるぐるするし、なんだか少し吐き気もあるような。

「おい、大丈夫か！」

「！」

「あ、アンリくんっ！」

舵と摩子の声がすぐ傍で聞こえて、ようやくアンリは顔を上げた。心配そうに、二人が覗きこんできている。彼らの向こうにモニターが見えた。

そこに表示されている文字は。


『MISSION COMPLETE!

おめでとうございます。第二の試練クリアです。お疲れ様でした。

先に進んでください』

そんな文字と、二重丸。ひょっとしたらアナウンスもあったのかもしれないが、自分はきっと聞き逃したのだろう。

「せ、成功した……」

アンリはほっとして、その場にひっくり返った。汗でべとべとしたし人前だが、今はそんな余裕もなかったのである。

まさかここまで疲労困憊になろうとは。多分、運動量自体は大したことがない。絶対失敗できないし休む暇もない、正確な時間の進行もわからないというプレッシャー。それに相当追い詰められていた、ということなのだろう。

――最後の紺色のパネル。踏めなかったから駄目かと思ったけど……足でなくても手でタッチすればいいってそういえば言ってたっけ。助かった……。

なんにせよ、この表示が出ているのに化け物が降ってくるなんてことは多分ないだろう。次のミッションがいつ始まるのかわからないが、少しは休憩させて貰えるだろうか。

「本当の本当の本当に……ありがとねっ！」

「うわっ！」

「舵さんもありがとう！　あたしが今生きてるの二人のおかげだから！　本気でマジの感謝なんだからあああああ！」

「お、おい！」

飛びつくように摩子に抱き着かれ、戸惑うアンリ。見れば、摩子の顔も涙と鼻水でぐちゃぐちゃになっている。彼女は指示役だったとはいえ、プレッシャーは相当感じていただろうし、疲れも感じているはずだ。それなのに真っ先にアンリと舵にお礼が言えるあたり、なんだかんだでいい人なんだろうな、と思ってしまう。

そう、生きたいだけ。怖いものを怖いと言いたいだけ。それは何も悪いことではない。そもそも摩子が怖がらなければアンリがそう言っていた場面だってきっとあったのだろうから。

「うう、ほんと、駄目かと思って……あたし、今度こそゴリラの化け物に生きたまま骨ごと食われちゃうのかなって思ってて、超怖くて……うう、うう、ありがとほ……ズズズズ、ありがとほおおおお……」

「ま、摩子さん摩子さん、落ち着いて落ち着いて！　気持ちはわかったから！　鼻水出てる！」

「あうううう……」

このままでは制服に鼻水をすりつけられそうである。困っていると、上の方から聞きなれた声がした。

「あの……ゲーム終わったんですよね？」

美月だった。梯子の上から顔を出して、アンリ達を見つめて言う。

「ひょっとして、今はお邪魔でしょうか？　それなら僕は遠慮します。えっと、三人で実はそういう関係になったと言われても、僕は偏見とかないので大丈夫ですよ」

「チョットマテなんでそんな発想になるんだ⁉　つかしれっと俺を巻き込むんじゃねえよ！」

「ストップストップストップストップうううううう！　美月くん、それは盛大なる誤解！　誤解だからあああ！」

アンリと舵は二人揃って大慌てすることになるのだった。しかも。

「俺は女子高校生なんか趣味じゃねえんだよ、年上のふくよかでボインな熟女にしか興味はねえ！　できれば関西の女希望!!」

「ハイ!?」

流れで舵がうっかり好みというか性癖を暴露して、そのほか全員がドン引きするのもここだけの話である。

＊＊＊

美月が地下を覗きに来た理由は、さっきのテレビに『ゲーム終了』の文字が表示されたからだった。

正確には以下の表記である。

お疲れ様でした。第二のゲームは無事終了しました。

このテレビ画面に表示されたタイマーがゼロになるまでに、次の部屋へ移動してください。

ＮＥＸＴと書いたドアの向こうが次のゲーム会場になります。

それまでは自由にこの部屋でご休憩、ご歓談ください。


黒字に白い文字。その下にタイマーがあり、少しずつ時間を減らしている。制限時間が切れた後もこの部屋に居座ったらどうなるのか、については何も書かれていないが、まあろくなことにならないのは確かだろう。

さっき言っていたように、毒ガスでも撒かれて即終了、ということなのかもしれない。とりあえず疲れ切った体を休ませて貰える時間があるということで、アンリは心底ほっとしたのだった。

「本当にしんどかったぜ……生きてて良かった、俺」

「お疲れ様です」

美月は言いながら、コップに冷たいお茶を入れて手渡してくれた。

「ゲームの様子は、音だけなら聞こえてきました。役割分担して切り抜けたんですよね。……英雄は一人でなくてもいいこと。複数人で挑めば勝てる可能性のあるゲームだということ。見抜いたのは流石ですし、本当に勝っちゃうんですから流石ですよ」

「い、いやいや。君ほどじゃないよ。小学生なのに自分も参加するって言える勇気はかっけーし……って、美月くん大丈夫だった!?　楓さんに変なことされてない!?」

そうだった、と慌ててアンリは楓の方をちらちら気にしながら尋ねる。

ゲームが始まる前には一応気づいていたが、やっぱり心配ではあったのだ。楓は明らかに言葉で人を操り、破滅させることを楽しんでいる。いくら直接暴力に訴えるタイプではなさそうとはいえ、サイコパス的な気質を持ち合わせているのは間違いない。

何か嫌なことを言われたり、変なことをされたのではないか。摩子を残していくよりは大丈夫だとは思っていたが。

「真っ先に僕の心配なんて、どれだけお人よしなんですか」

呆れたように、美月はため息をついた。

「大丈夫です。ちょっとだけお話をしていただけですから。見ての通り、僕は舌先三寸で言いくるめられるようなタイプじゃないですよ」

「そ、そうか。……強いんだな、君は」

ぐい、とコップのお茶を飲み干すアンリ。疲れた体に冷たいお茶は非常に効く。そういえば、冷蔵庫にまだ軽食が残っていた気がする。このタイミングで食べてしまうのもありだろう。

本当は横になって仮眠を取りたい気持ちもあったが、いかんせん部屋にはベッドがない。それに、残り数十分で目覚められる自信もあまりなかった。ここは座ってお茶飲んで休憩するに留めた方が良さそうだ。

「少し休憩したら、ちょっと話をしないか。さっきなんだかんだで、君や楓さんとはあまり話してないし」

そう告げると、美月の表情は明らかに曇った。あれ、とアンリは慌てる。何か嫌なことを言ったただろうか。実は楓に変なことをされていて、それで彼女の話が出るだけで嫌だったとか。もしくは、自分について尋ねられるのが極端に嫌なタイプなのか。

「ごごごごめん、俺嫌なこと言ったかな？　いやその、美月くんすごいからさ、小学生と思えないくらい冷静だし、視点も鋭いし、頭もいいいし！　何かすごい大会で優勝した人とか、有名人とか、そういう人なんじゃないかなーって思ってそれで‼」

「……僕の話なんか聞いても、面白くもなんともないですよ。とてもつまらない人間なので」

ただ、と彼は沈んだ目で、はっきりと言ったのだった。

「いくら子供だからって、僕みたいなやつに愛着なんて持たない方がいいです。……僕は、人殺しなので」

え、とアンリは固まる。人殺し。目の前の彼が？

一体それはどういう、と尋ねようとしたところで、彼はそそくさと洗面所に消えてしまった。どうやら、それ以上語るつもりはないということらしい。

「あの子が気になるの？　アンリくん」

そんな僕の様子を見てか、楓がすすすす、と近づいてきた。

「実はね、私……どこかであの子の名前を見たことがある気がするのよ。陽炎美月。……陽炎なんて苗字、そうそうあるものじゃないでしょう？　此処ではネット検索もできないから、うろ覚えの記憶を辿るしかないのだけれど。私が覚えてるってことは、ネットニュースとか、そういうところで彼の名前を見た可能性が高いのよね」

「ニュース、ですか？　え、犯罪で捕まった、とか⁉」

「お馬鹿さんね、あの子どう見ても未成年じゃない。子供は人を殺したところで名前なんか出ないわよ。そもそも、十三歳以下は逮捕もされないんだしね。……どこかの大企業のお子さんとか、あるいはなんらかの大会で優勝したとか、そういうのじゃないかしら。ああ、犯罪に巻き込まれて被害者として救出された、とかそういうケースなら名前も出そうだけれど」

「な、なるほど……」

楓本人のことはあまり信用していないが、その言葉は信じてもいい気がする。そもそもなんとなくだが、彼女はあまり意味のない嘘をつくタイプではないように思うのだ。

己が必要となった時だけ、嘘をつく。その『必要』は単に『その方が面白そうだから』とか、そういう動機かもしれないが。

「す、すみません。お風呂借りてもいいでしょーか？　手洗い場の横にお風呂らしきドアがあってですね……」

「え、マジ？　気付かなかった」

どうやらここにはシャワールームも併設されていたらしい。摩子がしずしずと言い出す。彼女曰く「今着てる服とまったく同じ着替えも用意されてるみたいなんですが」とのこと。――予め体の採寸を図られていたかもしれないとなると、少々ぞっとするが。

「交代でお風呂済ませちゃった方がいいかもね。今が何時なのか、ゲームがあといくつあるのかもわからないし」

相変わらず食えない笑みを浮かべて言う楓。そして。

「ね、お風呂の間に、お話でもしましょうか？　アンリくん、私とも話がしたいんでしょう？」

あっさりと言う。どうやらさっきの美月とのやり取りを聞かれていたらしい。

彼女から言い出されるのはなんとなく複雑だが、仕方ない。アンリは少し警戒しつつも、はい、と頷いたのだった。

十六・サイコナカノジョ

摩子がシャワーを浴びているらしい音が聞こえてくる。お風呂、と言ったが残念ながら浴槽はなかったらしい（あったところで時間的に見ても、風呂にゆっくり浸かるのは無理だったかもしれないが）。

「それで？　何を訊きたいの？　私に」

アンリは今、テーブルで楓と向かい合って座っている。先のゲームのせいでかなり疲れていたが、話ができないほどではない。

残る一時間弱の休憩。有意義に使わなければならなかった。それは体力を回復させることだけではない、相手の本質を知るという意味でもだ。

前二つのゲームで、おおよそ運営が自分達に求めているものがわかってきた気がするのである。

このゲームは、全員で協力すれば、全員で抜けられる道が用意されている。その一方で、お互いでギスギスに殺し合いになりそうなギミックも用意されており、少なくとも第二のゲームでは殺し合いに賛成した人間もそれはそれで生き残ることができる仕組みになっていた。

全員を説得して、皆で協力して状況を打破するヒーロー。

もしくは、情け容赦なく他人を踏みつけてでも生き残る道を選ぶことができるヒール。

そのどちらかに該当する人間を、このデスゲーム運営者は求めている。なるほど、彼らの考える『勇者』はそういう者なのかもしれない。味方と協力して魔王に立ち向かうことの出来る正義の味方か、もしくは魔王に対してどこまでも非情になれる制裁者。

その間に立つ、中途半端にしかなれない人間は死んでも構わない。そんな意図が透けているのがなんとも気持ち悪いのだ。

誰だって生き残りたいに決まっている。

極限状態において、恐怖したりパニックになったりして自分を保てなくなるのはなんらおかしなことではないし、それはけして罪ではない。冷静に信念を貫ける人間ばかりに価値があるわけではないはずなのに。

「ゲーム終わって、色々頭が冷えて……俺も考えてみたんですよ」

真っ直ぐに楓を見据えて、アンリは告げた。

「デスゲーム系の漫画とかでアニメなんて珍しくないし、俺もいくつか読んだけど。……参加者の中に、運営側の人間が紛れてるって話は珍しくないんですよね。後で裏切りましたー！　とかになった方が、ゲームとして面白くなるからだと思うんですけど」

「そうね、それで？　まさか、私が裏切り者だと疑ってる、と？」

「平たく言うと、そうなります」

お前が裏切り者だろ！　と言われて怒らない人間や悲しまない人間はそうそういない。そいつが裏切り者であれば焦るし、冤罪であっても疑われることへの怒りはあるからだ。

よくミステリー作品で追い詰められた犯人は「証拠はあるんですか!?」と言う。そして誰かがこんなことを言っていた——証拠を求める奴は大抵やっている、と。アンリもそう思っていたのだ。しかし——。

——俺が、冤罪で疑われたら。あるいは仲間内で裏切り者だと誤解されたら。果たしてその台詞を言わずにいられるだろうか、って。

冤罪でも言ってしまうかもしれない——「証拠でもあるんですか⁉」と。そもそもいわれのない罪で疑われて焦らない人間はいないいし、場合によってはパニックになっても仕方ないからだ。自分はやっていないのだから証拠なんてあるわけない、あったとしたら捏造に決まっている。そんな感情からつい、余計な物言いをしてしまわないとは言い切れないだろう。

何が言いたいのかと言えば。

態度や言動だけで、簡単に冤罪と犯罪を見分けることはできないのではないか？　ということである。理由は違えど、怒りや恐れを抱いてパニックになるのはどちらも同じ。犯人は〝犯人しか知らないこと〟をぶっちゃけた時点で確定だろうが、冤罪は証明するのが本当に難しい。やってないと困惑しながら主張し続けるしかない。それは半ば悪魔の証明に似ているだろう。

冤罪のケースは、真犯人が見つかりさえすれば晴れることもある。だが、そもそも犯罪自体が行われていなければ、真犯人を検挙して晴らすことさえままならない。真実をきちんと証明するのが司法の役目であれど、一〇〇パーセント正しい審判など誰にも下せるものではないのだ。

なんせ、裁く人間も裁かれる人間も、観測者でさえすべて人間で。

そこに個人の感情をまったく挟まず、失敗もしないなんてことはできるはずもないのだから。

つまり、何が言いたいのかと言えば。

――なんで、そんなに落ち着いてられるんだ、この人……？

裏切り者であれ、そうでなかれ。

まったく焦る様子もなく微笑んでいる楓は、あまりにも異質なのである。

「………私は『魔女』だから、人の本質を見抜くのはなかなか得意なんだけど。貴方は『探偵』には向いていないわね」

数秒沈黙したアンリに何を思ってか、楓は楽しげに語る。

「貴方は人を感情面で読み解こうとする。そうでしょう？」

「そ、それは……！」

「私もやることだから、駄目とは言わないわよ？　でも、感情面でものを読み解く時の基準は何になるの？　貴方の中の常識の当てはめて考えるものではなくて？　自分だったらここで驚くはずだ、怖がるはずだ、嘆くはずだ、怒るはずだ、喜ぶはずだ。……誰だってそうよ、基本的に人の感情を想像する時は自分を基準にする。それは良いことでもあるわ。特に、共感性や協調性を大事にするこの国ではね」

きっと癖なのだろう。彼女は髪をかきあげて微笑む。自分の中で考えをまとめたい時に、あるいは人を説得したい時にそうするのだろうか。

「この国では幼稚園の頃から、『他人の立場になって考えましょう』と教える。自分だったら悲しい、そう思うことはしないようにしましょうってね。逆に自分が嬉しいと思うことをしてあげましょう、そうすればみんなも喜ぶはず……って。素敵な教えよ？　他人とうまくやっていくため、誰かを愛して愛される自分になるためには」

だけどね、と彼女は続ける。

「その考えには致命的な穴があるわ」

「穴？」

「決まってる。……一般的で、フツーで、健全で、当たり前で、常識的で。そんな感性を持つ人間でなければ当てはめることができない、ということ。アンリくんや摩子ちゃんはまさに、理想的なほど『普通』の感性の持ち主よね。だから、他人の気持ちを慮って矛を収めたり、仲裁できるというわけ。でも……」

「……ひょっとして。あなたはそうじゃなかった、と？」

「まあね」

なんとなくそれは感じていたことだ。人が苦しみ悶えながら死んでいく様を笑って見られること。共感性、感受性の大幅な欠如。

楓は、まごうことなきサイコパスだろう。自分が生き残るために摩子が犠牲になっても、きっとなんとも思わない、そんな人間。でも。

今、アンリは思ったのだ。果たして彼女みたいな存在をただ『サイコパス』で片付けて良いものかと。何故なら。

「辛かった、ですか」

生まれつきそうだとしたら、それは。

そのように生まれたことはけして、彼女の罪ではないはずだから。

「どうかしらねえ」

テーブルに肘をついて、明後日の方を見る楓。

「本当に小さい頃から、自分は他の子と違うとは思ってたわよ？　他の子がまだ平仮名を一生懸命勉強しているうちに、私は難しい漢字も英語もあっさり読み書きできるようになったし。さっきのロシア語とかだって、趣味でなんとなく資格の本を読んでいただけで大体わかるようになっちゃった、ってだけだもの。学校の授業についていけなかったことも、予習復習をしたこともないわ。みんな何でこんな簡単なことができないんだろうって本気で思ってた。英単語も数学の公式も一度見れば忘れなかったもの」

「そ、それは羨ましい……」

「あなたも地頭は悪くないと思うし、ちょっと頑張ればすぐ成績なんて良くなるわよ。まあ、とにかく私は頭の構造がちょっと人とは違ってたんでしょうね。だけど……」

すっ、と彼女は目を細める。

「私はそれ以外でも、何かが違っていた。何かを壊すこと、傷つけることに躊躇いなんかなかったわ。みんながどうしてそれを嫌がるのか、やめてほしいと頼んでくるのかわからなかった」

シャワーの音が止む。摩子が風呂から出てくるのがわかったからか、洗面所にいた美月が戻ってきた。小学生とはいえ男子だから気を遣ったのだろう。

「幼稚園の時、籠に小鳥を飼っていたのよ。二羽いてね、茶色の小鳥と白い小鳥だったわ。文鳥っぽかった気がするけど、違う鳥だったかも。とにかく、幼稚園のみんながとても可愛がっていたのはよく覚えてる」

これくらいの手乗りサイズね、と彼女は右手の平を上にして示してみせた。

「同じ年少組の女の子がね。ある日私に言ったの。小鳥さんの体の中はどうなってるのかなって。人間の足とは違う。人間みたいに腕が生えてるわけじゃない。どんなふうに骨があるのか、肉が付いてるのか。興味を持つのはおかしなことではないわよね」

「ま、まさか」

「あら、既に察しちゃった？　私はそれを聞いて思ったのよ。この体の構造を調べてあげたら、この子もきっと喜ぶんじゃないかしらって。私にとってはね、ちゃんと〝相手の立場を考えた上で〟の行動だったわ。だから」

その子を解剖したの、と楓はあっさり告げた。

「ハサミで羽を切って、肉をカッターナイフで切り裂いて。生きたまま、どのように内臓が動くのか、骨がくっついているのか。見せてあげたらきっと友達は喜ぶと思ったわ。小鳥が死んでしまうだろうことは予想していたけれど、もう一匹いるんだから片方が死んでも問題ないだろうって。そしてその死骸をね、こっそり園庭の木の裏に隠しておいて……翌日その子に見せてあげたの。綺麗に取り外した内臓を並べてね」

それは、とアンリは言葉に詰まる。その思考回路は、わからなくはない。わからなくはないが、でも。

その子のため、だったはずの友達はきっと。

「友達は大泣きしたわ。いえ、泣いたどころでは済まなかった。その場で嘔吐して、体調を崩して、病院に救急搬送。他の子にも具合を悪くした子が出たし、親も即座に呼ばれてすっ飛んできたわ。何度も何度も先生達に謝って……私は幼稚園をやめることになった」

「納得、できなかったんですか。それは」

「勿論よ。私は友達が喜ぶことをしたつもりだった、自分だったら嬉しいことをした。それなのにどうして責められ、叱られ、幼稚園までやめなきゃいけないのって。それがね、小学校も続くわけ。相手が喜ぶと思ったことをしたはずなのに何故か叱られるっていうの」

「トラブルメーカーだったと」

「ぶっちゃけ言えばそうね。プールが嫌だと友達が言うからこっそりプールの水を抜いて大騒ぎになったり。学校を休みたいという子がいたから、病気にしてあげようと思ってその子の給食に理科室の薬を混ぜてあげたり。あとは、クラスのいじめっ子を階段から突き落として苛められっ子を助けてあげようともしたっけ。……全部、私が悪いこと、おかしいことになったけど」

アンリは、なんと言えばいいのかわからなくなった。

人より頭が良かったからこそ、楓は思いついたことをすべて実行できてしまったのだろう。ただ、その結果人が悲しんだり苦しんだりすることが根本的にわからなかった。何故なら自分にとっては嬉しいはずのことをしたつもりだったから。

相手の立場になって考える、は。

相手と自分の常識や感情に、ある程度足並みが揃っているからこそできることだったのだ。

「人のために余計なことをするな、と両親に叱られたわ。私が誰かのために、としたことが全部裏目に出て、親が呼び出される羽目になったからでしょうけど。カウンセリングなんかも受けたけど、私は何度考えても自分が悪いとは思えなくてね。ただ、人のためになることをしようとすると怒られる、ということだけは一応学んだわけ」

だから、と彼女は笑った。

「私は決めたのよ。自分の為の、自分が楽しいことだけしていようと。人のために何かをすることを辞めるのが一番いいことなんだわって」

十七・ツヨクアルモノ

人の心が分からない化け物。サイコパスと呼ばれる人間を、そうやっていっしょくたにしてしまうのは簡単だろう。

実際、人を傷つけることを厭わない人間などこの世にはいくらでもいて、そういう人間に〝真っ当な常識〟を教えるのが難しいということは、アンリにもわかっていることである。

でも。

――……この人は。

なんと言えばいいのか、わからなかった。正直、楓がどこまで本当のことを言っているかなんてわからない。適当に嘘を並べているだけかもしれないとは思う。それくらい、現時点で既に楓の信用は地に落ちているし、楓自身もそれをわかっていることだろう。

でも。

もし本当ならば。人のためを思ってしたことが、当然のように裏目にばかり出て、それが当たり前の人生だったたなら。

それはどれほど――どれほど。

「私が考える『良い事』と人が思う『良い事』の間には大きなずれがあって、それは修正不可能なものなんだと察したわ。私は赤の他人が死んで悲しいなんて気持ちは分からないし、死体を見てもそれをおぞましいとか気持ち悪いなんて思わない。普段透かしてみることのできない、肉の内側や骨の構造が見れて面白いなってくらいの認識しかないのよね。でも、長年生きていればそれが、普通の感覚ではないらしいってことくらい気づくわよ」

「か、楓さん……」

「親はそんな私を持て余したわ。同時に、私が普通の子供よりずっと頭が良いことにも気づいていたから、恐れた。とにかく、私が〝普通ではない〟ことを隠そうとしたし……私も逮捕される年齢になったら捕まるのは嫌だなって感覚はあったから、自分を隠して生きるようにはしていたわけ。成長してからはバレないように人で遊んだり、気づかれないように動物を解体したり、それくらいに留めたわ。それで親は、私の性質が大人しくなったって思い込んだみたい」

「誤魔化すのが上手くなったから、ですか」

「そうそう。サイコパスとか言われる人間も一応は学ぶものなのよ。だからこそタチが悪いって思われているんでしょうけどね」

くすくすくす、と笑う楓の顔に、声に、悲壮な色は一切ない。

彼女は己の境遇が不幸だとは思っていないのだろう。誰かに理解されないことも、誰かを理解できないことも。

他人から見て、その姿がどれほど不憫なものだとしても——異常でも。

「人のために何かをしようとすると失敗するし、私のズレが露呈してトラブルになるだけ。だったら、私は私が面白い、楽しいって思うことだけしようと決めたわ。それを上手に隠しさえすれば、私は普通のニンゲンとして扱われるって気づいたもの。……ほっとした親は、私をお見合い結婚させた。結婚して、子供を産んで母親にでもなれば、きっと子供の頃おかしかったところも全部消えると思い込んだみたい。私は好きでもなんでもない男と結婚したし、向こうも特に愛情はなかったことでしょう。……本当に馬鹿よね。私と結婚した相手がどうなるか、だーれも気づいてないんですもの」

楽しそうに、楓は両拳を握って動かしてみせる。それはさながら、ゲームセンターでコントローラーを動かす仕草のような。

「私は『魔女』。子供の頃にはそう自覚していた。箒で空を飛べなくても、キャンディーを空から降らせるような真似ができなくても、炎の柱を立てることができずとも……私は本物の魔女だってね。言葉一つで人を生かすも殺すも自由自在。楽しかったわ。大人しくて退屈な旦那を、思い通りに操るのは興味深かったわ。愛情も何もない相手が一つ屋根の下にいたら、私にとっては都合の良い玩具でしかない。親は未だにそれに気づいていないようね」

「だ、旦那さんに何をしたんですか」

「ナニをしたのかしら？　うふふふふ、想像してみて。ああ、でも私がこのまま家に帰らないと、彼はきっと困ってしまうでしょうね。もう私に虐めて貰えないと満足できない体でしょうから。うふふふふふ」

気分の悪い話をされている。そうは思うのに、もはやアンリはただ楓を責める気にはなれなかった。

苦しいことを苦しいと思えないこと。それもきっと、一つの苦しみなのだ。

彼女は何を間違えてしまったのか。もしくは、彼女の周りの人ができることは本当に何もなかったのか。それを、今アンリが考えてもどうしようもないことなのだろう。

そう、どうしようもないと分かっていても、苦い気持ちにならずにはいられない。自分が他者と足並みを揃えることができる感性を持っていることが、どれほど幸せか理解できるがゆえに。

「で、もう一つ貴方に教えてあげようと思うのだけど」

にやり、と口角を上げる楓。

「私はあなたに言ったわね。買い物をしているところまでしか記憶がないって。あれ、嘘なの」

「え」

「実はね。今回のテンセイゲームについては、闇サイトで募集がかかっていたのよ。参加したい人は応募してくださいーって」

「は⁉」

「お、おい待て、どういうことだそれは⁉」

アンリのみならず、これには舵も反応した。同時に、美月さえも驚いた顔をしている。

「……なんかとんでもない爆弾が落とされた気がしたんですけど。もしかして楓さん、自分で望んでこのゲームに参加してるんですか？」

美月がそう尋ねると、イエスよ、と楓はひらひらと手を振った。

「さっきの話の続きになるけど。私はずっとずっと、自分の楽しみを共有できる相手を求めてネットをさ迷っていたわ。旦那で遊ぶのも飽きてきちゃったし、どこか楽しいネタや、同じ感覚を共有できる相手はいないものかしらと思ってね。で、いるところにはいるわけ。こっそり犬猫を解体して遊んでるヤツ、クラスメートを気づかれないうちに鬱に追い込んで自殺させたやつ、人が大事にしているものを壊すことを楽しみにするヤツ。私とそっくりな人間もたくさんいたわ。今の私にとって一番の楽しみは、人が絶望して自分を失っていくところを楽しむこと、ですもの。そういう話や写真や動画がアップロードされているのを見るだけでたまらなく興奮したし」

「本当にゲスだな」

「ありがと、最高の褒め言葉よ。それでね？　私が利用していた闇サイトにある日、テンセイゲームの話を持ってきた人がいたわけ。つまり、このゲームに参加してくれる人間を募集している、やりたいやつは応募してみないかって」

結論から言うと、と彼女は椅子に座り直した。

「このテンセイゲームを運営している組織は『女神教同盟』と名乗っていること、彼らが本当に異世界から来た人間達を自称していることは知ってる。魔法みたいな力を使っているところも、装置を使ってモンスターを召喚するところも見たわ。まあ、絶対に手品やＣＧでなかったとは言い切れないけどね」

「ま、マジですか……」

「マジよ、大マジ。そして彼らが、〝彼らが元来た異世界で戦ってくれる勇者様〟を求めているというのも本当みたい。……これも、彼らの妄想幻想ではないとは言い切れないけれど」

思わず、アンリは舵と顔を見合わせてしまう。


おめでとうございます。ここにいるのは、勇者の資格を持つ者達です。

皆さんは、異世界に転生して、魔王を退治する勇者の候補として女神様に選ばれました。


あんな言葉、まったく信じてなどいなかった。宗教か、危ない人の妄想だろうということくらいしか。

ここにきて、あんな眉唾な話が本当だなんて——その可能性が出てくるだなんて。

まったく笑えないではないか。もしそうだとしたら、この組織の奴らは魔法とやらで、自分達をいつでも簡単に殺せるということなのか？

「……待ってください」

美月が口を挟む。

「闇サイトに募集をかけたということは……人を簡単に殺せるような人間を欲したということ。つまり、魔王という存在を容赦なく殺せる勇者が欲しかったこと。ここまではわかります。でも……そのサイトで応募したのは、あなた一人なのですか？　他にもゲームに参加した人がいたのではないですか？」

それだ。アンリはもちろん、こんなゲームに望んで参加したわけではない。この質問をするということは美月もそうだろうし、舵や摩子もそのようには見えない。

ということは。現在動いているゲームは、この五人だけが参加しているわけではないのだろうか？

「他の参加者には会っていないし、このゲームがどのようなルールで何回戦あるかも何も知らないから答えられないわね」

楓は肩を竦める。

「私はただ、退屈な日常に飽き飽きしていたから、ここで死んでもそれはそれってくらいな気持ちで応募しただけだもの。でも……同じように興味を持っていたサイコ仲間はいたみたいだし、あの募集をかけられたのはうちのサイトだけじゃなかったでしょうね。だから、他にも参加者がいる可能性は高いと思うわよ」

もっとも、と彼女は続ける。

「さっきのデモンストレーション映像のように……すでに死んじゃってる人もたくさんいるんでしょうけどね？　うふふふふ」

十八・アシヲヒッパル

「あのさあ……」

「！」

はっとしてアンリは顔を上げた。いつの間にか洗面所のドアの前に摩子が立っている。髪の毛が少しだけ湿っているのを見るにあたり、ざっとシャワーを浴びて軽く髪を乾かしてきたということらしい。

「その、途中から話、聞いてたんだけど」

摩子は苦い表情で楓を見た。

「他の人と生まれつき感性が違うってのは気の毒だと思うし。人の気持ちを想像して動いたら空回るっていうのも可哀想だなとは思うけど……。それでもあたしはやっぱり、人が死んでいくのを見て笑うのは理解できないし。人が苦しそうにしているのを見て楽しいって思うような人、信用できない」

「そう」

「あたしは、こんなゲームに参加なんかしたくなかった。死にたくないのもそうだけどそれ以上に……人が人を疑って、貶めるような自分の汚い感情も。そういうものを向けられる世界も知りたくなかった。こんなもの知らないで、フツーに生きてたかった。こういうものを自分から味わなんていうか！」

うために参加しようだなんて、考えるのがまず理解できないっていうか、わかんないっていうか、

元々語彙が豊富な方ではない、というのはなんとなくわかっている。それでも摩子は摩子なりに、伝えるべきことを伝えようとしているのはわかった。

だから黙って、アンリも耳を傾けた。

それがどれほどどきつい言葉であったとしても、場合によっては不和を招くとしても。

「でも……それでも心のどこかで。アンリくんたちみたいに勇気がある人の存在を知れたのは……良かったとも思ってて。世の中には、生き残るべき人っていうのがはっきりいるんだって、それは理解したから」

ちらり、と彼女は出口の扉がある方を見つめる。決意を固めたかのように。

「次のゲームは本当に、この五人で殺し合いになるかもしれない。……それで、楓さんはどうするつもり？　殺し合いになるか、一人を確実に削らなくちゃいけないとなったら。あたしとか、虐め甲斐のありそうな人を標的にして、追い詰めて、その様を楽しむつもり？　もしくは面白半分にゲームをひっかきまわす？」

「さて、どうかしらね」

「ふざけないでよ。さっき美月くんが言ったこと、忘れたわけじゃないでしょ。この五人でもう、信用差は大きくついてる。この状況で五人の中の誰かを犠牲に、ってなったら……確実にアンリくんは生き残るし、他の人も生き残らせたいと思うと思う。美月くんだって、生きていて欲しい

し、舵さんにもあたしは感謝してる。……でもって他の人達も似たような思考だと思うから……生贄になるべきはあたしか楓さんになるよね？　次が最後のゲームかもしれないし、語学なんか必要ないかもしれないんだから」

　というかさ、と彼女は告げる。

「摩子さんがゲームに望んで参加したって聞いて、ちょっと気づいちゃったんだけど。ひょっとしてさっきのテレビ映像にロシア語とかの文字が出て来たのってさ、摩子さんを生き残らせるためだったんじゃないの？　運営側がさ、摩子さんが死んだらつまんないから、贔屓するために流したんじゃないかって気がしてるんだけど」

「！」

　アンリは驚いた。実は、楓が運営側のスパイかもしれないと当初疑った理由はそこだったのだ。どうやらスパイというより〝何も知らされてはいないが、参加したくて参加した人間〟だったようだが。

　もし、あの時映像にロシア語やらフランス語やらが出てこなかったら。女性であり、言動に怪しいところのある楓は生贄候補筆頭だったはずだ。一人で英雄として、ゲーム部屋に投げ込まれていてもなんらおかしくはなかったことだろう。

　そうならないために。楓の力の有用性を示し、少しでも長生きしてもらうために運営が仕組んだとしたら。

　そう、彼女が面白い参加者だと知っていたからこそ、であるとしたならば。それらはすべて、筋が通ってしまうのである。

「意外だわ。あなたも少しは頭が回るのね」

パチパチパチ、と楓は大袈裟に手を叩いてみせた。

「実は、私もそうじゃないかなーって気づいていた上で利用させてもらったわ。別に、生き残ることにそこまで執着はないんだけど……でも、もう少しこの面白そうなゲームを楽しみたいし、って思っていたところだったもの。語学が堪能な自分は使いどころがあるかもしれない、ってそう思わせておいた方がお得だなって」

「マジ、ズルいじゃんそれ……！　そりゃ、あんたが自分で頼んだんじゃないかもしれないけど！」

「ええ、贔屓だからズルいわよね。でも、あなたも生き残りたいなら……そこで思考を止めるべきではないと思うわよ」

楓は立ち上がると、楽し気に摩子の顔を覗きこんだ。

「私という人間を、運営は長生きさせたがっている……ということ。でもって、人を無理やり拉致してきて、殺し合いさせることも厭わないような連中なのよ？　何を意味するかわかる？」

「ど、どういう……」

「私みたいな残酷で、面白半分に人を追い詰めて殺せる人間を運営は求めているということ。そして、それは私に対してだけではないかもしれない、ということ。……裏を返せば、それができない人間は不必要とみなされるかもしれないということよ。誰かを選抜するのであれば、そこに確実に私情が入るわ。次のゲーム、貴方達が残酷になれなければ……運営に意図して落とされる、なんてことも十分あり得るわよね？　同時に、私のようなサイコパスに有用な援助と妨害が入る、なんてことも」

「うっ……！」

「お、おい！　楓さん、そこまでにしろって！」

慌ててアンリは、楓と摩子に間に入った。楓の推測は、恐らく間違っていない。でもそれをこのタイミングで、楓に言い聞かせるように言うことには別の狙いがある。――自分もすぐには気づけなかった。なんて恐ろしい。これが、これこそが力ある言葉を操る、文字通り『魔女』の力なのだと。

そうだ、どんな魔法より恐ろしい魔法。

一切手を出すこともなく、乱暴な物言いさえすることなく、再び楓は摩子を追い詰めにかかった。彼女が生き残ることに必死で、男性陣よりも精神的に余裕がないと知っていればこそ。

「……そうなったら」

しかし。摩子は今度は、怯まなかった。

キッと楓を睨みつけて、はっきりと宣言したのである。

「そうなったら。あんたの存在が、あたし達の足引っ張るってなら……運営がそれを望むなら。その時はあたしが、あんたを殺してやるわ」

「へえ？　本当にできるの、貴女に？」

「やりたくなくても、できなくても、やるしかない時もある。あたしもいい加減、それがわかってきたから」

だから、負けない。恐れながらも、摩子は腹をくくった様子で告げた。すると楓は、心から楽しそうに、ころころと笑ってみせたのである。

「ふふふふふふ、あははははははははははは、ははははははははははは！　とっても楽しみね、それ！　いいわ、じゃあ……見せて頂戴、あなたの……覚悟とやらをね」

＊＊＊

そのあと。

交代で希望者はシャワーを浴び、軽食を取ることにした。さすがに仮眠を取る時間はなかったものの、アンリも横になって休む時間は取れた（ソファーを貸して貰えたのである）。ちょっとは疲労も回復したと信じたい。

「はあ」

テレビの画面を見て、摩子がため息をついた。そろそろ移動しなければいけない。そして移動したら次のゲームが始まってしまう。それがたまらなく憂鬱なのだろう。

「次のゲームはもうちょっと優しいといいな。あと……今何時なんだろ。時計ないし、窓もないからわかんない」

「俺が誘拐されたのは練習の後だと思うから、そうなると夜の八時以降なんだよな」

摩子の言葉に、アンリは記憶を探りながら言った。

そうだ、バスケ部の仲間たちや家族は無事なのだろうか。多分、練習後に家に帰る途中で誘拐されたと思われるので、その場に居合わせた仲間や家族はいなかったと思うのだが。

「僕も捕まったのは夜だったと思うんですけど。そのあと何時間眠っていたかがわからないので、そこから時間を計算するのは難しいと思いますよ」

アンリの言葉に、美月が困ったように言った。

「窓がないから時間もわからないし、この場所がどこかもわかりませんよね。そもそもこの建物が地上なのか地下なのかも不明です」

「あー。そういえばそうだったな。窓がないってことは、地下ってこともあり得るのか」

「はい。ただ、お腹がそこそこすいていたので、結構長い時間眠っていたのではと思うんですが。僕は、晩御飯は食べたあとだったので」

「なるほど」

そういえば、自分は学校が終わったあと何も食べていない可能性が高かった。だからものすごくお腹が減っていたんだな、と納得する。冷蔵庫に入っていたサンドイッチでは全然足らなかったが、それでもないよりマシだったのは確かだ。

「……あのさ」

一つだけ、移動前に確認しておきたいことがあった。アンリは躊躇いがちに、美月に声をかける。

舵と摩子、楓とはそれなりに話ができた。しかし結局、この美月少年のことはほぼ何もわかっていない。普通の小学生とは到底思えない精神力、知識、知恵。楓は何かの有名人として名前を見た気がすると言っていた。同時に、自分以外にもサイコパスが参加者として紛れ込んでいるかもしれない、とも。

「美月くんが、自分のことどうしても話したくないなら無理強いはいしないけど。それでもこれだけは、訊いていい？」

「なんでしょう？」

「美月くんは望んで、テンセイゲームに参加したわけじゃない。そういう認識でいいんだよな？」

美月も、さっきの楓の話は聞いていたはず。アンリが言いたいことはわかっただろう。

彼は少しの沈黙の後、こくり、と頷いたのだった。

「……もちろんです。確かに僕は……人には言えない過去や正体があります。それでも、僕はこんなゲームは断固反対だし、潰したいと思っています。それから」

「それから？」

「あなたみたいな人に、嘘をつきたくない、とも」

嘘じゃないです、と。続けた少年の声はどこか消え入りそうだった。信じて欲しいけれど、すべて語ることができないもどかしさ。きっと何か、とても深い事情があるのだろう。

ゆえに、アンリは。

「うん、わかった。信じる」

あっさりとそう告げた。美月が驚いたように顔を上げる。どうして、と問う顔に、アンリは頭を掻きながら言ったのだ。

「俺、なんだかんだいってそんな頭いいわけじゃないからさ。難しいこととか理屈とか全然わかんなくて。だから、何を信じればいいか分からない時は、自分が信じたいものを素直に信じることにしてるんだ」

「信じたいもの……」

「そう。俺、君のこと信じたい。だから信じる。別にいいだろ、そういうのも」

「……そうですね」

ふふっ、と美月は。その時初めて、どこか嬉しそうに笑ったのだった。

「それも素敵かもしれません。そうですね、あなたみたいな人と一緒なら、僕も……」

その先で何を言おうとしたのか、そこまではわからなかったけれど。

十九・アラタナゲーム

そう。

ついさっきのことだ。そうやって、美月とこれからの決意を語りあっていたのは。

それなのに、これはどういうことだ。

「は……え？」

はっとして目覚めた時、アンリはまったく見知らぬ部屋にいたのだ。ベッドから起き上がり、周囲を見回す。

「こ、ここ、どこだよ!?」

そこは、ビジネスホテルの一室、のような部屋だった。

クリーム色の天井、壁。ベージュのカーペットは、土足で歩く仕様のようだ。ベッドが一つあり、分厚いベージュのカーテンが引かれた窓があり、小さなテーブルと椅子が一つずつある。

アンリが目覚めたベッドから見て右側に玄関があって（左側が窓だ）、玄関の横にはトイレと洗面所に繋がるようなドアが一つあるのが見えた。

あと特筆するのならば、冷蔵庫とキッチンのようなもの、だろうか。

さっきみんなとくつろいでいた部屋が、多少簡素で狭くなったもの、という印象だった。ソファーがない代わりにベッドがあって、自分はどうにもそこで寝ていたということらしい。制服で、靴を履いたまま。

——靴履いたままベッドに寝かされるってマナーわる！　……っていやいやいや、今気にするべきはそこじゃないぞ俺！

慌てて首をぶんぶんと横に振った。

おかしい。美月たちと一緒に、次の会場への廊下を歩いていたはず。それが、どうしてこの見知らぬホテルっぽい部屋に一人だけ、なんてことになっているのだろう。

まるで魔法でテレポートでもさせられたかのよう。いや、あるいは眠ってしまうような薬やガスでも吸わされて、倒れたところを移動させられた、のだろうか。しかし、その瞬間の記憶さえないなんてそんなことがありえるのか？

それに、他の皆はどこに行ったのだろう。ひょっとして、さっきまでのことはすべて夢だったなんてオチもあるのだろうか。

——……違う。

窓に近づいたところで、アンリは呻いた。

——夢、じゃない。普通のホテルの窓が、こんな風に板で打ち付けられてるわけない。

カーテンを開けば、外の様子がわかるかも、なんてのは甘かったらしい。

窓の向こうにはベニヤ板らしきものが打ち付けられていて、外の様子を窺い知ることはできなかった。ただ、窓があって板でわざわざ塞いでいるということは——少なくともこの部屋は、地下ではないということなのではなかろうか。さっきまでいた空間は窓が一切ないので地下の可能性があったが。

――テンセイゲームの会場で目を覚ました時と同じだ。直前から記憶が飛んでる。

一人。

急に不安が募ってしまった。そりゃあ、楓のように微妙に信頼できない人物もいたのは事実だが、それでも仲間と呼べる存在がいるかいないかでは大きな差がある。偉そうなことを言ってはみたものの、その実アンリはけして一人でピンと背筋を伸ばして立っていられるような人間ではないのだ。

むしろ、誰かがいるからこそ。

一緒にいる人間の前でならなんとか意地を張っていられる、そんな普通の男子高校生でしかないのである。

――落ち着け。落ち着くんだ、落ち着け。まずは、この部屋の探索。うかつに外に出ていいかもわからない。ゲームの運営側の人間の意図も気になる。俺達の記憶まで消して、俺一人をここに閉じ込めたっていうなら……必ずそれには理由があるはず。

此処が、次のゲームの会場なのかもしれない。

そしてヒントが隠されているのだとしたら、それを探す時間を無駄にするわけにはいかない。

アンリは息を大きく吸い込むと、部屋の探索を開始した。じっとしていると、どんどん悪い方向にばかり考えてしまいそうである。何かやるべきことが欲しかった。それが、気休め程度であったとしても。

＊＊＊

わかったこと。

それは、やはりこの部屋がホテルの一室、のような構造になっていることだ。

備え付けの冷蔵庫の中には、さっきの部屋と同じお茶とおにぎり、サンドイッチ。ご丁寧に『ご自由にどうぞ、テンセイゲーム運営委員会』などと書かれたメモがあった。実際お腹が空いていたのは事実なので、それらはすべて頂くことにする。腹が減ってはなんとやら、だ。

その他、トイレや洗面所の類はすべて使えるようだった。シャワールームもある。もっともタオルはあれど着替えがないので、今回ここを使う機会はなさそうだ。

寝室には薄型テレビと、押してもつかないリモコンが一つ。テレビの横には、金色の鍵穴がある黒い金庫が鎮座している。サイズは、アンリがどうにか両手で抱えられそうなくらいだ。

そして窓。もう一度確認してみたが、やはりベニヤ板は外れない。ここから脱出してどうの、というのは無理そうだった。大体外れたところで、此処が地上二十階！　とかだったら脱出しようもないのだが。

——最後に、玄関。

玄関の前には、二つ鍵が置かれている。カードキーではなく、一般的な回して開ける金属製の鍵、だ。タグがついていて、一つには『A５０１』、もう一つには『B５０１』と書かれている。

――この部屋の鍵？　いや、タグも違うしよく見たら形状も違う。なんで二つ必要なんだろう。

玄関のドアの覗き穴から、外の様子を見てみる。ここも塞がれていて何も見えない――なんてことはなかった。むしろ結構視野が広い。一般的なホテルの廊下、のような場所であるのがわかる。少しオレンジがかった明るい光が、外を煌々と照らしているのがわかった。

玄関の鍵はかかっているが、自分で内鍵を捻って開ければ出られそうだ。

『おはようございます！』

「‼」

口から心臓が飛び出しそうになった。突然可愛らしい女の子の声が聞こえて来たからだ。なんだなんだ、と思えばベッドの前のテレビの画面に、アニメっぽいキャラクターが映し出されているではないか。

フリフリのピンク色のドレス、ピンク色の髪。背中には、何やらコウモリの羽根――そう、死神っぽい黒い羽根がくっついていて、彼女が動くたびにパタパタと揺れた。

『おはようございます、テンセイゲーム参加者の皆さん！　はじめまして、私はテン！　このテンセイゲームのマスコットキャラクターでーす！　気軽に『テンちゃん』って呼んでくださいねえ‼』

どうやら声はまたしてもAIらしい。可愛らしく弾むものの、どこか無機質な音声が、アニメの少女の口パクと共に漏れる。

『まずは第二のゲーム、突破おめでとうございます。いやあ、驚きました。第三ゲームの段階で、こんなにたくさんの人が生き残ってくれるなんて思ってもみませんでしたもの。特に、雪風アンリさんのチーム、とっても優秀ですね。まさかこの時点で、五人全員が生き残っているだなんて!!』

「お、俺のチームってわけじゃ……」

というかナチュラルにリーダー扱いされてるなオイ、とツッコミを入れてしまう。

とりあえず、一つだけ判明した。今の物言いからして、このゲームの参加者はやはり自分達五人だけではなかったのだ。

少なくとも、最低であとひとチームはいる。同時に、五人全員が生き残っているチームは――自分達だけしか、ない。

――同じように興味を持っていたサイコ仲間はいたみたいだし、あの募集をかけられたのはうちのサイトだけじゃなかったでしょうね。だから、他にも参加者がいる可能性は高いと思うわよ。

楓の言葉を思い出す。そうだ。他のチームの中にも、いるのだろう。

楓同様闇サイトから望んで参加した、いかにもサイコパスな人間が。他の誰かが犠牲になっても心を痛めないような、そんな存在が。

勿論、他のチームもまったく同じゲームを受けたとは限らないが――。

『おっと、他のチームがいると知って、みなさん驚きました？　驚きました？　うふふふふふふふそのお顔を見られないのが、テンちゃんはとっても残念無念！』

可愛らしいマスコットキャラクターは、小悪魔のような笑みを浮かべて続ける。

『と、あんまりぐだぐだお喋りしているわけにもいきませんね。それでは、終盤に相応しい、盛大なるゲームのルールを説明させていただきましょう。今回も、前回行ったゲームの素敵な映像と合わせてお届けするので、どうか楽しみに待っていてくださぁい！』

「おい、また人が死ぬ映像流すつもりか⁉　趣味悪すぎるだろ‼」

『なんだかアンリさんあたりが文句言ってる気がしますけど、スルーしまぁす！』

「実はこっちの声は全部聞こえてんじゃねえだろうな、くそっ……！」

言いたいことは山ほどあったが、やっぱりというべきか運営はそんなクレームは無視するつもり満々らしい。

少女のキャラクターから少し、カメラが後ろに引いた。そして彼女がよいしょ、と右手を掲げると、そこに枠のようなものが表示される。

『はい、こちらちゅうもーく！　このホテルの地図です。あ、今回の会場は、元ホテルだったものを改装してやらせてもらってるんです。すごいですよね！』

枠部分がアップになり、少女の姿がフェードアウトした。

どうやらそれは地図、だったらしい。アンリは目を見開いた。三階、四階、五階。三つのフロアが表示されている。

すべてのフロアに、どうやら十個ずつ客室がある構造のようだった。向かい合って、部屋が五つずつあるという形である。アンリは自分が手に持った鍵を観察した。『A501』、もう一つには『B501』。ということは、ここは五階なのだろうか。

『今、三つの階にはそれぞれひとチームずつの皆さんにいてもらってます。そしてAの1号室にいるのが、我々が独断で選んだ……最も勇者に相応しいと思われる人です。リーダーとも言えますね。今回、そのリーダーさんには指揮官になってもらいます』

頑張ってくださいねえ、と少女の声は呑気に告げたのだった。

『指揮官さんが失敗すると今度こそ……自分も仲間も、みーんな死んじゃうことになりますからねえ！』

二十・ミッツノチーム

『いいですかあ？　今までのゲームと違ってちょーっとややこしいところのあるルールなので、耳の穴かっぽじってよーく聞いてくださいねぇ！』

可愛らしい女の子なのに、言い方はちょっと下品だ。アンリは眉を顰める。マスコットキャラクターとＡＩに文句をつけても仕方ないのかもしれないが。

『現在指揮官さんは、全員三階、四階、五階の１号室にいて、それ以外のお部屋に他の生き残りのメンバーさんがいます。まあ、チーム・雪風アンリさんのところ以外は空室があるんですけどね』

それでは簡単に紹介していきましょうね、とマスコット。

『まず三階。Ａの１号室に指揮官の松三夜子《まつみやこ》さん。２号室にそのご友人である叢雲《むらくも》カナさん。３号室が空室で、４号室がもう一人のご友人である多摩あみりさんで、５号室が空室です。』

簡単なプロフィールとアイコンが画面上に表示される。

リーダーとされた松三夜子という少女は、女子中学生くらいの女の子に見えた。長い黒髪の、いかにも大和撫子と言った言葉が似合いそうな美少女だ。リーダーに選抜されるというからには、それなりに能力が高くて有能ということだろうか。女子の友人三人だけで生き残ったのであれば十分凄いことだとは思うが。

2号室の叢雲カナ。三夜子と違って、髪を白っぽく染めているなんだかヤンキーっぽい少女だ。美人ではないとは言わないが、目つきも少し悪いような気がする。背も高くて肩幅もしっかりしているあたり、何かスポーツでもやっているのかもしれない。

そして4号室の多摩あみり。ちんまりした、少しぽっちゃりした大人しそうな女の子。友人といったが、三夜子、カナと比べるとどうにもぱっとしない印象だ。どちらとも雰囲気が似ていないし、顔つきもなんだか自信なさげに見える。

――中学生三人だけ生き残った、のか。……前の二つのゲームで、二人犠牲にしたってことか？

有能なのか、あるいは。

二人殺しても平気という、そんな悪魔のような本性を持つのか。

もしくはやむをえず、仕方なく二人を殺してしまって疲弊しているのか。

残念ながら、画像だけではなんとも言えない。

『さて、次は四階ですね！　同じくAの1号室に、指揮官の朧輝《おぼろひかる》さん。2号室に初春雅哉《はつはるまさや》さん。3号室に川内雄介《せんだいゆうすけ》さんで、4号室が空室。5号室が夕立理乃《ゆうだちりの》さんです』

画面が切り替わり、四階グループのメンバーが表示される。

1号室で指揮官の朧輝。整った顔立ちに眼鏡をかけた、痩せ型の青年だ。背がスラリと高く、いかにも頭が良さそうである。同時に、実はモデルをやっていましたと言われてもおかしくないほど洗練された雰囲気がある。大学生くらいだろうか。なんとなく、美月に似た空気感がある。

2号室の初春雅哉。金髪にピアス、少し派手な雰囲気の青年。不良というより、オシャレでそうしているといった雰囲気だ。美容師などをやっていそうな若者である。二十代半ばから後半くらいの年だろうか。

3号室の川内雄介は、なんと初老の男性だった。といっても、いわゆる女子高校生が中年オヤジと呼んで蔑むような見た目ではない。中肉中背で、髪の毛は白髪交じりになっているものの腹がみっともなく出ているということもない。ただ、少々気難しそうな顔をしている。年長者の彼をさしおいて、輝がリーダーに抜擢されたのには理由があるのだろうか。

そして、5号室の夕立理乃。美月よりちょっと上、くらいの小学生の女の子に見える。髪の毛をツインテールにした、なかなか可愛らしい少女だ。

――そういえばこのゲーム、小学生らしき子供が二人も参加しているのか。中学生っぽいのも三人いるし……どういう基準で選んでるんだ？

運営側がどういうつもりで人を選んでいるのか。こうして見ていてもさっぱり共通点が掴めない。

まあ、後の二つのグループは人が合計三人も欠けているわけで。その欠けた三人の紹介もしてもらったら、もう少し何かが見えたのかもしれないが。

人の性別や年齢で繋がりがないのであれば、実は住んでいる場所が、とか同じ人間の血筋だった、とかあるのだろうか。

それこそ、遠縁に偉人がいる人、なんて言われたらとっさに共通点が見えなくてもおかしなことではないだろうが。

『それで、現在一番優秀なのが五階の皆さんですねえ！　指揮官はAの1号室にいる雪風アンリさん。2号室に陽炎美月さん。3号室に能代舵さんで、4号室に荒潮楓さん。最後、5号室に敷波摩子さんというわけですね！』

うちの面子の自己紹介を今更見る意味はあまりない。ただ、この階のどの部屋に仲間たちがいるのかわかったのは大きい。

――この隣は、美月がいるのか。

なんとなく、ベッド後ろの壁を見てしまう。テレビがある側に階段があり、ベッド側に隣の2号室がある。地図からして、多分そういう構造だろう。そして、向かい側に『B501号室』があると思われる。自分の元にあるもう一つの鍵は、その向かい側の部屋の鍵というわけらしい。

ということは、美月には同じくB502号室の鍵も渡されていて、他のメンバーもそれぞれ向かいの部屋の鍵を持っている――そういう認識でいいのだろうか。この部屋が、なんらかの重要なアイテムなのは間違いなさそうだ。

ちなみに階段は二か所。1号室の隣と、5号室の隣にあるらしい。そして、五階より上、三階より下への通路は封鎖されている。三階から五階の間しか、参加者は行き来できないというわけだ。

『さて、紹介も終わったのでいよいよルール説明ですよう！』

ぱちぱちぱち！　と少女は画面の中で手を叩く。

『まず大前提として。皆さんは、それぞれの部屋を出て、三階から五階までの間を自由に行き来

することができます。ただし、継続して同じ人間が五分以上元いた部屋から出ると、ペナルティが発生するのでご注意ください。具体的に言うと死んでもらうことになるわけですね、ルール守れない悪い子は叱らないといけないですから！　あ、でも一瞬でも部屋に戻ると、またすぐまた外に出られるようになるので安心してください！　部屋にはデジタル腕時計が置いてあるので、それを使って時間を測っていいですよ！』

「腕時計？　どこだろ」

『あ、腕時計はこのテレビの下、棚の一番上にあるのでそこからどうぞ！』

「あ、これか」

ごそごそごそ、とアンリは棚を探る。黒光りするデジタル時計が見つかったので、とりあえず嵌めることにした。こういうデスゲームで腕に何かをつけるのは怖い気もするが、五分外に出たら駄目、というのなら時間が分からないのはまずいだろう。

『そして皆さんは、それぞれその部屋の鍵と、向かいの部屋の鍵を持っていると思います。Aの301号室に入っている松三夜子さんは、Bの301号室の部屋の鍵も持っている、というわけですね。自分の部屋を出た時施錠をするかどうかは自由です。向かいのB室は空室で、自由に探索することができます』

その上で、と少女はにんまり笑う。

『今からこのホテルの三階、四階、五階のどこかに一四、私達が調教したモンスターを放たせていただきます。こんなやつです』

「ひっ！」

思わずアンリは小さく悲鳴を上げてしまった。

テレビ画面に表示されたのは、緑色のカメレオンみたいな怪物だったからだ。いや、巨大なカメレオンというだけならまだ可愛げがあっただろう。そいつは、皮膚のあちこちに水泡ができ、紫色の体液を零しながら腐っているのがわかるのである。つまり、巨大カメレオンのゾンビ、というわけだ。頭の両側から突き出した目玉は金色で、ぎょろぎょろと血走っているのがわかる。

それだけではない。そのカメレオンは口を大きく開けて、ピンク色の舌をでろん、と伸ばしているのだった。その舌の長さが非常に長い。カメレオンがいるとおぼしき白い部屋の天井まで届く勢いだ。あんな長くて大きい舌、人間さえ絡めとられてしまいそうである。

ただの写真なのに、おぞましさが半端ない。思わず口元を押さえて呻いてしまった。

『このカメレオンは、とってもお腹がすいています。そして、人間が大好物です』

予想に違わず、最悪の情報を投下してくれる少女。

『人間を見かけたら襲いかかって食べちゃうわけですが、その食べ方がちょっと残酷なんですねえ。まあ、このあと映像を見ていただければわかると思います。口から酸を吐いて、相手をドロドロに溶かして弱らせてから舌で捕食してぱくっとするのが常なんです。なんか、半分溶けかけた肉の塊を食べるのが美味しいってことみたいですよ？』

「趣味わるっ……て」

チョットマテ、とアンリは青ざめた。そんなバケモノが闊歩していては、うかつに廊下に出ることなどできないではないか。

いいや、他の階に化け物がいる隙に外に出て探索することはできるのかもしれない。でも、どっちみちそれぞれの部屋の住人は、部屋の外に出るための制限時間がある。その時間で、一体何をどう探させようというのだろうか。

『あ、言い忘れてました。三階と四階には空室がありますからね。B303と、B305の鍵は、それぞれB301とB304にあります。B404の鍵はB405の部屋に一緒に収納されていますよ！』

ひらひらひら、と少女は手を振る。

『ゲームの勝利条件は一つ。宝の鍵を見つけて指揮官の部屋にある金庫を開けること。敗北条件は……同じ階のチームの人間が二人以上死ぬこと。ちなみに化け物が三回くらい酸を吐くと、その部屋の扉を溶かして中に侵入することができます。ゆえに、部屋の中で鍵かけて閉じこもっていても安全とは言い切れないわけですね』

「な、なんだって⁉」

『でも大丈夫！　化け物は三人食べたらお腹いっぱいになって眠ります。そしてこのテレビを使って、皆さんは同じメンバーの仲間とテレビ通信でお話して作戦会議することができます。同時に、指揮官の部屋にはもう一つ、とても大事な機能がついているんです。そう、指揮官の部屋だけ、リーダーだけ！　特別サービスがあるんです！』

それは、と。

彼女はテレビのリモコンのようなものを持ってきて、指さしたのだった。

『ランプ機能を使って、怪物を誘導すること。……誰を食べさせるのかは、指揮官が選ぶことができるのですよ』

二十一・オシッケアイ

また化け物を使うというのか。

アンリは冷や汗をかきながら、ただテレビ画面を見つめるしかない。どこかから、小さく女性の悲鳴のようなものが聞こえた。摩子か、それとも別の誰かか。きっと同じテレビ画面を、他のメンバーも見ているはずなのだから。

『今、皆さんは部屋の中にいるのでわからないとは思いますが。AとBの部屋にはすべて、ドアの上にランプが設置されてるんですよねー』

相変わらず、人をおちょくるような軽い調子でキャラクターは言う。

『で、指揮官さんはお手元のリモコンをご覧ください。他のお部屋にはありませんが、指揮官さんの部屋だけ特別に設置されているのです』

「これか」

アンリはテーブルの上に乗っていた黒いリモコンを手に取る。さっきは気づかなかったが、確かに普通のテレビリモコンではなさそうだ。

テレビの電源をつける、消すボタンはあるものの、それ以外のボタンがテレビリモコンらしくない。

A301、B301、A302、B302――というように、すべての部屋に対応したボタンがある。

それから、３Ｆ、４Ｆ、５Ｆと階を示すボタン。終了、と書かれているボタンはキャンセルとかの役割だろうか。これで何をさせるつもりなのだろう。ランプ、とか言っていたが。

『指揮官の三人の方の手元にあるリモコンで、ランプの点灯をすることができます。例えばＡ３０１のボタンを押すと、Ａ３０１の部屋の上のボタンが赤く点灯します。３Ｆのボタンを押すとつくのはランプではなく、怪物の頭に一時的に電磁波を流して三階に向かうように誘導するという仕組みです』

ひょっとして、とアンリははっとする。

「ランプがついた部屋に、怪物が向かうってことなのか……!?」

こちら側の声が聞こえたかのように、その通り！　と少女は楽し気に拍手をした。

『そうですそうです、そういうことなのです！　怪物を、指揮官はランプと電磁波で操って動かすことができるのです。ただし、実際指揮官さんが触ることができるボタンは階数ボタンと、自分と同じ階の部屋のボタンのみ。他の階の部屋のボタンは押しても効果がありません』

ぽちっとな、と言いつつキャラクターはリモコンの、Ａ３０１のボタンを押した。もちろん、今の状態では押して何か効果があるわけではない。

その代わり、簡単なアニメーションが流れた。カメレオンが、赤いランプが灯ったＡ３０１の部屋の前に移動する映像だ。

『怪物は最初はランダムな階に配置されます。例えば、三階に最初配置されたとしましょう。ボ

タンを押さない状態だと、怪物はその階から動きません。そして、ランダムに部屋のドアに攻撃を仕掛けます。もしくは、廊下を通った人物がいた場合その人物を攻撃します。優先順位は「見かけた人間＞ランプ＞ランダム」で、人を見かけたら問答無用でその人物を攻撃しますが、そうでない場合はランプのついている部屋のドアに向かって攻撃します。そのどちらもない場合は、現在いる階のどれかの部屋のドアにランダム攻撃を仕掛ける、というわけですね』

「……な、なるほど……」

『でも、皆さんがいる部屋のドアは完璧ではありません。さっき言った通り、三回ほど酸の攻撃を受けると破壊されて、中に侵入されてしまいます。そうなったら部屋の中にいる人間は怪物に襲われて、遅かれ早かれぱっくんちょ！　とされてしまうわけです』

大体理解できた、気がする。

つまり怪物を避けるためには、部屋のドアが壊されるよりも前に、怪物を他の部屋か階、もしくは人間に標的を変えさせないといけないというわけだ。

『例えばA３０１の部屋にランプが灯り、部屋のドアが怪物に襲われているとしましょう。この時、襲われている指揮官の松三夜子さんは、ランプと電磁波を使って怪物を移動させることができます。部屋のドアが壊される前に、他の部屋に標的を移動させるか、もしくは別の階に怪物を誘導させましょう。松さんがリモコンでA３０２のボタンを押すと、A３０２のランプが消えて代わりにA３０２のランプが点灯します。そうすると、怪物は標的をA３０２の部屋に変更するというわけです』

同時に、と彼女は指を立てる。

『４Ｆのボタンを押すと、怪物の頭に電磁波が流れますので、怪物は四階に移動します。怪物は人間と同じように階段を使って他の階へ向かいます。怪物の姿が四階に見えなくなったら、その間三階の部屋は襲われなくなり、廊下に出ても怪物の襲撃は免れられるというわけです。ただし、廊下にいる時に怪物が戻ってきて姿を見られると問答無用で襲われること、それから五分間部屋を抜け出すと死のペナルティがあるというのはお忘れになりませんよう』

「……怪物を、他の階の……他のチームに押し付けて難を逃れろってわけかよ」

『ちなみに、どの部屋にも空室があるのは皆さんも知っての通り。五階でさえＢ室はすべて空室です。空室のドアを怪物に攻撃させて時間を稼ぐということもできるでしょう。怪物がドアを攻撃している最中なら、うまくいけば後ろを通っても気づかれないかもしれませんね？　……ですが、怪物がドアを攻撃するのは、中にいる人間を食べるためというのをお忘れなく。空室のドアを壊して中に侵入しても、獲物がいないと思えばすぐに出てきて別のドアをランダムで攻撃し始めます。それと、ドアが完全に壊れた部屋のランプは自動的に消灯し、今後点灯させることができませんのでそのつもりで』

空室を攻撃させる。アンリもそれは考えていたが、あまり長い時間稼ぎにはならないということのようだ。

空室のドアを壊して侵入し、獲物がいなければすぐに出てきてしまう。そしてその時点では空室のランプは消えているので、すぐに次のランプを点灯させないとランダム攻撃が始まってしまう、というわけらしい。

――しかも、怪物と廊下で鉢合わせしたらジ・エンドと。……難しいな。

怪物と遭遇しない一番の方法は、よその階に怪物を追いやってしまうことだろう。そうすれば、別のチームに怪物を押し付けられる。ただ。

そんなことは、運営も百も承知のはず。そのままだと、お互いに階数ボタンばかりを押し合って、怪物をいったりきたりさせるだけのゲームになってしまう。

ということは、考えられるギミックは。

『ここで皆さんに注意が！　階数ボタンには制限があります。例えば、三階の松さんが怪物をよそにやるために４Ｆのボタンを押したとしましょう。その場合、怪物はすぐに四階に向かいますが……松さんは一度階数ボタンを押してから五分間は、階数ボタンを押すことができなくなります。つまり、四階に追いやられた化け物を追い返すために即座にＡ４０１の朧輝さんが３Ｆのボタンを押した場合。すぐに怪物は三階に戻ってきて、しかもよその階に移動させることができなくなってしまうというわけですね！』

「やっぱりそういう仕掛けがあるのか……」

『結構絶望的なゲームだと思いますか？　でも安心！　さっきも言った通り、怪物は三人参加者を食べたらおなかいっぱいになって、休眠状態に入ります！　そうなれば、多少の物音や気配で起きるようなことはありません。みんな安心して、部屋を探索することができるでしょう！　とはいえ、自分のところのチームの人間が三人死んだらゲームオーバーなのでお気をつけくださいませ。食わせるならばよそのチームの人間ってなわけですね！　また、怪物がドアを一つ壊すのには五分くらいかかるとされていますが……中の人間を食べていたらその食事時間の間さらに時間が稼げて大人しくなりますし、囮を使ってさっさと一人を犠牲にしちゃうっていうのもありかなーってかんじです！』

「ふざけんなよ……！」

相変わらず、人が死ぬとわかっていることをよくも平然としゃべり倒せるものだ。呆れてものも言えないとはこのことである。

喋っているマスコット、その音声はＡＩだろうが、それを喋らせているのは人間だ。この裏にいる、運営委員とやらは本当に、残酷なゲームで人がどれほど死んでも構わないというつもりらしい。

そう、実際に死んでいる可能性が高いのである。

自分たち以外のチーム、松三夜子と朧輝のチームは人数が四人以下。二人、もしくは一人の人間が前までのゲームで死んだということ。場合によっては殺されたことを意味しているのだから。

『宝の鍵は、各階のＢと名の付く部屋の中にあります。Ｂ室に、各一本ずつです。階ごとに合計五本の鍵が隠されています。三階の、Ａ３０１の金庫を開けるためには、Ｂ３０１からＢ３０５の部屋にあるすべての鍵が必要というわけですね。他の階の鍵では成功しませんのでご注意ください』

パッ！　と五本指を立てる少女。

『五本の鍵を見つけて、金庫を開けたチームから早抜けしていくことができます！　うまくいけば、現在生き残っているチームのメンバー全員が生還することも可能というわけです。いえーい、実に名誉ですね！』

「何が名誉だ、ふざけんな……！」

『おっと？　どうやらまだ我々の力を疑っている人がいるご様子？　……ふふふ、この映像が終わったあと、一時間作戦会議の時間を経た後怪物を放ってゲームスタート……なわけですが。やっぱり、教育が足らないのかな？　女神様の力がわかんないのかな？　全部インチキ？　何かのアトラクション？　まだそんなこと思ってる人がいるのー？』

じゃあ、やっぱり仕方ないね！と。

彼女はぴょーんと跳ねると、まるでパーティでも始めると言わんばかりにあっさりと宣言したのだった。

『では、やっぱり見て貰った方がよさげっしょ！　……は、前回のゲームの様子をどどーんと、どうぞ！　怪物に殺される人の姿、ばっちり見ちゃってちょーだいな‼』

じじじじじ、と画面に一瞬砂嵐が走った。またかよ、とうんざりした気分になる。映像の中に映し出されたのは、今アンリがいるのとそっくりなホテルの部屋で。女子高校生くらいの女の子が、怯えながらテレビに縋り付いていたのだから。

『お、お願い、お願いよマナ！　私死にたくない、死にたくないの！　お願い、か、怪物をどっかにやって、他のところに、お願い！』

どうやらテレビ画面に、怪物の現在地が表示されているらしい。この角度からではいまいちよくわからないが、この少女は自分の部屋のランプが点灯されていることがわかっているようだ。

びちゃ、びちゃ、びじゅっ、と。派手な水音と、何かが解けるような嫌な音が玄関から響いている。怪物に、現在進行形でドアを攻撃されているのだとわかった。

『お願い、助けて！　ど、ドアが、壊れちゃう！　壊れちゃうよおおお！』

『嫌よ！』

テレビを通じて話している相手は、同じチームの指揮官だろうか。相手の声も若い。多分同じくらいの年頃の少女だ。

『もう、この階でまともに残ってるドア、あんたのところしかないじゃん！　他の部屋のドアが壊されたら、他の人が犠牲になるのよ。あんたが一番貢献してないんだから、あんたがここで死んで時間を稼いでよ！』

『いやいやいやいや！　そんなの絶対いやああああああ！　お願い、お願いマナ、助けてよお！　さ、さっき、文句言ったのとか足引っ張ったのとか謝る、全部謝るからあああ！』

『本当に申し訳ないと思うならその怪物を倒すか、食われて時間稼ぎしてよ！　そうしたら許してあげる!!』

『なんで、なんでそんな、そんなひどいこと言うのおおおおおおおおお!!』

二人は喧嘩でもしていたのだろうか。いずれにせよ、今の状況では致命傷にしかならない。

バキッ！　と嫌な音がした。少女が悲鳴を上げて玄関の方を見る。そして、気づいてしまった。

玄関のドアに空いた大穴を。

そこからにょろん、と飛び出してくるピンク色の舌を。

『い』

そして、金色の爛々と輝く、怪物の目玉を。

『い、い、いやあああああああああああああああああ!!』

あっけなく壊れるドアに、ただひたすら彼女は、絶望の叫びをあげるしかなかったのだ。

二十二・サツリクショー

その映像を見せるのは、参加者の恐怖を煽るためで。

そして、より一層このゲームを真剣にプレイさせるためのものなのだろう。どうせ何も起きはしないとたかを括られていては、彼らが望む成果は得られないのだろうから。

『やだ、や、や、やだぁ……！』

泣き叫ぶ少女。それでも一縷の望みをかけてテレビにしがみつく。

『マナ、マナ、おねがっ……！　か、怪物が、怪物が入ってきちゃう。あたししし、し、死にたくない……！　死にたくないよお……！』

『うるさいっ！』

『ま、マナ！　マナ!?　うそでしょ、ねえ、マナ、マナってばあああ!!』

無情にも、テレビの通信は切れてしまった。恐らくマナと呼ばれた指揮官の少女が、通信を切ってしまったのだろう。真っ暗になったテレビを絶望的に見つめる少女。そして、そんな彼女の事情など知ったことかと言わんばかりに、溶けた扉から室内に侵入する化け物。

ぬうう、と緑色の頭が、ベッドルームに姿を現していた。

大きなカメレオン。そう言えば、少し可愛らしく聞こえるかもしれない。しかしその大きさは、大きいというよりも巨大という言葉が相応しく、全身が腐ってぶつぶつと泡立たせている始末。

濁った粘液が、ぷちゅ、ぷちゅ、と少し動くたびに噴出する。げえ、と少女が青ざめて口元を抑えるのが見えた。よほど酷い臭いがするということらしい。

カメレオンは顔の両脇にくっついた金色の巨大な目をぎょろん、ぎょろんと動かす。その目が少女=獲物を捕らえるまでさほど時間はかからなかった。

『シャアアアア……』

嬉しさ爆発、とでも言わんばかりに引き裂けた巨大な口を開くカメレオン。だらん、と垂れ下がるピンクの舌が目立つが、よくよく見れば口の中にも多数の細かな歯が並んでいるのが見える。噛みつかれたら、痛いでは済まないことだろう。

やっと獲物にありつける、と思っているのだろうか。ずん、ずん、と一歩ずつ前に進む怪物。そのたびに全身の水泡から粘液と、口元からは涎とが垂れてカーペットを汚していく。

『ここ、こない、で……！　あ、あたしなんて、美味しくないから……！』

窓の方にじりじりと後退って逃げていく少女。言葉が通じる相手なのか、それとも一切通じないのか。仮に通じたところで、相手が交渉に応じる意思がなければどうしようもない。

ぐるん、と金色の眼が蠢き、今までと違う光を放ったように見えた。

次の瞬間。

ブシュウウウウウウウウウウウウウウウウウウウウウウウウウウウ！

カメレオンの口から噴出されたのは、緑色の液体だった。少女は反射的に、自らの両腕で顔と体をガードする。

そう、普通の攻撃ならばそれで正しかったのかもしれない。頭と体を守らなければ死んでしまう可能性もあるのだから。だが。

『ぎっ』

彼女の防御は成功した。液体は、クロスした彼女の両腕にしかかからなかったようだ。その結果。

『ぎゃあああああああああああああああああああああ⁉』

ジュウウウウウウウウウ！　と白い煙が上がった。粘液をもろに浴びた少女の両腕が服ごと真っ赤に爛れて焼けたと思ったら、そのままどろりと肉が溶けてしまったのである。あっという間に、彼女の拳と肘から先は、白い骨がむき出しになり肉の残骸が垂れさがっているような状態となってしまった。

焼けたせいなのか、血は思ったほど出ていない。しかしそれが、どれほどの激痛で恐怖なのかは言うまでもなく。

『あああああああああ、あたしの腕、腕、腕ええええええええええ⁉　いだい、いだいいだいいだいいだいいだいいいいいいいいいいいいい！　ぎ、ぎ、ぎいいいいいいいいい‼　いいいいいいいいいいいいいいいいいいいいいいいいいい‼』

想像を絶するほどの痛みに襲われた時、人はまともに立っていることもできなくなるものだ。本来ならば患部を抑えて、転げまわって苦しがりたいところだろう。彼女も崩れ落ち、床に転がった。しかし、痛む場所を抑えようにも両腕ともが同時に大やけどをし、骨と僅かな肉ばかりになってしまっている状態。患部を抑えて痛みを軽減させる努力さえ叶わない。

できることは、少しでも苦痛から逃れようと床をごろんごろんと転がることのみ。

そして、叫ぶことで、必死で苦しみをまぎらわせようとすることのみ。

『いいいいいいい、いいいいいいいぎいいいいいいいいいいいいいいいいいい!!』

少女の制服のスカートに、じわり、と濃い染みが広がった。茶色く濁った汁が太ももを伝い、カーペットへと広がる。失禁と脱糞を両方してしまったということらしい。これだけの激痛を浴びれば、下半身が緩くなるのは無理もない。

その顔は、可愛らしい少女がするのには似つかわしくない、白目をむき涎と涙と鼻水で真っ赤になった凄まじい表情になっている。

さっきの液体は、ドアを溶かしたのと同じ酸だったのだろう。あれをもし頭からかぶっていれば、彼女はもっと楽に死ねたのかもしれない。なまじ腕で防御してしまったせいで、このような恐ろしい事態になっている――。

『シャアア、シャアアアア！』

絶叫して転がる少女を見て、怪物は楽し気に声を上げている。これで終わりであるはずがない。再びブシュウウウ、と音を立てて酸が噴出された。

とはいえ、今度は防御できたはずもなく、彼女はその肉厚で豊な太ももに思い切り浴びる羽目になるのだ。

じゅうううううううう、と再度白い煙が上がり、肉が真っ赤に爛れてどろりと溶けた。

がっしりと太い、大腿骨の骨が露わとなる。

『ガアアアアアアアアアア！　ギャアアアアアアアアアアアアアアア！　あし、あし、あしいいいいいいいいいいいいいいいいいいいいいい!!』

両の太ももの肉を解かされた少女は、もはや床で転がることもできなくなった。ぶくぶくぶく、と泡を吹いて痙攣するしかない。しかも怪物ときたら、ずんずんと彼女の傍に近づくと、そのピンク色の舌をでろん、と伸ばしてきたのである。

そして情け容赦なく、彼女の太ももの、溶けた肉を掬い上げた。ぶちぶちぶち、と僅かに残っていた繊維が千切れる音がする。

『アガアアアアアア！　いだい、だい、だい、もうやべで、やべでえええええええええ!!』

当然、新たな痛みが上書きされるばかり。うしろ、ここまでされてまだ叫ぶ力があることが少女にとっての不幸だったのかもしれない。元々体力がある方だったということだろうか。

怪物は少女の悲鳴もよそに、溶けた肉を舌で掬ってちぎり、むしゃむしゃと美味しそうに咀嚼することを繰り返す。ぴちょ、と僅かに酸を吐いて、今度は彼女の腹のあたりを溶かした。

酸の量が少なかったからだろう。溶けたのは彼女の腹筋と、腹膜に留まった。うねうねとした大量の管のような臓物が、でろん、と腹の中から溢れだしてくる。

「う、ううっ……！」

アンリは思わず呻いた。さっきから終了ボタンを押しているのに、やっぱり映像は消えない。最後まで目に焼き付けろと言わんばかりに。

『も、もう、ごろじで……ごろじで、いだいのやだ、おねが、おねがい、さきに、ごどじっ……』

流石の少女も、叫ぶ気力は失われつつあるのだろう。涙と鼻水と泡でぐちゃぐちゃになった顔で、譫言のように訴え続けている。まさに、地獄の苦しみであるはずだ。怪物が骨と溶けた肉ばかりになった右肘を引っ張って無理やり引きちぎっても、小さな悲鳴を上げることしかできなくなっていた。

そうだ、獲物が抵抗して泣き叫ぶとわかっているのに、何故この怪物は先に息の根を止めないのだろう。

ライオンだって、チーターだって、獲物を仕留めたら喉笛に噛みついて窒息&失血を狙う。そして、基本的には死んでからその肉をゆっくり味わうものだ。なのにこの怪物はさっき内臓を溶かした時の様子といい、獲物がまだ生きている状態のまま肉を溶かして喰らうことを楽しんでいるように見える。

その方が肉が美味しいと思っているのか、あるいは。

獲物の無様な抵抗を見るのが、楽しくてたまらないのか。

『シャアアアア……！』

カメレオンはそんなもの知ったこっちゃないと言わんばかりに、長い舌で彼女の腸を絡めとって、ずるずると引きずり出し始めた。そして、まだ管が繋がった状態のまま口元に運び、咀嚼し始める。

カメレオンがひと噛みするごとに、びくん、びくん、びくんと震える少女の体。生きたままハラワタを食われるのはどれほどの苦しみで、どれほどの恐怖なのか。それでも大量出血とショック症状で、少女の命は確実に失われつつあるようだった。

それからえんえんと、アンリは少女がカメレオンに食われる様を見せつけられることになる。最終的に残ったのは、彼女の首から上と衣服と靴の断片だけだった。顔は恐ろしい恐怖と苦痛に歪んでいる上、片方の眼球は舌を突っ込まれたせいで無惨に潰れて失われている。舌をねじ込んで、奥の脳みそを啜ったのだろう。

『はい、これで殺戮ショーはおっしまーい！』

アニメキャラクターの映像が戻ってきた。少女の姿をしたキャラクターは、楽しそうに手を叩いて告げるのである。

『カメレオンの怪物に襲われたらこうなっちゃうので、皆さん頑張って逃げるか、他の人の押し付けて助かりましょー！　それでは、今から一時間の作戦タイムをもうけます。同じチームの人ともよく相談してくださいね。ただし、作戦タイム中は部屋から出ることができません。オンライン通信でしか相談はできないので、予めごりょーしょーください！　ではでは、すたーとっ！』

二十三・サクセンカイギ

ゲーム開始まで、一時間。

今度は第一、第二のゲームとはまったく別の――比較にならないプレッシャーを背負うことになってしまった。

――な、なんで、俺……。

アンリは頭を抱えるしかない。仲間たちと相談できることが唯一の救いだが、正直いざゲームが始まったら細かい話をしている余裕などなくなってしまうだろう。

今のうちに、落ち着いてある程度方針を考えておかなければいけない。

どうすれば、安全にゲームをクリアできるのか。そして、可能な限り誰も犠牲にせずにいられるのか。

『……アンリさん、大丈夫ですか？』

画面の向こうで、美月が心配そうに声をかけてくる。

『いつにも増して、顔色が最悪です。疲れてますよね』

「疲れてるし、プレッシャーがやばい……。ていうか、画面越しで分かるレベルか」

『わかるレベルです。さっきの映像は、僕でさえ吐きそうになりましたから』

「同じく。ほんと、趣味悪すぎるぜ……」

瞼を閉じるとまだ、あの少女の最期の姿が目に焼き付いてしまっている。多分中学生、もう少し見積もっても高校生くらいだったことだろう。制服を着ていたし、まずそのどちらかと見て間違いあるまい。

彼女は明らかに、指揮官に見捨てられてあのようなことになっていた。マナ、と呼ばれていた指揮官の少女は果たして最終的に助かったのだろうか。それとも結局時間が足りずに、彼女もあの化け物に食われてしまったのか。

無論まだ、すべてCGで作り物だと思い込むこともできなくはないが。

――やっぱり無理だ。

何度考えても無理だった。あれが偽物だとは、演技だとは到底思えない。

『ああいう光景を組織が見せる意味なんて、もう分かり切ってるでしょう？』

分割された画面の中。唯一平気そうな顔をしている楓が肩をすくめた。

『怪物の恐怖が刷り込まれれば刷り込まれるほど、参加者は死にたくない気持ちが増す。冷静な判断力を欠くし……人を蹴落としてでも生き残ろうとするはずでしょう。特に今回は、怪物を止める具体的な方法が提案されているから尚更にね』

「参加者が三人喰われたら休眠状態に入る、っていうやつか」

『そう。裏を返せば三人さっさと食わせてしまえば、それ以外の者達はラクラク探索ができるというわけ。参加者の中には絶対いると思うわよ。さっさと誰かを喰わせるだけ喰わせて自分達の安全を確保しよう、っていう輩がね』

「…………」

認めたくはないが、楓が言うことは尤もである。しかも今回はチーム戦の様相を呈している。鍵を見つければ全チーム脱出できるとはいえ、怪物が休眠しない限り各階と各部屋で脅威を押し付け合う羽目になるわけだ。

鍵は、各階のB室にしか存在しない。そして現在すべての参加者がA室にいて、B室に移動するためには廊下を通らなければいけないという状態だ。

廊下を通るためには、化け物が〝その階の廊下〟にいないことが絶対条件となる。

つまり探索のためには、その間他の階に化け物を移動させる＝押し付ける必要が出るというわけだ。ただ。

――各階に移動するためのボタンは……一度押すと五分間は押し直すことができない。

例えば自分達の五階に化け物が来て、四階か三階のボタンを押すことで回避したとしよう。化け物は一端下へ移動するが、三階にやってきたことは三階チームもすぐにわかる。

三階チームが四階のボタンを押したらいいが、もし五階のボタンを押したならば？

怪物はすぐにとんぼ返りするだろう。そして五階に戻ってきて、ランプのボタンが押されないかぎり適当な部屋を攻撃し始めるはずだ。

そして五階のアンリは――五分間は階数ボタンが押せない。化け物が五階にいる状態で、どうにかやりすごさなければならないことになる。

つまりこのゲーム、初手から有利不利が決まっているのだ。そう、一番最初に怪物を投下された階の人間が、圧倒的に不利になってしまうのである。

——いずれにせよ、五階に化け物がいる状態で……一定時間やり過ごすにはどうすればいいのか、その方法を探らないといけない。

ただ、五階の廊下に化け物がいる状態では、廊下を移動することができないのがネックだ。そしてB室に移動しなければ鍵が探せず、一定時間A室を離れると死のペナルティがある。

鍵がどれほど簡単に見つかる状態かもわからない。一体どうすればいいのか。

『アンリ。お前は、このチームの五人はもちろん、他のチームの奴らもできれば死なせたくないと思ってるんだろう』

舵が静かな声で言う。

『けど、他のチームの奴らもお前と同じ考えとは限らない。それこそ、あとの二チームが結託して俺らを狙ってくることも考えられる』

「ど、どういうことですか」

『俺らが一番人数が多いからだよ。俺ら五人のうち三人を化け物に喰わせることが成功すれば、奴らは何のリスクもなく部屋を探索できるようになる。うちのチームを集中攻撃するのは理に適っている』

「そ、そんな……」

考えたくはないが、ありそうな話なのは間違いない。あとの二チームが本当にそのつもりだったら、化け物をえんえんと五階に押し付けられる可能性もある。そうなったら、鍵を探すどころではなくなってしまう。

『他のチームの人も説得して、みんなで怪物のルートを操作しながら順番に探索……とかは無理かな？』

おそるおそる、といった様子で手を挙げる摩子。

『例えば、五階の人が探索している間は、四階の人のところで化け物を預かってもらって、さ。で、四階の人が探索する時間になったら三階の人のところで化け物を……みたいな。交代で少しずつ怪物を預かりあってB室を探索すれば、すべてのチームが鍵を見つけて脱出……とかできそうな気がするんだけど』

『摩子ちゃんは相変わらず可愛いことを言ってくれるわねえ。まあ、そうなったら理想ではあるけど。本当に、そんな意見を聞いてくれるチームがあると思う？　誰だって、自分の身が一番可愛いに決まってるんだから。自分の階で化け物を預かれば、いずれ参加者のドアが壊されて誰かが死ぬ結果になるのは目に見えている。そんなリスク、誰が他人のために背負いたいと思う？』

『そ、それは、その……』

摩子は口ごもってしまう。そんな意見が出るだけ、摩子も成長したなと思ってしまうのは自分だけだろうか。少し前までの彼女なら、ひらすら他の階に怪物を押し付けて自分が生き残ることばかりを考えてしまっていたはずだ。

ふと、リモコンに目を落としたアンリは気づいた。チームメンバーとの同時テレビ通話を行うためのボタンや、他チームの人と連絡を取り合うボタン。それ以外にも、質問、と書かれたボタンがあるではないか。

――これひょっとして、運営側に質問ができるボタンなのか？

リモコンは指揮官の部屋にしかない、と聞いている。ならば、運営に質問できるのも指揮官に任命された人間の特権なのではないか。

何で自分が？　という気持ちは未だに拭えないが、権利があるならば行使しない手はない。

「皆さん、聞いてもらえますか？」

意を決して、アンリは口を開く。

「実は今、リモコン見てて発見したことがあって。質問、って書いてあるボタンがあったんです。これ、ひょっとしたらゲーム運営側に、何でも質問できるボタンってことなんじゃないかって」

『え、マジで⁉　組織の正体とか教えてくれるのかな⁉』

「そ、それは教えてくれないかもしれないけど。でもゲームに関して、質問していいってことなんじゃないかなって」

そうだ、怪物を誘導するための電磁波やランプを操作する端末に、このボタンがあるのだ。このゲームについて質問したいことがあれば何でもどうぞ、ということだと解釈していいはずである。

ならば次の問題は、何を質問するか、だ。そしてこういう場合、質問できる回数はある程度限られている可能性が高い。

『専用の質問ボタンがある、ということは。……このゲームには、わざと明かしてない抜け道や、質問する余地があるということではないでしょうか』

考えた末、そうだ、と美月が声を上げる。

『アンリさん。僕、いくつか質問したいことを思いつきました。このゲームの根幹にかかわる質問です。……ですが、他の人も質問を思いついた人はいるかもしれない。最終的にはそれを集約して、優先順位順にアンリさんが運営に質問を投げる、ということでいいのではないかと』

「そうだな。俺は正直まだ、何を質問すればいいのかとか全然思いつけてないよ。ちょっとプレッシャーあってパニクってるのかも」

『落ち着いてください。大丈夫です、まだ時間はありますから』

彼はちらり、と玄関の方に視線を投げる仕草をする。

『気がかりなんですよね……さっき楓さんが言ったこと。他チームが、僕達を狙い撃ちしてくるかもしれないってこと。……もしそれが現実のものになったら、対策が必要不可欠なはずなんです』

二十四・フラグヲオル

「……皆さん、感謝です！」

思わず、アンリは頭を下げていた。

美月、舵、楓、摩子。四人から非常に有意義な意見を訊くことができたからだ。特に、美月の質問は非常に役立った。言われるまでまったく気づいていなかったことだ。

『怪物は最初はランダムな階に配置されます。例えば、三階に最初配置されたとしましょう。ボタンを押さない状態だと、怪物はその階から動きません。そして、ランダムの部屋のドアに攻撃を仕掛けます。もしくは、廊下を通った人物がいた場合その人物を攻撃します。優先順位は「見かけた人間〈ランプ〈ランダム」で、人を見かけたら問答無用でその人物を攻撃しますが、そうでない場合はランプのついている部屋のドアに向かって攻撃します。そのどちらもない場合は、現在いる階のどれかの部屋のドアにランダム攻撃を仕掛ける、というわけですね』

これが、運営側の説明。注目するべきは、〝ボタンを押さない状態だと怪物はその階から動かない〟という一文だ。

これをそのまま解釈すると、怪物はボタンが押されない限り同じ階にえんえんととどまり続けるように見える。が、これはよくよく考えると少し妙だ。何故ならば、ゲームバランスを大きく崩しかねないからである。

例えばそう、五階に怪物がいる状態で、五階のアンリたちが全滅したとする。

そのまま四階、三階のメンバーがボタンを押さない状態ならどうなるか？　この文章をそのまま解釈すると、怪物は獲物がいなくなった五階にえんえんととどまり続けることになる。そうなれば、三階、四階のメンバーは何の心配もなくB室の探索ができてしまう。

無論、怪物は〝三人喰えば休眠状態に入る〟という前提があるので、普通に考えれば五階のメンバーの五人すべてが死ぬことはないはず。が、このルールでは参加者同士の殺し合いが禁じられていない。特に、指揮官を殺して、コントロール不能に陥らせようとする参加者がいてもおかしくないだろう。

メンバーの殺し合いの末、化け物がいる状態で特定の階の獲物が一人もいなくなる、なんてこともあるかもしれない。また五階の人間は四階と三階に移動できるし、他の階のメンバーも然り。別の階に獲物が逃げてしまい、結果空になるなんてケースもあるのではないか。

もう一つ。これはアンリも気になっていたことだが、このゲームは〝最初にどこに怪物が配置されるか〟でほぼ勝ち目がなくなってしまうというリスクを孕んでいる。これでは完全に運ゲーだ。このテンセイゲームの主催が、運での決着を望んでいるとは思えない。

そう考えるならば。運ではなく実力で、危機的状況を回避する手段が与えられていると考えるべきだ。

「……みんなのおかげで、質問するべきことがわかった。本当にありがとう！」

『そ、そんなペコペコしなくてもいいって！　その、むしろあたし達こそ、アンリくんに全部背負わせちゃってマジごめんっていうか……』

モニターの中、摩子が慌てたように手をひらひらと動かした。

『プレッシャー、半端ないよね。アンリくんだって、あたしより年下の男の子だし。……それでもみんなのために一生懸命考えて、全員生き残る方法を模索しようとしてるの、すっごくかっこいいと思う。……尊敬するよ、あたし』

「あ、ありがとう、ゴザイマス……」

アンリだって一応、青春真っ盛りの男子高校生だ。

でもって、実のところ摩子も結構な美人だったりするわけで。そんな年上の女子に褒められて、嬉しくないはずがないのである。ついついカタコトの丁寧語？　になってしまう。いや、実際彼女は先輩と言っていい年齢なので、敬語を使ってもおかしくはないのだが。

『さっきもちらっと言ったけど、最悪のケースを想定して動いた方がいいのは事実ね』

楓が髪を掻き上げつつ言う。やっぱりその所作は癖であるようだ。

『五階に化け物が投下され、かつあとの二チームがうちを狙い撃ちにしてくるケース。これ、あたしは冗談でもなんでもなく、結構高い確率であると思ってるから。解説いる？』

「い、一応……」

『化け物は三人喰ったら休眠状態に入る。そうなれば、生き残った他の者達は部屋を出るリミットだけ気にしていればいい。化け物を心配せずに自由に探索できるようになるんだから、積極的に狙うべきと思うのは当然ね。でもって、うちのチームは一番人数が多いわ。五階で足止めしておけば、一番獲物の数も多いしそれだけで他のチームは安牌と思ってもおかしくはないでしょ』

それに、と楓は続ける。

『あとの二チームは、既に一人か二人仲間が欠けてる。私たちと同じ試練を乗り越えてきたと仮定するのなら……第一の試練か第二の試練、もしくはその両方でメンバーを犠牲にしたということよ。……一度、人を間接的に死に追いやったのなら、その罪悪感のハードルは大きく下がるわ。殺人犯が、一人の殺すのも二人殺すのも一緒、と思うのと同じようにね。特に、第二の試練で、嫌がる一人に無理やり『英雄』を押し付けて生き残った可能性はとっても高いもの。そういう人間達はね……他のチームの人なら尚更、犠牲にしてもいいと思ってしまうでしょうよ』

なんとまあ、説得力のある意見か。やや楽しそうに見えるのが癪だが、内容そのものはまったく間違っていない。

化け物を他の階に追いやっても、三階と四階の者達が毎度毎度すぐ五階に怪物をつっかえしてくる可能性。五階のメンバーにすべての犠牲を負わせようとする姿勢。そういうものを、取ってくる可能性は、十分にあるのだ。

無論アンリとしては、そのようなことがないように説得できるものならしたいとは思っているけれど。

『同時に。私達も、どこかのチームと手を組んでもう一つのチームに犠牲を負わせる……という作戦も取れるというわけ』

「俺がそれ、選択すると思います？」

『でしょうね、あなたはそう言う子だってもう私もわかってるもの。だけど、今回あなたがしょってるのは、自分一人の命でないことを忘れてはいけないわ。指揮官がそれを放棄したら、残る参加者は部屋の中でガタガタ震えてお祈りするしかなくなってしまうのよ。……さっきのデモ映像で、無惨に殺された女の子と同じようにね』

「……わかってますよ、それくらい」

いざとなったら、この五人全員を守るため、三階と四階の人達に怪物をけしかける選択をしろ、と。楓の意見は、ある意味非常に正しい。

ただアンリとしては、できる限り避けたいものだというだけで。

『アンリさん』

美月が心配そうな声で言った。

『これも質問予定のことですが。もしリモコンが持ち出せるようなら……そして指揮官以外が操作してもいいのであれば。指揮官の役目は、アンリさん以外が背負ってもいい、ということになります。もし、アンリさんがプレッシャーに耐えられないというのなら、僕がそれを代わってもいいです』

「美月くん……」

『どうですか？　……僕はこの通り、冷静さや判断力には自信があります。任せていただいても大丈夫ですよ』

相変わらず淡々と告げる少年。しかし、彼だって何も感じていないはずがないのだ。化け物が人を殺す場面を見た時は確かに青ざめていたし、震えてもいた。本当は顔に出にくいだけで、恐怖も怒りもあるし、思うことはたくさんあるに違いない。そう、冷静に見えるからといって、心の中までそうとは限らないのだ。

それでも、アンリのためにそんな提案をしてくれる。

彼の正体は未だにわからないままだが――それでもアンリは、その気持ちだけで十分だと思えたのだ。ゆえに。

「……大丈夫」

拳を握り、モニターに向けて笑顔を作ってみせたのだった。

「俺は、大丈夫。絶対美月くんのことも、他のみんなのことも守ってみせる！」

『勇ましいこったな』

ふん、と舵が鼻を鳴らした。

『ここを出たら連絡先くらい教えろ。美味い店に連れていってやる』

「お、俺未成年ですからお酒は飲めませんよ？」

『わかってるわかってる。最近の居酒屋ってのは、酒飲まなくても飯が美味いところたくさんあるんだ。あと、昼はファミレスやってて子供も来たりするもんなんだぜ？』

「それはびっくり」

そういえば、お酒が飲めるというだけで言うならば、近所のファミリーレストランもそうだったなと思い出す。

特に、某有名なイタリア料理のファミレスは、メニュー表にずらずらとワインの名前を並べていた。甘いだの辛いだの白いだの赤いだのと言われてもアンリにはさっぱりわからなかったが、ああやって書いてある以上は店の売りの一つなのも間違いないことだろう。

つまり、どんどん居酒屋とファミレスの境目はなくなりつつある、ということなのではないか。よくよく考えれば、ドライバーはお酒が飲めないわけだし、お酒が飲めない体質の人も少なくない。そういう人達も楽しめるくらい料理が美味しいというのは大事なことなのかもしれなかった。

「……じゃあ」

まだ何も終わっていないうちに、未来の話などしてもいいものか。フラグになったりしないものか。

そうは思うけれど今、自分達には希望が必要なんだとも思う。その希望があればこそ、人は絶望的な状況でも戦えるものなのではないか、と。

「俺、卵焼きが美味しいお店がいいです。昔から好きなんですよ、卵焼き。それに卵焼きって作る人によって、味が全然違うのがいいなーって思ってて」

『あ、あたしも卵焼き好き！　ちょっとしょっぱいくらいが好物！　自分で作るとなんでだか炭を錬成するけど！』

「なんでやねん！」

『いやあ、醤油入れすぎなのか、火が強すぎるのか、油が多すぎるのかどれなんだろうねー？　あ、あとくるくる巻くのも苦手で、すーぐボロボロになっちゃう』

『それ、フライパンに問題があるかもしれないわよ。新品のフライパンだとやっぱりくっつきにくいもの。古くて加工が剥がれちゃってるヤツだとどう頑張ってもうまくいかないものだから』

『さすが主婦の意見』

『……僕も卵焼き食べたくなってきてしまいました。調理実習で一回作っただけだから自信ないけど、自分でもちょっと練習してみましょうかね』

「お、じゃあ美月くん俺と一緒に特訓する？　俺もものすごく上手いわけじゃないけど……！」

それから少し、ほんの少しだけ雑談をした。卵焼きだとか、料理だとか、一緒に出かける場所だとか。そういう他愛のない話を。

そしてわかったことがある。楓あたりは特に得体が知れない印象はあるし、美月もまだ何かを隠している様子。摩子は結構ビビリなキャラだし、舵に至ってはヤクザの端くれだが。それでも、本当の意味で悪い人なんて、ひょっとしたら一人もいないのではないかということを。心と心でぶつかって話し合えば、分かり合える人もたくさんいるのではないかと。

そのすべてがうまくいくなんて思わない。それでも自分は。

――そうだ。誰かの事を知って、理解して……わかりあうことを諦めたくない。

例え、このクソッタレなゲームの主催が望んでいなかったとしても関係ない。

己は最後まで、自分が信じた道を貫く。それだけなのだと。

二十五・トリヒキヲモチカケル

説明不足だろこいつら。

アンリはストレートにそう思った。というのも、アンリが皆と相談して質問した中には、ゲームの根幹を揺るがしかねないものがいくつもあったからだ。例えば。

「コントローラーは外に持ち出せるし、怪物の現在位置は逐一アナウンスで報告される、そうですね？」

『はい、その認識であってます』

「でもって、どの指揮官……というか、三階、四階、五階のどのコントローラーがボタンを押したかもアナウンスされるからわかる、と。でもってコントローラーを操作するのは指揮官でなくてもいいし、部屋の外でやってもいいと」

『その通りでーす！　よく気づきましたねえ』

馬鹿にしてんのかこいつ。テレビ画面に登場した女の子のキャラクターに、思わずそう怒鳴ってしまいそうになる。無論、ＡＩの音声に、運営が打ち込んだ言葉を喋らせているだけだというのはわかっているが。いちいちこう、言い方が癪に障るのだ。無駄にボイスロイドの出来がよくて、人間が喋っている声とさほど変わらないから余計に。

せめてもう少し丁寧に、親切に、事務的に話す受付のお姉さんくらいにしておいてほしかった。

ああ、可愛い女の子のアニメキャラを本気で殴りたいと思ってしまう日が来るだなんて！

『えーっと、いっぱい質問しましたけどお、もういいですか？　私も暇じゃないんですよう』

しまいには、髪の毛をくるくると指で巻きながら、つまんなそうに言ってくる始末である。マジでしばいたろか、とこめかみに青筋を立てるアンリ。

自分は結構気長な方だと思っていたが、流石にこう、人の心がわからなすぎる相手と会話するのは苦痛というものである。楓相手に話すのも疲れはするが、これはまた別のムカつきっぷりだ。

――質問は……尋ねなければいけないことは、ひとしきり話したか。

テレビ横にはメモ帳とペンが置かれていたので、みんなの意見はそこにまとめてあった。メモに視線を落としながら確認するアンリ。この『運営に質問できるボタン』に気付かなかったらとんでもないことになっていただろう。我ながらファインプレーである。

いかんせん、ボタンの色が灰色で、文字も小さいので非常に見にくいのだ。アンリが老眼だったら見つけられなかったかもしれない。

――収穫は、あった。三階、四階、五階のフロアが空になった時、どうなるのかってことについても。

ＡＩは答えた。

鍵を五つすべて見つけて、Ａ５０１――つまりアンリが今いる部屋の金庫を見つければ、アンリ達はクリアということでこのゲームを抜けられる。そうなった時は、金庫を開けた時点で、五階のＡ室すべてに一つずつ設置された隠し通路が開かれるので、そこからこのホテルを脱出することができるという。

つまり、三階にしろ四階にしろ五階にしろ。クリアが出れば、そのフロアのチームは全員脱出して空になるのだ。

五階のアンリたちがそうなった場合、怪物が五階にいたらどうなるのか。また、三階や四階にいた場合、空になった五階に怪物を送り込むことは可能なのか。

――答えは、ＮＯ。……つまりこのゲームは、早いうちに抜けないと……あとになればなるほど生存率が下がるということになる。

怪物が移動する条件は三つあった。そのうちはっきり明かされていたのは、ボタンが押されたら別の階に移動する、ということのみ。

運営も意地悪だ。あと二つも、怪物が移動する条件があったのにわざと説明しなかったのだから。恐らくそこに疑問を抱いて、質問してくるかどうかを試す狙いもあったのだろう。

「……もういいです。質問したいことは全部訊けましたので」

思いのほか長い質問タイムになってしまった。ゲーム開始まであと二十分。できれば横にでもなりたかったが、さすがにそんな余裕はなさそうだ。

『あ、そう？　それなら良かった。んじゃ、またね。ばーい！』

アニメの少女は、あっさりひらひらと手を振っていなくなってしまった。中の人は運営サイドの人間とわかっていても、なんとも冷たい反応だと言わざるをえない。質問山ほどしなければならなくなったのは確実にお前らのせいやんけ、と腐りたくなる。

そして、運営との通信を切った直後に――テレビ画面が切り替わったのだった。

来た、とアンリは身構える。

表示されたのはＡ３０１の松三夜子と、Ａ４０１の朧輝の名前。

そして、黒髪の大和撫子風美少女の顔と、眼鏡をかけた整った顔立ちの青年の顔が現れた。

『質問タイムが終わったくらいのタイミングで、別のチームからコンタクトがあると思うわよ。探り目的か協力目的かは別としても、ね』

楓が言ったことは、まさに正しかったというわけだ。

言ってはなんだが人の闇や、追い詰められた人間の心理に関して――彼女の知識や見解は非常に役立つと言わざるをえない。

「……こ、こんにちは」

緊張しつつ、アンリは二つの顔に挨拶を告げる。すると黒髪美少女こと、松三夜子がぷう、と可愛らしく頬を膨らませたのだった。

『まったくですわ！　こっちはだいぶ前から、あなたとお話したくて待っていたのに！　作戦会議だかなんだか知りませんけど、随分と長くありませんこと？』

「ご、ごめんなさい」

『ああ、一応自己紹介、自分でもしておきますわね。わたくし、松三夜子と申します。現役の女子中学生です。とある大手証券会社社長の跡取り娘とだけ申し上げておきますわ』

それ自分で言っちゃうのか、とアンリは苦笑する。松、と名のついた証券会社は一つしかない。日本で最大手の証券会社、松証券のことだろう。しかしあそこの社長は結構年が行っていたはず。何度もテレビに露出しているのでアンリでさえ知っている。まさかこんな若い娘さんがいたとは知らなかったが。

『オレも自己紹介しておこうか。朧輝、とある大学に通っていて読者モデルなんかもやってる。二十三歳だ、よろしく』

「あ、見たまんまなんですね。俺は高校生の雪風アンリです、よろしく」

モデルのような雰囲気、と言う印象はそのまんまだったらしい。しかし、もう少しギスギスした雰囲気になるかと思っていたのに、二人とも結構フレンドリーだ。少々拍子抜けしてしまったほどである。

無論、こうして通話してきたということは、何か目的があるのは間違いないだろうが。

『先に尋ねておく。この会話は、我々にしか聞こえていない。その部屋に君以外誰もいない、ということであっているな？』

「え、ええ。そうですね」

というか、ゲームスタートまでは誰も部屋から出られないので、他の人がいるはずもない。

それと、他のメンバーがこのテレビ通話を聞く方法があるのか？　についても不明だ。やり方があったとしてもアンリは知らない。

『それなら問題ない。……実は君と話が繋がらないので、先に松さんと二人で相談をしていた。このゲームをどうクリアするのかについて。そこで、松さんからある提案が出たんだ』

「提案、ですか？」

『ええ、そうよ。……わたくし、これでも平和主義なんです。だってここにいる参加者の皆さんはほとんどがみんな、望んでゲームに参加されたわけではないでしょう？　突然誘拐されてきて、無理やりゲームに参加された同じ境遇の被害者同士ではありませんか。ここで傷つけあうなんて、そんなことはしたくないでしょう？』

「それは、まあ」

『ですので、一人でも多く、そしてすべてのチームが生き残るための方法を考えたのですわ。聞いていただけますかしら』

そして、三夜子は。うっとりするような笑顔で、とんでもないことを言いだしたのだった。

『怪物を休眠させて、安全に探索するのが一番だと思いますの。つまり……各チーム一人ずつ生贄を出して、その人物を怪物に喰わせて眠らせてしまうのですわ。いかがかしら？』

一瞬。

アンリは彼女が何を言っているのかわからなかった。

「え……え？」

一人ずつ、生贄を出す？　それはつまり。

「お、俺に……誰を犠牲にするのか選べってことですか……？」

『そうとも言えますわね。勿論、指揮官であるあなた以外の誰かで結構です。いるでしょう？ゲームの中で一人くらい……生きていても仕方ないな、足を引っ張るなっていうお荷物さんは。そしてこのゲーム、操作できるのはコントローラーを所持している三人の指揮官のみ。他の参加者は部屋でお祈りをして、指示されたらB室を探索するくらいしか仕事がございません。つまり……意図的に指揮官が、自分のメンバーを殺すことも可能ということです。例えばA３０２のボタンを押せば、３０２号室にいる参加者のところに怪物を向かわせることができるといった具合です』

「で、でも！　一緒にゲームを生き抜いてきたのに……」

『だから仲間って？　あなたもわたくし達と同じく、他の四人とは今日出会ったばかりではなくて？　年齢もバラバラみたいですしね。情が沸くほどの時間ではないはずですわ。違いますか？』

「そ、それは……」

確かに、みんな親しい相手というわけではない。特に楓に対してはムカつくところも多々あるのは事実だ。しかし、だからといって死んでほしいとは言わないし思えない。

もちろん他の人のことだって、死んでほしいとは到底――。

『この提案、君は受けておいた方がいいぞ』

肩をすくめて、輝は言った。

『俺と松さんは、君より先に二人で話し合いをしている。そして今、この話を君に持ちかけている。それがどういう意味かわかるか』

「ど、どういう、とは」

『君がこの提案を拒否したら、オレと松さんは手を組んで、君を狙い撃ちにすると言っているということだ。つまり、延々と五階に怪物を送り込み続けて、君達のうち三人が死ぬのを待つ作戦を取ると言っている。オレ達からすればどっちでもいいんだ。君達のチームで三人分の犠牲をすべて引き受けてくれるというのならば、それはそれとしてこっちは全員生き残ることができるしな。悪くない』

やっぱりそうなるのか、とアンリは拳を握りしめる。まさに、楓の予想は的中した形だったわけだ。

特にアンリは、仲間たちと運営への質問タイムに時間を取った。その間に彼らは二チームで連携する作戦を立てていたとしたら、十分あり得ることである。

チームの中から一人犠牲を許容するか。

あるいは、参加者二チームと敵対して、極めて危険で不利なゲームを許容するか。現状、そのどちらの選択をするかを迫られているというわけである。

『雪風アンリさん。わたくしたち、できればあなたを虐めたくはありませんのよ』

極めて残酷な提案をしているはずだというのに、三夜子の笑顔は天使のように柔らかい。それがまた、強い違和感となって瞼に焼き付くのだ。

『どうか、懸命な判断をなさってくださいな。一人ずつ。そう、役立たずを、四人の中からたった一人選べばいいんですの。皆さん、赤の他人。家族でも恋人でもないなら、簡単でしょう？　リアルのご友人がいるならばその方を避ければいいだけのことなのですから』

「お、俺は……」

『そして、他の方々を無駄に危険にさらしたくない。あなたもリーダーなら、おわかりのはずですわ』

さあ、返答はいかに。

二対の無慈悲な目は、アンリにそう訴えかけていたのだった。

二十六・メイヨトギセイ

まさか、ここまであからさまだとは。

アンリは言葉を失った。確かに楓から忠告を受けていて予想はしていたけれど――まさか自分に連絡してくる時点で二チームで結託していて、そういう選択を迫ってくるとは思ってもみなかったのだ。

いや、彼らからすれば問答無用でアンリたちのチームだけ狙うこともできたはず。

一人を犠牲にすればチームごと狙うことはしない――という選択肢を設けているのは、彼らなりの良心であり妥協点だったのかもしれないが。

「……そ、その前に教えてください」

ここで気圧されていてはいけない。一応、最悪のケースを想定した対策も考えてはいるが。できれば、誰一人犠牲にしない選択をしたいし、それを彼等にも考えてほしいのだ。

本当に犠牲をゼロにするならば、すべてのチームで協力し合うことが必要不可欠なのだから。

「松三夜子さんと、朧輝さん。えっと……お二人は、第一と第二のゲーム、どのようなものをやったのですか？　それと……言いづらいことだとは思いますけど、どうしてお二人のお仲間は亡くなってしまったのでしょうか」

彼らがどういう状況で仲間を失ったのか。それを知ることによって、彼らの人となりも見えてくるのではないかと考えたのである。

というのも、仮に第一のゲームで人が亡くなっていた場合。正攻法のクリアをしていない可能性が十分にある。つまり、自分達がやったように粘土を使ってスイッチを押すのではなく、本当に人に押させて残るメンバーが脱出した可能性があるからだ。

ただその場合、押した人間が〝自ら望んでボタンを押し続ける〟ことをしなければ条件は成立しない。もしくは、その人間の体を無理やりスイッチに固定する方法を見つけたか、だ。どうやったのか、非常に気になるところである。

まあ、あとの二チームが自分達とはまったく違うゲームをクリアしてきていたのなら、この質問も無意味なのだが。運営が平等な条件で人を選びたいと本気で思っていたのならば、三つのチームで別々のゲームを、とはそうそうならないことだろうと思っていた。

『……まあ、そうだな。それくらいは話しても問題ないか。オレも、君達がどうやって五人とも生き残ったのかについては気になっているしな。運営の物言いだと、本当に君達は一人も脱落者が出ていないようだし』

肩を竦めて語るのは輝だ。

『うちのチームのメンバーも当初は五人だった。しかし、第二のゲームで英雄になった人間がゲームクリアに失敗して、そこで一人怪物に喰われてしまったんだよ。彼女は怪物から逃げて元のリビングまで戻ってきたものの、そこで追いつかれてしまってね。……怪物は実在する。我々はそれをはっきり見ている、と言っておこう』

「じ、実在する……。その、え、英雄の人はどうやって決めたんですか？」

『誰もやりたがらないのは明白だったからね。多少話し合いはしたものの決着はつかなかったから、大人しく最後はくじ引きで決めたさ。その人物は最後まで嫌がっていたけれど、他の四人の意向でしぶしぶ梯子を下りたよ』

「そう、ですか……」

本当に話し合いとくじ引き、だったのだろうか。そうは思ったものの、突っ込むことはしなかった。ここで深く追求しすぎれば、輝の機嫌を損ねてしまうことは明白だったからである。

それに、第二のゲームは——二人以上で参加してもいい、ということに気付かなければ。一人が確実に生贄になるしかない、と解釈しても仕方ないゲームだった。ならば過剰に彼を責めるべきではない。本当に責めるべきはあくまで、こんなくだらないゲームを考えたテンセイゲーム運営組織の方なのだから。

『あなたが話すなら、わたくしが語らないわけには参りませんわね』

はあ、とため息をつく三夜子。そう、気になるのは彼女の方だ。輝のチームで一人脱落した経緯は、ある程度同情を禁じ得ないものである。しかし、彼女のチームは二人も欠けている。ということは。

『わたくしの方も、第二のゲームで一人欠けた流れはそう変わりませんわね。あとは第一のゲームで、一人が部屋に残ってボタンを押したので脱落したってかんじですわ』

「そ、それがわからないんです、三夜子さん。その、あのボタンって、誰かがしゃがみこんで望んでボタンを押し続けないといけないようなものじゃないですか。ただ残されると決まった人が、大人しくボタンを押すのかというと……」

『ええ、ですので、望んで押して貰ったんですわ』

どういうことだ、と眉をひそめるアンリ。

モニターの中、三夜子はくすくすと笑っている。

『ふふ……この話をするつもりがなかったので、さっきは嘘をついてしまいましたけど。実は、わたくしたち五人の場合は、最初から顔見知りだったのですわ。同じクラスのクラスメート五人が、まるごと誘拐されてきたのです。五人でお茶会をして、まさにその帰りといったところだったかしら』

彼女は何かを思い出すかのように、うっとりと遠くに視線を向けた。強烈な既視感。なんだろう、と思ってアンリはぞっとする。

その恍惚とした目。楽しそうに上がった口角。

そう、楓が過去の面白い遊びや、テレビの中の惨劇を面白おかしく見ていた時と同じような。

『わたくしたちは同じ学園の仲良し五人組でしたの。でも、立場は対等ではない。わたくしがトップで、二位、三位、四位、五位……そんな順位がついていたのですわ。スクールカーストの中でも、かなり明確なものだと思っていただいてかまいません』

「え、え？　と、友達同士だったんじゃないんですか？」

『友達？　ふふふ、ええ、一応は〝おともだち〟だったのかもしれませんわね。でも、多分本当にお互いをそう思っていた方々はいなかったと思いますわ。だって、わたくしはクラスそのものを支配する女王でしたもの。わたくしに気に入られて順位が上がれば待遇も良くなる。逆に下に落ちれば、皆が嫌がる仕事をこなし、皆に冷遇される奴隷に成り下がる。わたくしが支配する世界は、そのような階級社会でしたの。……その中で、立場が明確なわたくしと四人が誘拐されてきたわけです。上から順に、わたくし1号室の松三夜子。2号室の叢雲カナ。4号室がもう一人の多摩あみり……一位、二位、三位が残っているというわけですわ。おわかりでしょう？』

「!!」

そういえば、最初の説明でも三人は友人関係だと紹介されていたような。――いや、今気にするべきはそこではない。

一位、二位、三位が残って、四位と五位が脱落した、ということは。

「……ランクが下の人から順に、切り捨てたってわけか」

『その通り』

三夜子は笑みを深くした。

『何も驚くことではありません。それが自明の理。ランキングはそのまま生き残る価値。そして……その価値さえ全うできない人間に、生きる資格はない。わたくしはゲーム開始前と開始後で、そのように……丁寧に丁寧に、皆さんを調教してきたのですわ』

調教。まさに奴隷扱いではないか。アンリはあっけにとられるしかない。いやむしろこの言い方は、マインドコントロールに近いものなのではないか。

『五位だった筑摩富美加《ちくまふみか》は、ゲームが始まった当初からそこをよーくわかっていましたわ。最初は自分を見捨てないでくれとわたくしに縋ってきましたけど、わたくしが彼女の価値を説いたらわかってくださいましたの。そう、彼女が悦んでスイッチを押す役になったなら……わたくしはずーっと彼女のことを覚えていて、愛して差し上げると言ったのです。そうしたら、彼女も納得して、嬉しそうにスイッチを押し続けてくださいましたわ』

「だ、第二のゲームの時もか？」

『もちろん。四位だった野分小鈴《のわきこりん》も同じように役目を引き受けてくださいましたの。五位の方と違って、ゲームをクリアできれば生き残る目がある。どちらにせよ、ゲームに参加した時点でわたくしはあなたのことをいつまでも忘れず、大切な友として愛して差し上げるとそうお伝えしました。彼女は泣きながら、最後まで役目を全うしてくださいましたわ』

異常だ。アンリの背中を、冷たい汗が伝った。

彼女が通っているような学校は、ひょっとしたら特別なお嬢様学校とか、そういうものなのかもしれない。しかし中学生が当然のように友達の間に順位をつけて、それをそのまま命の価値として適用するなんて。そんなバカなことがあるのだろうか。それを、友達と呼んでいいものだろうか。

『戸惑ってらっしゃるのも無理はありませんわ。まあ、普通の友人関係とは少し違いますものね』

そんなアンリの困惑に気付いてか、三夜子は困ったように小首を傾げた。

『でも、わたくしという女王と接する人間は、遅かれ早かれそれを知るのです。わたくしに愛されるか、愛されないかで世界は大きく変わるということを。何故ならわたくしは将来、この国を背負って立つ人間になるのですから。友人という名の、わたくしのための有用な駒となれたこと。今生きている彼女達も、死んでいった彼女達もよーく理解して、喜んでいるはずですわ』

「そ、そんなの……」

『友達ではない？　あなたのような庶民からすると、そういう感覚になるのかもしれませんけど。……あら、少し長く語りすぎましたわね。ようは、わたくしはけして犠牲を強要などしてはいない、むしろ仲間が尊い自己犠牲を見せてくれたからこうなっただけ……ということはお分かりいただけますかしら』

次はあなたの番ね、と笑う少女。

『どんなからくりを使って、五人全員で生き残ったの？　不思議で仕方ありませんわ。どちらのゲームも犠牲ありきでクリアできるものだったでしょうに』

アンリは、拳を握りしめる。輝はともかく、三夜子。彼女は本当に、全員で無事に生き残れる方法に気付いていなかったのだろうかと。

気づいていても、犠牲にする方が手っ取り早いならそちらを選ぶ。そういう人間であるように思えてならない、と。

「……俺は、安易に人を犠牲になんて、したくありませんでした。第一のゲームでは犠牲者を出さずにクリアする方法があったこと、朧さんはご存知ですよね？」

『……まあ、そうだな』

彼のチームも、第一のゲームは無傷でクリアしている。きっと粘土を使ってスイッチを押せることに気付いたのだろう。というか、普通はそっちが真っ当なクリア方法であるはずだ。

『テーブルの下に隠されていた粘土を使ってスイッチを埋めれば、全員であの部屋を脱出できる。そう言う仕掛けだと気づいたからだ』

『まあ！　そうでしたの？　わたくしは気づきませんでしたわ』

『わざとらしいな、アンタ』

「……第二のゲームは、英雄を複数人選んでゲームに挑めば、勝率を上げられるものだったんです。英雄は、一人じゃなきゃいけないなんて……誰も言ってませんでしたから。俺達は三人がかりでゲームをクリアして、それで五人全員で生き残ることに成功しました」

『！』

アンリの言葉に、輝は目を見開く。どうやらこちらには本当に気づいていなかったパターンらしい。悪いことをしてしまったかもしれない、と少しだけアンリは罪悪感を抱く。多分、輝の方はある程度普通の感性の持ち主なのだろう。第一のゲームを犠牲者ゼロでこなしているあたり、本当は誰も死なせずここに来たかったということなのかもしれない。

『あらあら。でもそれって、最悪三人死んでたってことでしょう？　あまりに効率が悪いような気がしますけど』

問題はこっち、三夜子の方だ。さっきからものすごく反応がわざとらしい。気づいていてスルーしていた、というのが透けているようだ。驚いている様子もない。

『だったら一人生贄にして、さくっと終わらせた方が効率が良いのではなくて？　赤の他人を生き残らせるために、随分とリスクの高い選択をしますのね。……そうまでしても、全員で生き残るために拘ってらっしゃる、ということかしら？』

「そうです。……皆さんにも考え直してほしいです。三チームで協力して怪物を上手に動かしていけば、一人も犠牲にせずに全員で生き残れるかもしれません。お願いします、どうか……」

『でも、それって怪物を休眠状態にしない、ということでしょう？　それじゃあ、いつまでも襲われるリスクがつきまといますわね。わたくしはそんなの嫌ですわ。死にたくないですもの』

最初から、取り付く島もない。まさにそういう態度だ。そして輝も、「悪いな」と息を吐いた。

『君の考えは理解した。よほど覚悟があるんだろうなってことも。でもオレは、やっぱり確実に勝てる方を選びたい。君が仲間の中から犠牲者を選ばないなら、オレたちもそのつもりで君達を狙い撃つしかない』

交渉決裂。ああ、とアンリはため息をついた。

失敗してしまった。もう少し上手に話を運べば、話し合いの余地はあったかもしれないのに。否、それでも三夜子の方を説得できたかは怪しいが——。

『とっても残念ですわ。あなたはかっこいいし、価値ある殿方かと思ってましたのに』

ふふふ、と三夜子の唇が妖艶に弧を描く。

『仕方ありません。……怪物が五階スタートでないことを、お祈りくださいな。ゲーム開始、楽しみにしておりますわね』

二十七・ホンネトタテマエ

「……悪いな」

通信が切れた後。朧輝は部屋で一人呟いた。

個人的には、雪風アンリのような純粋な人間は嫌いじゃない。一人の大人としては生き残って欲しい気持ちもあるし、できれば彼とそのチームのメンバーを陥れるようなことなどしたくなかったのが本音だ。

だが、輝は知っているのである。

世の中には、人を支配することに喜びを感じる人間がいるということを。そして、天性の支配者としての素質を備え、どうすれば人を洗脳し操れるのかよくわかっている者がいるということを。

それが三階のチームのリーダー、松三夜子。

名家で受けて来た帝王学の影響なのか、はたまた本人の気質のせいなのか。彼女を見てすぐに理解した。同じチームの二人はすっかり調教が完了していて、彼女がやれということは何でもやる人間に成り下がっているだろうことを。

それこそ三夜子がそうしろと言えば靴も舐めるしなんなら糞だって食べそうな勢いだ。ミーティングの有様だけでもそう感じてしまったのである。それこそ、死ねと言えば死ぬし、人を殺せと言えば殺すし、拷問しろと言えば拷問するのだろう。

彼女ではなく、アンリたちと手を組んで勝利を目指すことも考えた。しかし、三夜子の誘いを断れば集中攻撃されるのはまず自分達である。いや、このゲームに勝てたところで、どのような報復に出られるかわかったものではない。今後も見据えて、彼女のような人間は敵に回さない方が吉だと判断したのである。

卑怯だと言われるかもしれないが——長いものに巻かれて生きるのもまた、長生きする秘訣ではあるのだ。

——これで、ひとまず三夜子は当面、オレ達のことは狙わない。オレが彼女と協力して、五階に怪物を送り込み続ける限りは。

笑ってはいたが、三夜子は相当頭に来ているはずだ。

化け物が五階にいる間は放置、三階に来たら彼女が五階に送り込み、四階に来たら輝が五階へ送り込むボタンを押す。怪物が他の階に来るたびにそれを繰り返していれば、いずれ五階のチームはすべてのドアを壊されて全滅する。とてもじゃないが、B室を探索する時間などない。鍵を見つけられないからクリアもできず、ただ一人ずつ化け物に食われていくばかりとなるはずだ。

そして五階チームのメンバーが三人喰われれば彼らはゲームオーバーで、かつ怪物は休眠状態になる。その時ゆっくり、三階と四階の者達はB室を探索して鍵を見つけて脱出すればいいというのが三夜子の考えだった。

——まあ、理に適ってはいる。あからさまな嵌めプレイだし、人道に悖るのは確かで……正直やりたくはなかったけどな。

とはいえこれで、自分達のチームから生贄を出さずに済む結果になったのは確か。そこはラッキーだったたと割り切るしかない。

ただし。

――この嵌めプレイにも穴がないわけじゃない。三夜子は、質問ボタンを使ったんだろうか？　使ってないなら、多分オレたちが質問して答えて貰ったような内容を彼女は知らないはず。

一つ。怪物が一つのドアを壊すのにかかる時間は、五分ほど。これは、その階の指揮官が次に階数ボタンを押せるようになる時間と一致している。

二つ。獲物がいなくなった階には、怪物を移動させることができなくなるということ。つまり、どこかの階がクリアして人がいなくなったら、怪物はその階にはもう移動させることができなくなるのである。

三つ。例えば四階から三階に移動した怪物が直後に四階のボタンを押された場合、二分ほどその場で硬直したあとでゆっくり四階に戻ることになるということ。

四つ。まるで怪物は階数ボタンを押されないと基本移動しないような説明の仕方をされていたが、実は十五分すぎると自動で別の階に移動するようになっている、ということ――。

――もし、これらのルールを雪風アンリが質問して知っていたなら、対策方法はある。……オレたちも油断するべきではないな。

ゲーム開始まで、残り十分。

一応、万が一の時の手は打っておくべきだろう。他の仲間たちと連絡を取るべく、輝は通話ボタンを押したのだった。

＊＊＊

馬鹿な人だ。ふん、と鼻を鳴らして笑う三夜子。

「大人しく、わたくしたちの言う通り……ひとり生贄を差し出していれば、狙い撃ちされずにすみましたのに。ね、二人ともそう思いませんこと？」

三夜子がそう告げれば、モニター画面の中の友人二人は、さながら赤べこのようにかくかくと首を縦に振ったのだった。

『まったくその通り！　三夜子様は超天才じゃん！　三夜子様の言う通りにしないなんてマジありえないし！』

『うう、三夜子様、三夜子様。弱いわたしをお許しくださいませ。わたし、いざとなったら三夜子様のために生贄になる覚悟はしていたんです。できていたつもりなんですよ、でもお……』

うるうると涙目になっているのは、多摩あみりだ。自分達の中では、序列第三位に位置する少女である。

つまり、もしアンリとの協定が成功していたら、殺される役になっていたはずの娘だった。

『でも、でも！　その上で、まだ生きていることを許されることを喜んでしまったんですぅ！さ、三夜子様のお傍にいられて嬉しいって。こんな弱いわたしをお許しください、三夜子様ぁ……！』

「ふふふ、大丈夫ですわ、あみり。本当に、あなたは泣き顔も可愛いわね」

『ほ、本当ですかぁ!?』

「ええ。このゲームから脱出したら……ここまでわたくしに貢献してくれたカナとあみりの二人には、最上級にご褒美を用意してあげようと思っているの。ねえ、何がいい？」

『はわああああああああああああああああああ！』

あみりは本気で喜んで、顔を紅潮させても悶えている。ああ、確かに彼女は可愛らしい、と三夜子はほくそ笑む。

ぶつぶつとニキビが浮いた頬、べたべたに流れる涙と鼻水。興奮と悲哀でぐちゃぐちゃになった顔に浮かぶ笑み。あまりにも醜悪で、だからこそ愛おしい。まさに、ピエロが人を楽しませてくれるも同然。

基本的に三夜子は美しいものが好きだし、男も女も美男美女をはべらせるのが常だったがあみりは別だった。そう、綺麗なもの、可愛いものだけでは飽きてしまう。時にはピエロのようにおどけて笑わせてくれる存在も必要なのだ。

特に彼女は、自分に与えられるのならば痛みさえも喜んでくれる。奴隷の証に三夜子が手ずから開けてやったニップルピアスは、きっとまだ彼女のふくよかな胸元で揺れているのだろう。

かなり大きなものをぶら下げてやったので、私生活で歩くだけで揺れて痛みを伴うはずだ。同時に、女子中学生としてありえないその姿は、彼女に十分すぎるほど羞恥心をもたらしてくれていることだろう。その痛みさえも快楽に変えて、愛情の証と悦べる――あみりをそんなふうに調教したのは自分だ。

基本的には言葉で操り、時々とっておきのタイミングで飴と鞭を与えてやればいい。それだけで、人を操るのはこんなにも簡単にできるのだ。

『で、でで、でしたら。その、ベッドでご褒美が欲しい、だなんて……』

『ええええ、ずるい！　アタシも欲しい！　ねえ三夜子様、あたしもあたしも！』

「もちろんよ。二人とも、ちゃあんと可愛がってあげる」

ベッドといっても、行われることは色気というより、もっとハードなことが基本だが。

そう、前にカナとあみりで殴り合いの喧嘩をさせてみた時なんて本当に面白かった。全裸で、血まみれになった少女達を見る快感といったら。あまりに愛しくて、ついついフォルダいっぱいになるくらい写真を撮ってしまったほどだ。

「とりあえず、今はこのゲームをクリアすることに集中しましょ？　……といっても、あなた達は特に何もしなくていいのだけれどね。五階のメンバーが全滅するまで、ひたすらボタンを押し続ければいいだけだもの。それまで二人は部屋から出ないでじっとしていること、いいわね？」

『は、はい！』

『わかりましたぁ、三夜子様ぁ！』

「うふふふふふふ」

アンリにはもちろん、輝にも教えていないこと。それは三夜子が、自ら望んでこのゲームに志願したということである。

そう、スリリングな環境で、自分は常に安全圏で最高のショーを眺められる。こんな楽しいことなんてない。転生だの勇者だの魔王だのには興味はないが、楽しいものが見られると約束してくれるのならそういう役目を担ってやってもいいだろう。

――さあ、雪風アンリ。わたくしのせっかくの願いを断ったんですもの。せめて少しは面白おかしく踊ってから散って頂戴ね？

＊＊＊

「とまあ、こんなことくらい考えてそうよねー。あの三夜子チャンって子は」

顔写真見れば、同類は大体わかるものなのよ。荒潮楓は苦笑いしつつＡ５０４の部屋でベッドに座っていた。その手には、鍵。Ｂ５０４の鍵を持って待機しているのは、当然理由がある。

『……本格的に他チームのひとたちに集中攻撃されることになったら。俺、考えてることがあります』

ついさっき。

リーダーミーティングがあったのだと、アンリは楓たち四人に伝えてきた。三夜子と輝の二人が結託して、自分達に交渉を持ちかけてきたこと。一人を犠牲にすれば助けてやると言われたのを蹴ってきたことを。

『かなり危険な橋を渡らせることになる。皆さんには、本当に申し訳ないと思う。でも……俺は、ここにいる五人を一人も死なせたくないから。だから、みんな協力してほしい！』

彼は質問でわかった情報と、これから起こり得るであろうことをきちんとシミュレーションしたようだ。

そして、五階が集中攻撃されてもなお、鍵を見つけて脱出するにはどうすればいいか。彼なりに、やり方を考えていたらしい。

『皆さんは、ゲーム開始になったらすぐに飛び出せるように、B室の鍵を持って待機していてください。質問の答えによると、怪物は移動直後、二分ほど硬直する時間があります。例えば別の階に移動した直後に五階のボタンを押されると、その場で二分硬直してから階段を戻ってくるってことみたいで。……だったらその隙を、利用しない手はありません』

そうして語られた作戦は、さすがの楓も想像していなかったものだった。逆転の発想、とはまさにこのことだ。

怪物の知能が犬よりもはるかに低いこと。そしてドアの内鍵が、ツマミを二つ回して開け閉めするタイプであること。その情報を知った上で、まさかこのような対策を考えつこうとは。

――いいわ。……あの三夜子ちゃんって年下の女の子に負けるのも癪だし……アンリくんの作戦がどこまでうまくいくかも見てみたいし。今回は、協力してあげるわよ。

さあ。

最高のゲームを始めようではないか。

二十八・ケッシノサクセン

『時間でございまああああす！』

ＡＩの、可愛らしくも冷たい声が響き渡った。

『それではゲームを開始します。皆さん、準備はいいですねえ？　私、テンちゃんがばーっちりゲームを実況してあげちゃうので、皆さん耳かっぽじってよおおおく聞くんですよおおお！ひゃっふう！』

「テンションたっか……」

アンリはリモコンを握りつつ、ついツッコミを入れる。人が死ぬかもしれないゲームを、どうしてこうも笑いながら語ることができるのか。

リモコンは持ち出すことができるが、部屋にいた方が操作が便利なのは間違いない。地図とカメラ映像の両方で、怪物の現在地が表示される仕組みであるからだ。

彼女がゲーム開始と言った途端、テレビ画面が切り替わった。現在は五階の廊下と、三階、四階、五階の簡易地図が表示されている。

——作戦は決めた。……本当は、プレッシャーやばいけど。怖いけど。でも俺が選ばれた以上……俺がやるしかない。みんなを助けて、必ず生きて帰ってみせる！

そうこうしていううちに、カシャカシャカシャカシャ、と固いものを掻きまわすような音が聞こえてきた。何をしているのかと思いきや、テンちゃんとやらは楽しそうに語る。

『たった今、くじ引きしてましたよう！　つまり、怪物をどの階からスタートさせるかですね。どこからスタートするかによって、有利不利がだいぶ変わってきちゃいますもんねえ！　さあ、運命はどうかな？　誰を、どこを選ぶのかな？　結果はっぴょー！　怪物が投下されるのはぁ！』

ずどん、と。廊下の方から重たい音がした。

マジかよ、とアンリは舌打ちしたくなる。すぐ近く、ということはつまり。

『はあい！　五階スタートです！　今、カメレオンちゃんは五階にいます！　皆さん、十分気を付けて……生き残って、鍵を集めてくださいね！　それでは、すったーと！』

――あああもう！　嫌だって思ったことばっかり現実になるし！　マジ最悪!!

運営はわざとやっているのではなかろうか。アンリは罵倒したい気持ちを必死にこらえてテレビにとびついた。音声通信のスイッチを入れて、チームメンバー全員と通話ができるようにする。音声をスピーカーにして、会話が五階全体に聞こえるように音量を大きくして――。

「舵さん、楓さん、摩子さん、美月くん！　……作戦通りに行きます！　まずは、怪物を別の階に移動させせます!!」

＊＊＊

「まあ、それしかないよな」

カメレオンは五階スタート。まったく、アンリ少年も運が悪いとしか言いようがない。少しだけ同情した気持ちで、輝はテレビ画面を見た。

『ボタンが押されましたあ！』

テンちゃん、なるＡＩが楽しそうに実況をする。

『怪物は三階に移動しまーす！　うんうん、まあみんな死にたくないですもんね。他の階にどんどん押し付けけちゃいましょう！』

「嫌な言い方するな、まったく」

アンリの決断は早かったようだ。怪物がランダムでドアを攻撃し始める前に行動を起こしていたらしい。素早く三階のボタンを押した、とのこと。怪物は一瞬硬直したところで、ゆっくりとした動作で階段の方へ向かっていく。

つまり、これから三夜子のいる三階へ向かうだろうということ。しかし。

――アンリくん、わかっているんだろう？　……よその階に怪物を追いやったところで解決になどならないということに。

暫くして、怪物が三階に到達したようだ。しかし怪物がフロアに降りたったところで、カメレオンはその場で硬直することになる。三夜子が移動ボタンを押したからだろう。カメラ映像の中でびくびくと体を震わせて固まっている。これで二分後には、再び――彼女が押した階、つまり五階へ戻っていくはずだ。

そして階数移動ボタンを押すと、暫くの間押した指揮官は移動ボタンを押せなくなる。五階に戻ってきた怪物に対して、アンリはしばらくは四階にも三階にも怪物を追いやれなくなるというわけだ。

そしてこれが繰り返されるのである。彼は同盟を断ってしまったのだから、三階にやれば三階の三夜子が五階ボタンを押すし、四階にやっても輝が五階ボタンを押すということを繰り返す。二人がかりで、えんえんと五階に怪物を送りつけ続けるのだ。

そうなれば彼らは怪物に食い殺されるまでずっと五階で怪物から逃げ続けなければならなくなる。そんなこと、交渉決裂した時点でアンリにはわかっていたはず。一体どうやって切り抜けるつもりなのだろう。

まあどっちみち、自分達も油断することなく、ゲームを進めるつもりではいるが――。

「!?」

怪物が再び五階へ戻っていく。映像が五階の廊下を映し出したとこで、輝は目を見開くことになった。

「なんだこれは……!?」

さっきとは景色が変わっている。――五階の、すべてのB室のドアが開いているのだ。

どうやら五階のメンバー全員が、怪物が四階に行った僅かな隙に廊下へ飛び出し、同時にそれぞれ持っていた鍵でB室の鍵を開けたということらしい。B501、B502、B503、B504、B505。五つの部屋すべて開錠されている。

――何をするつもりだ？　怪物はもう廊下に戻ってきてしまっている。鍵だけ開けても、中を探索する時間なんかないはずだぞ……？

その時、再びボタンが押されたようだ。アナウンスが響く。

『お、今度は部屋ボタンが押されましたね。Ｂ５０５の部屋です。怪物がそちらに移動します。そこは空室ですが、何をするつもりなんでしょうね？』

アンリはＢ５０５の部屋のランプがつくようにボタンを押したようだ。確かに、怪物を一端空室に誘導するのはわかる。空室になら入られても、人が死ぬことはないからだ。

しかし。

『ちなみに、どの部屋にも空室があるのは皆さんも知っての通り。五階でさえＢ室はすべて空室です。空室のドアを怪物に攻撃させて時間を稼ぐということもできるでしょう。怪物がドアを攻撃している最中なら、うまくいけば後ろを通っても気づかれないかもしれませんね？　……ですが、怪物がドアを攻撃するのは、中にいる人間を食べるためというのをお忘れなく。空室のドアを壊して中に侵入しても、獲物がいないと思えばすぐに出てきて別のドアをランダムで攻撃し始めます。それと、ドアが壊れた部屋のランプは自動的に消灯しますのでそのつもりで』

この法則を忘れてはいけない。

空室に怪物を誘導したところで、怪物が中を検めて獲物がいないと気づけば、すぐ部屋から出てきてしまうのだ。大して時間稼ぎにならない。

しかも、今はドアが開いてしまっている。開いているドアならば、怪物は壊すための時間さえ使わずにさっさと中に入れてしまうのだ。これではほとんど時間稼ぎにならないのではなかろうか。

――何をするつもりだ？

映像の中、巨大なカメレオンがゆっくりと廊下を移動していく。映像でも見たが、本当に大きくて気持ち悪い姿だ。そして体重も重いらしく、四階にいる自分のところにもずん、ずん、と足音が響いてくるほどである。

カメレオンがＢ５０５の部屋に入っていく。その姿が見えなくなった、次の瞬間だった。

「なっ」

Ａ５０５の部屋から、敷波摩子が廊下に飛び出してきた。そして怪物が入ったＢ５０５の部屋の前に行くと、素早くドアを閉めて外から鍵をかけたのである。

シャアアアア！　と怪物が気付いたような雄叫びが聞こえた。しかし、すぐに摩子に襲いかかることはできない。怪物の体が扉にぶつかる。ドアに鍵がかかっていることに、ほどなくして怪物は気づくことだろう。

――そういうことか……！

摩子が部屋に引っ込むのと入れ替わりに、Ａ５０４からＡ５０１、残る四つの部屋から摩子以外の全員が飛び出してきた。そして真正面のＢ室に飛び込んで、探索を始める。

なんてことだ、と輝はあっけにとられた。

怪物は、知能が低い。本来ドアは内側からならツマミを回すだけで鍵を開けることができる仕組みなのだが、怪物にはそんな器用なことなどできないだろう。体当たりしても開かないと気づけば、鍵を開けることもできずに壊すための行動を始める他ない。

そう、部屋の内側に閉じ込めて、時間稼ぎができるのだ。怪物がＢ５０５の部屋から脱出しようとドアを壊しにかかっている隙ならば、他の部屋のメンバーは安全に廊下を移動できる。その隙に、自分が担当するＢの部屋に鍵がないかを調べるつもりなのだ。

綱渡り。しかし、〝ドアが開いていれば怪物はドアを壊さない〟ことと、〝怪物は内側からでも鍵を開けられない〟ことを利用した、見事な作戦である。

「……おい、初春、川内、夕立」

これは、自分達も手を打たなければいけない。輝は残る三人のチームメンバーに声をかけた。

「五階で怪物がうろうろしているうちに、オレ達もさっさと探索を始めた方がいい。あいつら本当に、全員生きてクリアするかもしれないぞ」

三夜子はきっと油断しているだろう。怪物が休眠状態になってからゆっくり鍵を探せばいい。自分達の階に移動してくる可能性やリスクを考えるなら、その間は動かないで部屋でじっとしていた方がいいと。

実際、彼女からはそういう指示が来ていた。しかし、輝はそこまで悠長にしていられないと考える。

そうだ、気づくべきだった。あのアンリの声、アンリの目。あれはただ仲間たちを死なせたくないという信念だけではない。

きっとあの時には方策を思いついていたのだろう。万が一怪物が五階スタートとなっても、対応できる作戦を。

『シャアアアアアアアアアアアアア！』

怪物があと少しでＢ５０５の扉を破るところまできた。すると、スピーカーで指示が聞こえてくる。どうやら五階全体に声が聞こえるように設定したらしい。

『次、Ｂ５０４に怪物を向かわせます！　楓さん、一端Ａ５０４に撤退してください！』

『了解！　大丈夫、鍵はもう見つけたから』

『はっや！　移動次第、怪物をＢ５０４に移動させます！』

『ええ！』

やはりそうだ。Ｂ５０５の部屋を破られたら今度はＢ５０４に標的を変更し、同じように閉じ込める。それを、怪物がいなくなるまで、部屋が尽きるまで繰り返して探索を続けるつもりなのだ。

しかも、鍵が早々に見つかったということは――鍵は、けして難しいところに保管されているわけではない。

――なんてやつだ。

気づけば、無意識のうちに――輝の口元に浮かぶ笑み。

ああ、本当に。こんなデスゲームの中でなければ、友人になれたかもしれないというのに。

二十九・ウチヤブルリフジン

このゲームには、いくつか鍵がある。

一つはいかに怪物をやりすごして宝探しをクリアするのかということ。

そしてもう一つは、聞いただけではあまりにも不十分なルールの隙に、どこまで気づけるのかということ。

そう、質問ボタンを押さずに、その不十分なルールに気付くことなくゲームを始めてしまうと——多くのトラップの引っかかることになるのだ。そのうちの一つが、怪物の硬直時間や怪物の移動法則である。

怪物は、移動直後にボタンに階数移動ボタンを押されると硬直する。二分の硬直、は大きい。その間に次の策を練るなり、場所移動するなりの対策が取れるのだから。

また、怪物が『ボタンを押されなくても、時間制限で別の階に移動する』ことも知っているかどうかが大きい。何故ならば、怪物が時間制限で五階から四階に移動した場合、五階の人間は移動ボタンを押していないことになる。つまり四階の人間が再度五階に怪物を突っ返しても、すぐ移動ボタンを押せてしまうということ。この時、四階につっかえされたら、四階の人間はすぐに移動ボタンを押せなくなる。——このゲーム、先に移動ボタンを押してしまった階に人間はそれだけで不利になる仕組みなのだから。

何よりも。特定階の獲物が全員いなくなったらどうなるのか？　について。運営は意図的に説明していない。

特定階の人間が不慮の事故で早々に全滅してしまったら？

もしくはクリアしてみんな脱出して空になってしまったら？

その階にもう怪物を移動させられることができなくなり――結果、他の階の人間は圧倒的に不利に陥るのだ。そうなったらもう、二つの階でのみ怪物を行き来させるしかできなくのだから。

無論、最初に三夜子が狙っていた通り、五階で怪物が三人以上の人間を食べて休眠状態に陥っていたのならその限りではなかったのだろうが。

『俺も鍵は見つけた！　これで全員だな⁉』

「はい、ありがとうございます、舵さん！」

アンリはほっと息を吐いた。思った通り。宝の鍵はどれも、難しい場所に保管されてはいなかった。テーブルの上や、ベッドの上にぽんと置いてあることがほとんど。あとは精々引き出しに置いてある程度。

そもそもこのゲームは、探索そのものの難易度が高すぎると成立しない。ちょっと探す、程度の時間を確保できることが鍵となっているだろう、と美月がそう言ったのだ。

だから、鍵そのものを探すのは難しくないはず。あとは、全員がどれほど連携できるかどうかにかかっていると。

――空室に怪物を投げ込むと、獲物がいないためすぐに戻ってくるというのも大きい。これは当初のルールでも説明されていたことだ。

『怪物がドアを攻撃するのは、中にいる人間を食べるためというのをお忘れなく。空室のドアを壊して中に侵入しても、獲物がいないと思えばすぐに出てきて別のドアをランダムで攻撃し始めます。それと、ドアが壊れた部屋のランプは自動的に消灯しますのでそのつもりで』

――つまり、空室に怪物を投げ込んでもそうそう室内を荒されることはないということ。壊されるのは鍵をかけて閉じ込めたドアのみ。そして、ドアを壊すのにもある程度時間は必要だし……怪物は、ドアの内鍵を開けられるほどの脳みそはない！

自分達が質問して、回答を得た項目は以下の通り。

一つ。怪物が一つのドアを壊すのにかかる時間は、五分ほどであること。

二つ。獲物がいなくなった階には、怪物を移動させることができなくなるということ。

三つ。三階に移動した怪物が四階のボタンを押された場合、二分ほどその場で硬直したあとでゆっくり四階に戻ることになるということ。

四つ。まるで怪物は階数ボタンを押されないと基本移動しないような説明の仕方をされていたが、実は十五分すぎると自動で別の階に移動するようになっている、ということ。

五つ。指揮官が持つコントローラーは外に持ち出せるし、怪物の現在位置は逐一アナウンスで報告されること。

六つ。どの指揮官、つまり三階、四階、五階のどのコントローラーがボタンを押したかもアナウンスされるからわかること（つまりテレビ画面を常に睨んでいなくてもいい）。

七つ。コントローラーを操作するのは指揮官でなくてもいいということ。

八つ。怪物の知能は極めて低く、ホテルのドアの内鍵を開けることはまず不可能だということ。

九つ。怪物がドアを壊すのは中に入るためなので、既に開いた状態のドアを攻撃されることはないこと。ホテルのドアは廊下側に外開きする仕組みで、ある程度大きく開くとその状態で固定できること。

最後に。鍵を五つすべて見つけて、Ａ５０１——つまりアンリが今いる部屋の金庫を見つければ、アンリ達はクリアということでこのゲームを抜けられるということ。そうなった時は、金庫を開けた時点で、五階すべてのＡの部屋に設置された隠し通路が開かれるので、そこからこのホテルを脱出することができるということ——。

——これらの情報があれば、取れる作戦もある。つまり、空き室のＢ室に繰り返し閉じ込めて、ひたすら怪物をやり過ごし……怪物が五階から去るまで、一心不乱に鍵の探索を続けること！

あとは最後に、怪物が自動で五階から立ち去ったところで全員で鍵をもってアンリのところに集合。集まった鍵でアンリは部屋の金庫を開ければ、各部屋の脱出路が開かれる。それにより、五人全員が生還できるという具合だ。

勿論、五階から立ち去った怪物は、三階四階のメンバーにボタンを押されてもう一度戻ってくることは十二分に考えられる。しかし、今度は〝自動移動〟であるため、即座に五階の指揮官であるアンリは怪物を突っ返すためのボタンを押すことができるのだ。

その場合は、ボタンを押してきた相手にすぐ怪物を突っ返してしまえばいい。相手には少々酷ではあるが、そもそも五階でもたもたしている間に探索を続けていれば彼らも土壇場で脱出できるはず。今のアンリにできる、唯一の譲歩がそれなのだ。

「グオオ……」

どうやら、時は来たようだ。十五分経過。怪物は首を振りながら、諦めたようにのしのしと五階の廊下を歩き、階段へ向かっていく。なんだか丸い背中と垂れたシッポが哀愁を漂わせてさえいるようだ。まあ実際、五階で一人も食えなかったのだからがっかりするのも仕方ないことかもしれないが。

「あ、あぶなっ……」

閉じ込め作戦で少し時間が足らなかったら、あとは壊されない範囲で人のいる部屋のドアで時間稼ぎをするしかなくなっていたからだ。十五分は、想像以上に長かった。全員の鍵が見つかった。あとは、怪物が階段に姿を消したら、アンリの部屋に集合して金庫を開けるだけだ。

ちらり、とテレビ画面を見る。怪物が移動する先は――。

『おーっと、カメレオンちゃん残念！　五階の人は誰も仕留められなかったようです。一定時間が経過しましたので失意のまま、ランダムの階……今回は三階へ移動しまーす！』

――悪く思うなよ。

アンリはリモコンに手をかけながら思う。三夜子はすぐ、五階に怪物をつっかえしてくるだろう。その時は、何も言わずこちらも三階に怪物を送り返すだけだ。

彼女の仲間には気の毒だが、自分達は彼女らにも十分な時間を与えたのだ。五階でごたごたしている間に「どうせ休眠状態になるから」と見くびって探索をしていなかったのなら――それはもう、本人たちの怠慢と言う他ない。

＊＊＊

「冗談でしょう……!?」

三夜子は思わず声を上げていた。

五階にバケモノを延々と送り込み、五階のメンバーを喰わせる作戦。そう、自分の狙いは間違っていなかったはずだ。なのにどうして、誰も喰われていないのか。そして、誰も階数ボタンを押していないのに何故カメレオンは三階に来てしまうのか。

――そんなルール聞いてないわ！　何よ、運営のミスじゃないの!?

そう、ボタンが押されたらそう表示される。なのに、今回は本当に誰もボタンを押していない。

時間にして、五階に行ってから十五分ほどだろうか。まさか十五分すぎると、自動で怪物が階下に移動するとか、そういうシステムが組み込まれていたというのか？

五階に怪物が留まっている間に、確実に三人くらいは喰われていると思っていた。いや、喰われなくても、時間がすぎてアンリがボタンを押して五階から別の階に移動したら、三夜子も輝も五階ボタンを即座に押すのだ。そうして延々と五階に怪物を送りつけ続ければ、いずれ壊せるドアがなくなって誰かが死ぬ。指揮官が、死んでもいい人間を選ぶ。そう考えていたのに。

――くっ……そういうルールがあるなら先に説明しときなさいよ馬鹿運営！　いえ、まだ、まだよ。まだ私達に勝機はある……！

五階のメンバーは相当探索を進めたようだが、まだ脱出はしていない。B室のドアはすべて壊されたようだし、廊下を移動する隙を狙えばまだ喰わせることもできるはずだ。

三階にカメレオンが降りてくる。三夜子は即、五階のボタンを押した。アンリもきっとすぐに三階にカメレオンを押し付けてくるだろうが関係ない。そしたら今度は輝が五階ボタンを押してくれる。自分達が二チームで結託している以上、雪風アンリのチームが不利である現実に変わりはないのだ。

思った通り。五階に一瞬移動した怪物は少しの硬直後、すぐに階段を降り始めた。アンリが三階行きボタンを押したからだ。そうこれで、アンリもボタンを押して移動させた。もう一度五階に送りつければ、彼はしばらくの間五階から怪物をよそに追いやれなくなるはずだ。

「朧輝さん！　聞こえていますわね⁉」

テレビの通話ボタンを押し、三夜子は輝にコンタクトを取る。

「三階に怪物が来たら即、五階のボタンを押してくださいな！　作戦通りに行くんですのよ。五階にえんえんと怪物を送りつけて、五階メンバーを喰わせて休眠状態を狙う……わかっていますわね⁉」

輝は裏切らないはずだ。自分のような強者に、女王に付き従う方が断然有利になるとわかっていないはずがないのだから。

しかし。

『……悪いな、お嬢さん』

テレビの前に、輝は座っていなかった。代わりにごそごそと動き回る音や、他の仲間らしき声がする。どうやら、彼のいるA４０１の部屋に、他の仲間も一緒にいるようだ。

『うちの階に怪物が来ないなら、よそに移動させてやる義理はない。というか、オレたちもそろそろ脱出できるし、一足先にゲームを抜けさせてもらうぜ』

「は⁉」

『休眠状態を狙うという君の案は悪くなかった。しかし、オレたちはそこまで雪風アンリを見くびってなくてな。十五分、五階で雪風アンリのチームが時間を稼いでくれているうちに、B室の探索は全部終えていた。鍵もすべて見つけている。あとは金庫を開けて、全員脱出するだけなんだ』

「な、なな……」

『あんたも時間はあったろ。まさか、どうせ休眠させられるからと、一切探索していなかったんじゃないよな？』

「!!」

それは、と三夜子は言葉を失う。自分達は三人しか残っていない。五本の鍵を三人で探すのは少し骨が折れる。だからそれまでは自分は部屋で、映像とボタン押しに集中していればいいと思っていたのだ。

五階で、怪物に一人も喰われないなんて。そんなことあるはずがないと思っていたから――なのに。

「ふ、ふざけないで……」

怪物が三階に来てしまう。そして自分はもうボタンを押してしまった。少なくとも五分間、怪物は三階のフロアから動かない。

報復に四階のボタンを押すとしても、それができるのは五分後だ。もっといえば、よくよく考えると――四階のメンバーが脱出してしまった時、四階に怪物を再び追いやることはできるのか？　それについて不明瞭ではないか。

『おおお、四階の朧輝さん、金庫の開錠成功！　それぞれの部屋に脱出路が開きました。急いでお部屋に御戻りくださーい！　あっと、五階の雪風アンリさんのチームも成功しましたね。あとは脱出すればクリアですよお！』

ＡＩのアナウンスが、嬉しそうに告げる。

三夜子が見ている間に、四階、五階のフロアから一つ、また一つと参加者を示す光が消えていく。

『ちなみに……クリアされた階は封鎖されまーす！　クリア者が出た場合、その階に怪物を移動させることはできなくなりますのでお気をつけくださいねえ！　ではー！』

「は!?　そ、それじゃあ、もう……！」

そんなことってない。自分が、この自分が選択を間違えるなんて、そんなことは。

三夜子が絶句するのと——三階の廊下から怪物の雄叫びが聞こえてくるのは、ほぼ同時のことだったのである。

三十・カゲロウミツキ

陽炎美月には秘密がある。

それは、前世の記憶がある、ということだった。現代日本においてはあまりに荒唐無稽な記憶。最初は美月自身到底信じられるものではなかった。いかんせん、記憶が蘇ったのは小学校入学してすぐであり、完全にキャパシティオーバーに陥ったのだから。

幼稚園の時にはもう簡単な漢字であれば読めるほど物覚えが良かった美月は、それだけに幼くしてこの世界の常識を理解していた。だからこそ、記憶と、今この世界にある常識との乖離に悩んだのである。

前世で美月は、とある科学と魔法が発展した世界の――魔導士であり、科学者だった。

その世界では科学技術を信じる科学派と、魔法を信じる魔法派でまっぷたつに分かれて戦争をしていた。美月はその中立派にあたる小国の人間だったというわけである。その国は、魔法派の大国と科学派の大国の板挟みになって苦しんでいた。両国が戦争をすることで周辺諸国が巻き込まれ、多数も罪なき人々が次々命を落としていったのである。

死んだ時、美月は二十八歳だった。

愛する家族や友人を守るため、国の大統領とも直接連絡を取り合い（そもそも大統領が美月の友人だったのだ）、周辺諸国と連携し、戦争を食い止めるために奔走していたその矢先のこと。

魔法大国に、『魔王』と呼ばれる人間が出現した。

圧倒的な魔力、圧倒的な戦力。あっという間に科学派の大国は押され始める。周辺諸国としてはけして喜ばしい事態ではなかった。魔法大国が勝利すれば、少しでも科学を使っていた国々からは科学の力を剥奪、あるいは悪の手先として粛清すると公言していたためである。自分達の国も確実に処分の対象になるし、そうでなくても今までの文明を突然捨てるなどできるはずがない。

だが、科学大国も負けていたわけではなかった。

というのも彼等は突き止めていたからである――魔王の正体が、魔法大国が異世界から連れて来た『勇者』であるということを。

勇者には、勇者をぶつければいい。異世界人をこの世界に連れてくると、一時的に能力値が跳ね上がってチート状態になることは既に知っている。ならば自分達も異世界人を転生させてきて、魔王と戦って貰えばそれでいいはずだと。

前世の美月は止めようとした。この世界の戦争なのに、まったく関係ない異世界人を巻き込むなど馬鹿げている。しかも、転生させるということは一度その人間を殺すということ。到底許されることではない。

そもそも、チート能力を得た異世界人同士をぶつければ、どんな恐ろしい兵器にも勝る威力となるのは目に見えている。一体どれほどの人が巻き込まれて死ぬことになるか。これ以上、戦争が激化するのはごめんだった。

――でも、僕は……その企みを止めることはできなかった。できないまま暗殺されて……この世界に転生した。

オカルトを通り越して、ファンタジーではないか。正直、こんな〝物語〟など信じられるはずもない。

しかし確かに美月には過去の自分の記憶があり、その結果通常の小学生より遥かに高い知能と知らないはずの知識を持ち合わせてしまっているのは事実。

特に、Ｅスポーツの分野では無敵に近い強さを誇った。

チェス、トレーディングカードゲーム、将棋、格闘ゲーム、リバーシ。高い賞金が出ることもあり、親は美月の才能に気付くと積極的にエントリーを進めた。はじめは「本当にいいのか？」と思いつつ、愛してくれる家族の役に立つのであればと積極的に大会に参加し、多くの世界大会で優勝することになったのだが。

ああ、まさか。こんなことになるなんて、誰が予想できただろう？

「馬鹿な……！」

テンセイゲームの、最初の部屋。

書かれていた、恐ろしい文章。


おめでとうございます。ここにいるのは、勇者の資格を持つ者達です。

皆さんは、異世界に転生して、魔王を退治する勇者の候補として女神様に選ばれました。

ですが、女神様の魔力にも限界があります。

たくさんの人を一気に転生させるようなことはできません。
ですので、その中で特に勇者に相応しい、強い人を選ぶことに決めました。
これは、その転生を賭けた究極のゲーム、テンセイゲームなのです。
まずは皆さんに、この部屋から脱出していただきます。
タイムリミットは、皆さんが死ぬまで。
では、頑張ってみてください。

美月はあの部屋で誰よりも早く目覚めた。だから、美月の動揺を、誰かに見られることはなかっただろう。

あの言葉の本当の意味を理解できたのは、きっと自分だけ。

だってそう、科学派の——異世界転生装置を発明した女科学者は。通称『女神様』と呼ばれ、多くの者達に崇められていたのだから。

そして確かにこんな話をしていたと知っている。そう——ただ無作為に異世界人を呼んでも意味なんてない。どうせなら性格的、性質的に素質のあるものを選抜したい。そうでなければ勇者としてコントロールしきれないから、と。

そう、転生者を選ぶ、テンセイゲームをしてはどうか、と。

——魔王はまだ、退治されていない。そして、異世界の勝手な都合にこの世界の人々を巻き込んだ……恐ろしい計画が続いている！

何がなんでもこのゲームを止め、科学派の企みを阻止しなければ。

かつての世界で、自分や家族を守るため、直接的・間接的にたくさん人を殺した。その感触や記憶は、まだこの手に残っている。転生したとはいえ、自分は人殺し。一人でも多くの人を守るためならば、誰かを犠牲にしてでもこのゲームを勝ち抜くことも必要かもしれない。そう思っていた。

でも。

『楓さんは悔しくないんですか？　そんな、わけわかんねー奴らの掌で踊らされるなんて！　殺し合いなんかしたら、そいつら喜ばせるだけでしょ？　俺は絶対反対だ！』

そこに、彼がいたのだ。

見知らぬ人間と閉じ込められて、まだ高校生で。それなのに己の正義を曲げず、絶対に人を殺すことなどしたくないと断言できる青年が。雪風アンリが。

そして、彼は――多少美月が助力したとはいえ、謎を解き、このゲームの本質を見抜いてみせた。実際に、一人も死なせないでゲームをクリアする方法を見つけてみせた。

そして気づいているかはわからないが結果的に、明らかなサイコパスの荒潮楓さえ制することに成功している。

――勇者。……前世で、あるいは幼い頃のおとぎ話で見た、本物の勇者の姿だ。

そう、真の勇者とは。

悪役を問答無用に殺し、血で道を切り開く者ではない。

最後まで、真の平和について考えることを諦めない者だ。それがただ戦うことより困難でも、一人でも多くを救い、悪役さえも理解しようと考え続ける者を言うのではないか。

同時に、世界のために己が犠牲になることをしない。生き残った者達の心をも守るために、己が生き残る道も全力で考え続ける人間を言うのである。

――あなたは、まさに。……僕がけしてなれないと思って……けれど前世で、ずっと恋焦がれ続けていた勇者の姿だ。

チート能力なんかなくても、凄まじい魔力や科学技術や知能がなくても。

志一つで、心の強さだけで人は勇者になれる。彼がそれを、自分に証明してくれた。第一のゲームから第三のゲームまで、結局仲間内の誰一人死なずに済んだのは彼のおかげだ。

――彼なら、終わらせられるかもしれない。異世界の、愚かな者達の目論見を。

金庫の鍵を開けると、どう連動していたのかは知らないが、ホテルのそれぞれの部屋にトンネルが出現した。あのトンネルは、別の空間にワープできる仕組みとなっているのだろう。到底、現代日本どころか、世界のどこを探してもないようなオーバーテクノロジーだ。もちろん、それがわかるのも美月だけだろうが。

三階、四階のチームがどうなったのかはわからない。

ただ彼らが愚か者でなければ、五階に怪物を留めている間に鍵を探して同じく脱出していることとだろう。それが、あの状況でアンリができた最善策だったはずだ。

「！」

トンネルを潜ると、美月は長く白い廊下にいた。周囲には、アンリと摩子、舵、楓の姿もある。

長い廊下の奥には小さく、金色に飾られた扉がある。恐らくあそこの向こうで、テンセイゲームの主催とご対面することになるのだろう。

「い、一体どういう仕組みなんだ、あれ？」

アンリはきょろきょろと周囲を見回す。他のメンバーも、仕組みがわからず戸惑っているようだった。なんにせよ。

「アンリさん、ありがとうございます」

美月はアンリに頭を下げた。

「今、僕達が生きているのはすべて……アンリさんが全力で僕達が生き残る方法を考えてくれたからこそ。そしてそれを実行してくれたからこそ。心から感謝しています。本当の本当に……ありがとう」

「い、いや、その……改めて言われると照れるな」

「それで、その上でもう一つ言わせてください」

きっと今の彼は、意味などわからないだろう。それでも美月は、アンリに真正面から向かい合って告げるのだ。――ポケットに忍ばせてある、護身用のカッターナイフを握りしめて。

「ここから先、何があっても……僕が貴方を守りますから。それこそ本物の『魔王』相手だとしても」

そう。魔王というのは本当は、人の心が生み出す存在なのだ。今から自分は、自分達は全力で連中にそれを思い知らせなければいけない。例え、それがどれほど手間のかかる説得だとしても。

――今度の世界では、必ず。

陽炎美月は覚悟とともに、その先の扉を睨んだのだった。

三十一・タダモノデハナイ

　なんだかんだいって、自分達のチームは全員生き残っている。アンリが望んだ通りに事が動いているのなら、あとの二チームも無事かもしれない。

　とすると、現在残っている人間は五人＋四人＋三人で十二人となる。――テンセイゲーム運営が、その全員を勝利者としてこれで終わりにしてくれる可能性は、あるだろうか。

　――多分ない、よな。

　ああ気が重い。アンリはそう思いながら、金色の扉に手をかけた。ごつごつとした蛇の装飾がある、無駄に豪奢な扉だ。それこそ、どこかの金持ちの屋敷にでもありそうな。

　――もう、これ以上戦いたくない。運営の人間と、直接話す機会はあるのか？　あるなら、なんとか説得の一つでもしたいとこだけど。

　アンリたちが到着したのがわかっただろうか。こちらが押すより先に扉は開き始めた。ゴゴゴゴゴゴ、と重たい音と共に、向こう側へ開いていく扉。その向こうにあるものを見て、アンリは目を見開いた。

「あ……！」

　そこには真っ白な部屋だった。壁も、天井も、床も白い部屋。最初にいた部屋に少し似ているかもしれない。違いはまず、家具。長方形の真っ白なテーブルがあり、大理石でできているのか冷たく硬そうな椅子が複数設置されている。その奥には、くつろげそうなL字型のソファー。天井からは、場違いなほど明るく大きなシャンデリアが下がっていた。

もう一つの違いは、既に数人の人間が待機していたこと。彼らの顔には見覚えがあった。特に、眼鏡をかけた青年の顔には。

「やっぱり、君達は生き残ったようで何よりだ」

ひらひらと手を振ってきたのは、朧輝。さっきのゲームで、四階チームのリーダーだった青年だ。彼の後ろには、ソファーに座っている二人の人間がいる。金髪ピアス、ちょっとチャラそうな雰囲気の青年は多分、2号室にいたという初春雅哉だろう。さっきから難しい顔で、虚空を見つめている様子だ。

彼の隣にちょこんと座っているツインテールの女の子は多分、夕立理乃。可愛らしい顔はどこか強張っている。まるで、こちらのチームを警戒しているかのような素振りだ。

残る一人、3号室にいたという川内雄介。年は五十から六十といったところだろうか。彼はやや離れたところで、こちらを睨んでいる。お世辞にも歓迎されている雰囲気ではない。

「前のゲーム、君達の作戦は見事だった。まさか、自分達の階に怪物を留めた状態で探索を勧める方法があろうとは。素直に称賛する。クリア、おめでとう」

「ど、どうも……」

手を差し出してきた輝に応えながら、思わずアンリは周囲を見回してしまう。

やはり、いない。ここにいるのは、彼のチームのメンバーのみだ。

「あの……もう一つのチームの人は？　中学生くらいの、女の子のチームがありましたよね。松三夜子さんとかいう、どっかのお嬢様っぽい子がリーダーの。あっちの人達は、いないんですか？」

嫌な予感しかしない。もしここに輝たちもいなかったのならば、それぞれ別の部屋に誘導されただけだろうと思ったところだが。

「奴らは死んだんだろ」

口を開いたのは雄介だった。フン、と不機嫌そうに鼻を鳴らして言う。

「当初は手を組むことも考えたが……元からあいつらは気に食わなかったんだ。実にいい気味だ」

「え⁉　し、死んだって、どういう」

「ああ、そうか、お前らは奴らと最後に会話する余裕なんぞなかったから知らないのか。うちのリーダーは聞いてたんだよ、我々がゲームクリアする間際、慌てふためく三夜子の様子をな」

どういうことだ、と視線を投げると――輝は肩をすくめて答えた。

「君も知っての通り、うちのチームと彼女のチームは当初手を組んでいた。君がオレたちの提案を蹴ったから、君のチームの人間三人を生贄にして、怪物が休眠したところでゆっくりと探索すればいいってことになっていたわけだ。……でも、オレのチームは途中で作戦を変えた。君達が、五階に怪物がいる状態で誘導をかけ、自力でクリアしそうな気配を見せたからだな」

だから君達が頑張っている間に、オレ達も鍵を見つけておくことにしたわけさ、と輝。

「オレは慢心せず、運営にちゃんと質問をして情報も集めていたからな。……しかし、松はそれを怠った。君達が怪物と格闘している間に、本当に何もしなかったみたいでな。オレと君のチームがほぼ同時にクリアして脱出したことで、怪物は三階以外に行くところがなくなった。あとはまあ……どうなったかなんて、想像がつくだろう？」

一切探索していない状態で、怪物がずっと三階にいる。しかもリーダーも含め、彼女らはきっと予期せぬ事態にパニックになっていたことだろう。

その状態で生き残れた可能性は、相当低い。実際、今ここに松チームのメンバーは一人もいないということは、きっとそういうことなのだろう。

「そんな……」

確かに、松三夜子には腹が立ったし、一発殴りたいと思ったのも事実だ。普通の人間ではない、それこそサイコパスに近い危険人物だと感じたのも間違いない。しかし、だからといって死んで欲しかったわけではないのである。

あの時は、自分とチームの仲間四人を助けるだけで精一杯だった。あの時できる、最善の作戦を取ったと今でも思う。しかし、それでもなおこの結果に、何も感じないはずがないのだ。

あの時、もう少し上手に交渉していれば。もう少し自分が説得を粘っていれば。彼女の考えを変えさせることも、三人の命を救うこともできたのではないか、と。

「君が気に病む必要はない。君は彼女達にも生き残るチャンスを与えた。そのチャンスを生かさなかったのは、彼女らの怠慢だ」

「でも……」

「ていうか、ちょっとちょっと！」

唐突に、輝とアンリの間に割って入った人物がいた。なりゆきを見守っていた仲間の一人、摩子である。

「あんたさっきから何様なわけ？　うちのチーム嵌めて自分達だけ助かろうとしたってくせに、しれっと仲間みたいな顔して振る舞ってさ！　あたしは全然納得してねーっていうか！　許せねーっていうか!!」

「ま、嬢ちゃんの怒りは妥当だな」

舵も同意するように一歩前に出た。

「労うよりも先に、一言俺らに言うことがあってもいいと思うがね。正直……俺も結構怒ってるからよ」

「ひっ」

小さく悲鳴を上げたのは雄介か、理乃か。理乃は怯えたように隣に座る雅哉に縋り付いている。ああ、自分はもう慣れてしまったが、やっぱり刺青入った大男に睨まれるのは怖いらしい。そういえばヤクザの下っ端だったたっけ舵さん、と今更のように思い出すアンリである。

「その点については謝罪しよう。本当に申し訳なかった」

輝はあっさりと頭を下げてきた。

「しかし、理解はしてほしいところだ。オレも、オレの仲間を守るために必死だったわけだからな」

仲間。その言葉に、つい眉をひそめてしまうアンリ。というのも、当初彼らに持ちかけられた提案について思い出してしまったからだ。

『怪物を休眠させて、安全に探索するのが一番だと思いますの。つまり……各チーム一人ずつ生贄を出して、その人物を怪物に喰わせて眠らせてしまうのですわ。いかがかしら？』

つまり、少なくとも三夜子と輝は、チームの仲間を一人生贄にするつもりだったはずなのだ。三夜子は序列三位だった多摩あみりを切り捨てるつもりだったろうことがわかっている。では、輝は？

「私、とっても不思議なのよねえ。朧輝さん、といったかしら。仲間を守るためとか言ったけど、あなたが松さんとした取引ってつまり、仲間の一人を犠牲にするものよね？　つまり、後ろにいる誰かを、切り捨てるつもりだったってことでしょ？」

こういう時、訊きにくいことをあっさり口にするのが楓である。くすくすと笑いながら、彼女は輝のチームメンバー全員を見回した。

「誰を犠牲にするつもりだったのかしら？　私、とーっても興味があるんだけど、お尋ねしてもよくって？」

恐らく——これは、彼女なりに心理戦を仕掛けているつもりでもあるのだろう。多分楓もアンリと同じ考えなのだ。このテンセイゲーム、さっきで最終ゲームだったとは到底考えられない、最後にしては人数が残りすぎている――と。

ならば次のゲームはどのようなものになるのか。ここにいる全員でバトルロワイアル、もしくはまたチーム戦になる可能性は充分に考えられる。いずれにせよ、揺さぶりをかけておくのは悪い手ではない、と。

無論、協力しての脱出ゲームとなる可能性もゼロではない。だが、今までの運営のやり方からするに、〝殺し合いか協力、どちらでもクリアできる〟ようなゲームを用意していそうな気がしてならないのだ。

ゆえに。質問の内容はともかくとして――相手を知るきっかけは必要なはずである。自分達は、朧輝のチームの人間についてはほとんど顔しか知らないわけなのだから。

「ふむ、妥当な質問だな」

ちらり、と天井を見る輝。

「まだ運営もアナウンスしてこない……ということは、次のゲームが始まるまで少しばかり時間がありそうだ。そしてこの対話の時間も有効活用せよ、ということだと思われる。オレも君達に尋ねたいこともあるしな」

とりあえずは、と彼は眼鏡を押し上げながら言った。

「お互い、自己紹介でもしようか。協力プレイを要求される可能性も、ないわけではないしな」

「……そうですね」

さっき取引を持ち掛けられた時は、どうしても三夜子のインパクトが強烈すぎて、輝の印象が霞んでいた。彼女よりは真っ当そう、常識が通じそう。イメージとしては、それくらいしかなかったのである。

しかし、こうして話しているとよくわかる。この男も、只者ではない。そもそも最初は自分達のチームの人間を生贄にして生き残る予定だったのに、アンリたちの動きを見てあっさり作戦を変えるだけの柔軟性を持っている。臨機応変な対応力。そして、楓の揺さぶりにも動じない胆力。

――油断しない方が、良さそうだ。

願わくば、次のゲームでは彼と敵対せずに済めばいいのだけれど。

三十二・ユガンダカンケイ

なんとなく流れで、アンリ達の方が際に自己紹介をすることとなった。気になったのはこちらが話している間の輝チームの様子だ。

こちらに非友好的であるところまではわかる。しかし、どうにもメンバーの中には、輝に対しても敵意を向けている人間がいるように見えてならない。少なくとも、夕立理乃はどこかイライラした目を輝に向けているような。そしてそんな彼女を見て、初春雅哉がどこかハラハラしている雰囲気が強い。あまり、チームワークが良いわけではないのだろうか。

「ふむ、ではこちらのチームを紹介しよう。まずはオレ、朧輝。……現役の大学生だ。モデルをやっていたので、顔を知っている者もいるかもしれない。まあ、アルバイト程度のものだが」

「見たことあるわ。雑誌で」

ここでしれっと言うのが楓である。

「ナンナンのモデルの人気ランキング、たしか五位くらいに入ってなかった？　クールで鬼畜眼鏡っぽく見えるのがたまらない！　みたいなちょっと変わったファンがついてるって」

「なんだ、知ってたのか。鬼畜なつもりはないんだがな。現役T大生ということもあって、変な印象を持つ者が多くて困っている」

「女の子は妄想するのが大好きだもの。ティーンズ系の漫画とか小説とか見ると、ドS上司に溺愛されるだの責められるだの、そういう趣向の話多いしねえ」

おいちょっと待て、とアンリは頭痛を覚える。楓がそういう漫画とか読むのか？　というツッコミもあるがそれ以前の問題だ。

前のゲームの時、輝の顔を見たことがあるなんて一切言わなかったではないか。結構大事な情報かもしれないのに、なんでこう、彼女は変なところで気まぐれを起こすのだろう？　いや、もうこういう人だと割り切るべきなのかもしれないけれど。

「今そこでソファーに座ってる、金髪の彼が初春雅哉。まあ、顔だけなら、前回のゲームでみんな知っているだろうな。職業は美容師だったか？」

「え？　あ、まあ、そんなとこ？　こ、こんにちは。美容師として働きながら、趣味でロックバンドのボーカルとかやってるヤツです、ハイ」

ひょこ、と頭を下げてくる雅哉。少しひっくり返った声からして、緊張しているのだろうか。

そして、さっきから雅哉の後ろにひっついて離れない女の子の頭をぽんぽんと撫でながら、この子はえっと、と続ける。

「この子は夕立理乃。小学校四年生だよね？　……つか理乃ちゃんさあ、そろそろおれから離れてくんねーかなあ……。これ、結構誤解されちゃいそうな図よ？」

「やだ」

「即答かい」

「やだ。嫌なもんは、嫌」

どうにも、理乃は警戒心を爆発させているようだ。ギロリ、とアンリを睨みつけて言う。

「その人達、敵になるかもしれないんでしょ。なんで仲良くしようとしてるの？　あたし、雅哉さんしか信じてないから。……輝さん、あなたのことだって、リーダーなんて認めてないし」

「り、理乃ちゃん……」

「ったく。これだから子供は浅はかでいけない」

苛立ったように口にしたのは、最後の一人である初老の雄介だ。

「わたしの名前も知っているな？　川内雄介だ。某市役所勤務の公務員をしている。……役所勤めだとよく見るもんだよ、あれも嫌だ、これも嫌だと打開策も思いつかないくせに、文句だけはいっちょまえな馬鹿な連中がな。この嬢ちゃんなんぞまさにその典型だ。小学生だからしょうがないと言えばしょうがないかもしれんが」

「馬鹿って何よ！　あたし、間違ったことなんか言ってないし！」

理乃は臆することなく雄介に噛みつく。そして。

「あんたも、輝さんもそう！　自分が生き残るためなら、他の人が何人死んでもいいんでしょ。そういうことしか考えてないんでしょ。信用なんかできるわけない！」

これは明らかに――第三のゲームか、それ以前でなんらかのトラブルがあったということだろう。アンリが困惑の視線を向けると、輝は肩をすくめて言った。

「これは、さっきの楓さんの質問にも答えることになるか。君達も知っての通り。オレ達は、第二のゲームで仲間の一人を犠牲にしている。そして、第三のゲームでも一人、身内を切ることを考えて動いていた」

「でしょうね……」

それは、現状彼らの人数とゲーム結果だけ見ても明らかである。恐らく理乃は、そんな過去の結果を見て疑心暗鬼に陥っているのだろう。

「しかし、誤解しないでほしいのは……第二のゲーム、英雄になることを最終的に望んだのは、犠牲になった一人だったということだ。今度は嘘偽りなく話そうか。そもそも、あのゲームではオレと彼女だけが顔見知りだった。彼女の名前は桃由加里《ももゆかり》。オレのファンだった女性だ」

彼女は、と輝は続ける。

「オレのためなら死んでもいいと言ってくれた。だからオレは有難くその申し出を受けることにした。……極めて迅速にそれが決まった、それだけだ」

まるで、今日の朝食は目玉焼きだった、とでもいうようなあっさりとした口調。嘘でしょ、と摩子が絶句したように言う。

「ファンの女の子を、そんなあっさり切り捨てたの……？」

「そうだよ！」

その言葉に反応したのが理乃だ。

「由加里さんって人、輝さんのことが大好きだって言ってたのに！　輝さん、そんな人にあっさり死んでくれって！」

「死んでくれとは言ってない。英雄になってくれと言っただけだ」

「同じことじゃん！　しかも、実際は……そっちのチームの人がみんなで生き残ってるってことは、誰も犠牲にしないでクリアする方法があったってことでしょ。でも、あんたはそういうこと考えもしないで、自分のこと好きだって言ってくれる女の人をさっさと捨てちゃった。そんな人のことなんか、信用できるわけないよ！」

それだけじゃない、と彼女は奥歯を噛みしめる。

「あたし、知ってるんだから。……さっきのカメレオンみたいな怪物が出てくるゲーム。あのゲームで、当初は雅哉さんを食べさせるつもりだったたってこと。酷いよ、あんまりだよ！」

アンリは、思わず雅哉の方を見た。雅哉は困り果てた顔で、ぽりぽりと己の頬を掻いている。驚いている気配は一切ない。ということは、雅哉本人が同意の上で、犠牲になるつもりだったということである。

「初春雅哉さん。あなた、どうして……？」

アンリが茫然と尋ねると、だって、と雅哉は告げる。

「いや、だって……これ、異世界に転生する勇者を選ぶゲーム、なんでしょ？　最後まで生き残ったところで、転生ってことは、殺されるかもしれないわけで。でもって……おれ、勇者なんてことできるわけねえっていうか。だって、美容師はやってるけど下っ端みたいなもんだし、ぐーたら金使って人気もないバンド続けてるだけのドラ息子だし……親にも迷惑かけっぱなしだし。だったら、おれなんかより、もっと役に立つ人がいるんじゃないかと思って」

「役に立つ人って……」

「おれ、ネガティブな自覚あるけど、その分人のすげーとこ見抜くのは得意なんだよな。だから、輝クンが冷静で、リーダー向きのすげーやつなのはわかるし。公務員なんて、雄介さんは立派な仕事してるだろ？　ちっちゃな理乃ちゃんを苦しい思いして死なせるなんて論外だ。だったら消去法で、おれが死ぬしかなくね？」

言葉が、出なかった。陽キャっぽく見える見た目に反して、この青年の自己評価はどれだけ低いのだろうか。――なんとなく察してしまった。ひょっとしたら、最初に犠牲になった桃由加里とかいう女性もそうだったのかもしれない。自己肯定感の低さと、忠誠心。それらを体よく、輝に利用されてしまったのだとすれば。

「雅哉くん、君は立派な青年だよ」

うんうんと頷く雄介。

「輝くんのリーダーシップがあり、自己犠牲をいとわない由加里さん、雅哉くんの心があり、そのおかげで我々はここまで生き残ってこられているというわけだ。素晴らしいことだろうが。いつまで一人で駄々をこねる気なんだ、理乃ちゃんは」

彼らの言動で、なんとなく四人の力関係や性格がわかってしまった。

人の心の隙間をついて、効率的に動かすことに長けた朧輝。

自己肯定が低く、それが周りの人間のための自己犠牲に繋がっている雅哉。

ある意味一番常識的であり、それゆえ輝や雄介に不信感がある理乃。

そして、これも恐らくだが――生き残るため、長いものには巻かれておけ精神の、雄介。

彼らにチームワークらしきものはない。しかしその反面、輝のどこまでも〝合理的〟な判断に助けられてここにいるのも否定できずにいる——そんなところだろうか。

「理乃を説得できるとはオレも思っていない。納得できないならそれでもいいさ」

ああそうだ、と彼はあっさり話題を切り替えてくる。これが反撃だ、と言わんばかりに。

「二つ、こちらからも議題を提案させていただこうか。いや、一つ目は単純な質問だな。雪風アンリ、君は第三のゲーム……もし本当に一人犠牲にしなければならなかったとしたら、どうするつもりだった？」

「え？」

「いやなに、単純なオレ個人の質問だ。君が、オレと松三夜子の提案に乗っていたら、一体仲間の誰を切り捨てていたのかなという話だよ」

ピシリ、と空気に罅が入った気がした。さすがのアンリも気づく。これは牽制であり、一種の攻撃。万が一またチーム戦だった時のために、こちらのチームワークを乱しておこうという心づもりなのだと。

——もし、本当に一人だけ切り捨てなければいけなかったとしたら？

一瞬、浮かんでしまったのは楓の顔だ。自覚のあるサイコパス。摩子を犠牲にして、嘲笑うその精神は理解しがたいものがある。今後も自分達にとってボトルネックになり得るかもしれない女性——切り捨てるには、最適の位置だっただろう。

だが、とアンリは首を横に振った。一瞬でも、彼女ならば犠牲にしてもいいかと思ってしまった自分を恥じた。そうだ、この質問に意味なんてないではないか。何故なら。

「答える必要もなければ、考える意味もないでしょ。それ」

アンリは真っすぐ輝の目を見つめた。

「もう終わったこと。それに、俺は最初から、あなた達の提案に乗るつもりなんてなかった。今までのゲームを見てればわかるでしょ？　このゲームは、仲間全員で生き残る道だってちゃんと用意されているはず。実際、そうだったわけですから。……俺達の仲間割れを狙ってるんでしょうけど見え見えですよ？」

「……ああ、すまない。そういうつもりではなかったんだが」

なんとも見え透いた嘘をつく男だ。一瞬、残念そうな間があったぞ、と心の中で毒づくアンリ。

「では、もう一つの議題だ。今、丁度雅哉が言った通り。君達は……このテンセイゲームの趣旨をどう思っている？　異世界に転生する勇者を選ぶ、と。その荒唐無稽な話をどうやら雅哉は本気にしているようだが、君達はどこまで信じている？」

「え？　そ、それは……」

また、難しい質問が来た。思わず舵や摩子と顔を見合わせてしまう。

正直、魔法かも？　と疑ってしまうような不思議な事象がいくつか起きているのは事実だ。どうやってこんなメンバーを誘拐してきたのかも謎だし、あのファンタジーのような怪物もそう。さっき、ホテルみたいな部屋からいきなりこの空間に転移していた原理もよくわからない。異世界だの、勇者だの、女神だの、そういうものが絶対にないと言い切れなくはなってきている。

だが。自分達が見たものの多くは、オーバーテクノロジーという言葉で解決できなくはない代物ばかり。異世界うんぬんなどなくても、それこそカルト教団の謎の技術とか、そういう可能性もなくはないのではとまだ心のどこかで思ってしまっている。

だが、そろそろ結論を出さなければいけないのかもしれない。運営が言っている設定を、一体どこまで信じるかどうかを。

「そのことなんですが」

口を挟んだのは、ずっと沈黙を守っていた美月だ。

「……やはり、そろそろ頃合いだと思うんです。ここにいる全員に、お話しておきたいことがあるんですけど、いいでしょうか？」

彼の眼にある、強い決意。彼はずっとどこか、見透かすような瞳をしていた。彼はまさか、本当に何か重大な秘密を知っているのだろうか。

「実は……」

語られた内容は――アンリ達にとってはあまりにも眉唾な、驚くべき物語であったのである。

三十三・シンジツトコウショウ

多分。完全にポッカーンとしてしまっているのは、アンリだけではあるまい。

「は？　……え？　美月くんが、前世で、異世界人？　研究者みたいなことやってた人？　え？」

頭の上に、大量のクエスチョンマークを浮かべている状態。輝も似たり寄ったりな顔をしているし、雄介、雅哉、理乃に至っては完全に口をまんまるに開けて固まっている。摩子も同様だ。

そんな自分達がおかしくてたまらないのか、さっきから楓が腹を抱えて笑ってるのが忌々しい。残る一人である舵は、こめかみを押さえて頭を振っている。

「そういう反応をされるのがわかりきっていたので、黙っているべきかとも思ったんです。ですが、恐らくここで最終ゲームが待っていて運営と対決することになる以上、いつまでも結論を先送りにはできないので」

簡単に信じて貰えないだろうことは、美月もわかっていたのだろう。渋い表情で話を続ける。

「異世界に転生する勇者を選ぶ。……テンセイゲーム運営が言っていることは恐らく嘘ではありません。彼らは、我々の世界の人間より遥かに優れた科学力を持っていますし……科学大国の一派ではありますが、ひそかに多少の魔法の力も使っていると予想されます。いずれにせよ、皆さんの理解の範疇の外にある力だと思ってくださって構いません。このゲームが終わった時、彼らが最もふさわしいと考える人間が異世界に転生させられ……魔王と戦わされることになります。

一人か、二人か、もっと多い人数が選ばれるかは定かではありませんが」

「まままま、待ってくれ、なあ！」

律儀に手を挙げて質問してきたのは雅哉。彼は最初から異世界転生を信じていたようだし、話も飲み込みやすかったのだろう。

「それ、選ばれなかった生存者ってどうなるんだよ⁉　つーか、選ばれた奴だって転生ってことは……マジで一回殺されるってことじゃねえの⁉　勝っても負けてもそれじゃ、救いなんかねーってことじゃん‼」

これは、アンリも含め全員が最も質問したいところだろう。正直、美月の話は眉唾すぎて信じがたいものではあるが——それでも多少、筋が通ってしまうところがあるのは確かだ。今まで起きた不思議な出来事もそうだし、何より美月の精神年齢が実際は二十八歳だと言われれば、妙に大人びた言動も納得できてしまうのである。

彼の話が本当ならば、このゲームで最終的に勝利をしても全員に未来がないことになってしまう。こんな意味不明な力を持つ組織を相手に、自分達のような一般人が歯向かって助かる道があるかも怪しい。

「運営を、説得できる材料がないわけではありません」

美月は全員の顔を見回して言った。

「ただし、それには僕が最終的な勝利者……転生者に選ばれる必要があります」

「どういうことだ？」

「僕の前世の記憶です。実は、僕達の国は〝異世界転生〟ではなく〝異世界転移〟をすることができる装置を開発していました。死の間際、僕はその装置をある場所に隠し、悪用されないよう厳重にロックをかけたんです。装置の設計図、システム、場所、ロックを外すパスワード。すべて知っているのは僕だけ。僕がその気になれば、そのすべてを誰かに教えることも可能なんです」

「あ、えっと、えっと？　ごめんわかんない、どゆこと？」

説明を求めるように、摩子がこちらを振り返る。返事をしたのは舵だった。

「異世界転生は人を殺さないと異世界に連れていけない。転移なら、殺さなくても連れていける。生きたままなら……多分この世界の記憶が吹っ飛ぶこともねえから、この世界での経験値を引き継ぐこともできそうだよな。美月が持っている装置とその情報は、運営サイドもかなり欲しいものなんじゃねえかってことだ。つまり……交渉の余地があるってこったな」

「あ、あー！　なるほど！」

「駄目よ摩子ちゃん。もうちょっと自分の頭で考えないと。そうじゃなきゃ今度こそ、足手まといとして切り捨てられるわよー？」

「楓さんは毎回毎回一言多いよ！　どーせあたしは頭からっぽですよ！」

「あーはいはいはいはい、そこ、喧嘩しないでー？」

これも自分の務めと、アンリは引きつり笑いを浮かべて間に入る。

「なるほど。……君が言いたいことはおおよそ理解した」

つまり、と輝が目を細めて言う。

「君はその重要な情報をネタに運営と取引がしたい、というわけだな。運営の人間と直接やり取りができればそれが可能である。少なくとも勝者になれば、運営と直接対面する可能性が高く交渉の余地がある。そして……」

にやり、とその唇の端が持ち上がる。

「そのために……次のゲーム、君に勝ちを譲れと。そう言いたいわけか」

「!!」

露骨に、輝チームの三人の顔が引きつった。やっぱり意図はそこか、とアンリは美月を見る。

この話が本当ならば、美月が勝利して交渉に成功することにより全員の助命を乞うことができる。うまくいけば、美月本人も異世界〝転移〟で済むし、残るメンバーは全員現世で生き延びられるかもしれない。

しかし、もし適当なでっちあげならば――美月、あるいはアンリチームを勝たせた時点で、輝たちの未来は絶望的なものとなる。

自分がデスゲーム運営だったら、と考えれば自明の理だ。転生者に選ばれなかった者達、残酷なゲームの目撃証人達を生かして帰してくれる可能性は非常に低い。

つまり、美月を信じるか、信じないか。今、求められているのはその一点ということになる。

「そっか。結構ずるいことするんだ、あんた」

理乃が、射殺さんばかりの視線を美月に向ける。

「堂々と、あたし達に死ねって言うわけ。あたしより年下のくせに、嫌なこと考えるじゃん」

「見た目は年下ですが、精神的には三十路手前のつもりなんですけどね」

「そんなトンデモ話、簡単に信じられると思う？　変なことはたくさん起きてるけど、だからって異世界だのなんだの、そんなこと本当にあるとは思えない。アニメじゃないんだから！」

「お、おれは内容的には信じたい、けど……」

困惑したように、理乃と美月を見比べる雅哉。

「でも、美月くんだっけ？　お前、そんな交渉に自信あんのか？　失敗したら、全員死んじゃうかもだろ。悪いけど、君自身のことは信用できるほど知らないし。それに、精神年齢は大人とか言われても、おれには君が小さな男の子にしか見えないわけで……」

「そ、そうだぞ輝くん。ここは、雅哉くんの言う通りじゃないかね？　そんな子供の言うことを真に受けるのか？　なら、生き残れる可能性が高い、勝者を目指すべきではないのか？」

さらには雄介まで輝に呼びかける。まあこうなるよな、とアンリは項垂れた。

自分だって、本当なのか？　と疑いたくなるような話。それでもまだ気持ちが〝信じたい〟方向に傾いているのは、ひとえに今までのゲームを一緒に戦ってきたという自負があるからだ。美月が保身のために、人を騙すような人間だとは思えないと感じるからなのだ。

何より、こんな荒唐無稽な話。自分達を騙すにしては、現実味がなさすぎる。賢い彼ならば、もっとリアリティのある作り話をしてきそうなところだ。――それがかえって、妙に説得力を上げてしまっているのは否めない。

「……オレも、概ね同意見ではあるな」

呆れたように天を仰ぐ輝。

「少し失望した。もう少し、現実味のある話を持ってきてくれるかと思ったら。しかも、最終的な意図はそれか。勝つために必死だな。確かに、ゲームが始まるまでのこの時間も取引は可能だろうが」

「信じがたい話なのはわかっています。でも僕は、何一つ嘘は言っていません。アンリさんは、信じてくれますか？」

美月は、少しだけ不安そうにこちらを振り返った。初めて見るかもしれない——彼の、こんな自信のなさそうな顔は。

これは、彼にとって紛れもない賭けだったのだろう。下手をすれば、一気に自分の信用をなくすし、今まで一緒にいた仲間たちの不和を招く結果にもなりかねない。なんなら、このまま黙ってゲームを続ける選択もあったはずだ。それなのに選んだのは、間違いなく——。

「信じる」

最初から、結論は出ていた。

「俺は、美月くんを信じる。……話の内容は、結構びっくりだし全部飲み込めたとは言い難いけど。俺は……異世界転生だの転移だのって話の内容じゃなくて、美月くん自身を信じるよ。それが、友達ってもんだし！」

「友達？」

「ああ。その、精神年齢からすると俺は美月くんよりずっとガキなのかもしれないけどさ。俺はその、もう美月くんと友達のつもりだし。そういう信じ方もあっていいって思うんだけど、駄目か？」

友達。こっぱずかしいと分かっていても、あえてそう口にした。自分がそう宣言することに意味があると確信していたからだ。

前のゲームで、自分はチームのリーダーだった。その空気は少なからず残っている。リーダーの自分がはっきり言葉にすることで、皆に良い影響を与えることもきっとできるはずなのだ。

「あ、あたしも！　あたしも美月くん、信じる！」

ここですぐに飛び込んでくるのが摩子のいいところだろう。ハイ！　と元気に手を挙げている。

「ていうか、今までアンリ&美月コンビにはめっちゃ救われてますし！　恩がありますし！　あたしも二人の友達に入れてほしいっていうか！」

「摩子さん……！」

「……ま、そうだな。ここは乗っておいた方がかっこ良く決まるとこだろ。……楓サンよ、あんたはどうだ？」

舵が言いながら、楓を見る。楓はまだ笑いの発作が収まりきらない様子だったが、そうねえ、とニヤニヤしながら続けた。

「個人的には、美月くんを信じてみた方が面白そうとは思ってるわね。ま、次のゲームの内容にもよるけど」

「君達は随分ファンタジーが好きな集団なようだ。面白いかどうかで未来を決めるなんて……」

輝の言葉は、中途半端に途切れた。彼の視線が、天井の一点で止まっている。なんだ、と思ってアンリが上を見ると——ういいいいいいいいいいん、という音と共に天井の一部が開き、モニターのようなものが降りてくるのがわかった。

どうやら、次のゲームの説明を始めようというわけらしい。しかも。

「皆さん、そろそろお喋りはおしまいにして、席について頂けませんかねえ？」

「なっ⁉」

声が、すぐ近くで聞こえた。ぎょっとして見れば、長テーブルの椅子の一つに座っている人間がいるではないか。

——嘘、だろ？　いつの間に？　足音も、ドアが開いた音もなんもしなかったのに……！

その人物はまるでテレポートでもしてきたかのように、音もなく空間に出現していた。真っ黒なスーツ、黒髪。顔は白いキツネの面で隠されている。椅子に座っているのでわかりづらいが、それなりに身長が高そうだ。瘦身を背もたれに預け、笑いを堪えるように肩を震わせている。

「いやはや、失敬失敬。なかなか面白いお話をしているのでね、暫し聞き入ってしまいました。いけないことですねえ、ゲーム開始時間は守らねばならない、それが規則だというのに」

声からして、若い男性ではあるらしい。彼は白い手袋をはめた手でモニターを指さし、皆様ご注目です、と言った。

「わたくしは、皆様が言うところの〝テンセイゲーム運営〟の人間でございます。皆様、とりあえず席について頂けますか？　これから、最後のゲームの説明をさせていただきますので、ね」

三十四・ヒメトキシノゲーム

　ここで下手に逆らえば、また理不尽なペナルティを受けるのは目に見えている。男の慇懃無礼な態度に苛立ちつつ、全員が着席した。

　最初に見た時に特に数を数えることはしなかったが、どうやら運営の男を合わせて全員分ぴったりの席が用意されていたらしい。なんとなく、アンリチームと輝チームで座ることとなる。一人足りない輝チームの一番右端に運営の男が座っている形だ。モニターが出現したのは、アンリが座った席の左側だった。

「なんとも僥倖、僥倖。まさかこれだけの人数がここまで生き残って下さるとは、我々も思ってみませんでした」

　仮面で表情は見えないが、声色で何を思っているかは想像がつく。男は心底愉快そうに、両手を広げてみせた。

「とりあえず、わたくしのことは……名前なき者、ナナシとでも呼んでください。最終ゲームについて説明する前に、皆様にこのゲームの結末についてお伝えしておきましょう」

「結末？」

「はい。ゲームが終わった後、何が起きるかです」

　イライラするような喋り方だが、内容は気になるものだ。全員、食い入るように男を見つめる。

「このゲームはチーム戦です。前のゲームで一緒に戦った朧輝さんのチームと、雪風アンリさんのチームで戦い……勝者のチーム全員を、テンセイゲームの選ばれし者ということにしたい……と今のところは考えております。まあ、チームが勝利しても、露骨に足を引っ張った者などがいたら考え直すかもしれませんがね」

そして、と彼は続ける。

「負けたチームは、価値なしということでペナルティを受けて頂こうと思っております。どのようなペナルティかは、想像にお任せしますが」

「それは、死ぬってことなの？」

「さあて？　まあ、想像はつくでしょうね。我々も、我々の存在が大々的にこの世界の人間に知られるのは好ましいことではありませんゆえ。無論、目撃者などいないに越した方がいい。そうでしょう？」

「……っ」

質問をした理乃の顔が強張った。それはもう、答えを言ったも同然だ。同時に、たとえゲームに勝利したチームに所属していようと、足手まとい＝選ばれなかった者になった場合も同様の結末が待っている可能性が高いということだろう。

「ですが、我々も鬼ではありません。この後、我々の世界を救ってくれる勇者になってくれる者の言葉であれば……多少は耳を貸してもいいとは思っています。一応、恩ができるわけですからね。そのあたりはご理解頂ければと」

その言葉で、悟った。この男は、さっきのアンリたちの会話の一部始終を聞いていたのだろう。美月がどのような情報を持っているか、それを使って何をしようとしていたのか。——それを知った上で、交渉したいのならばゲームにまずは勝って勇者に選ばれろ、と言いたいわけだ。

「……どうせ、そんなことだと思ってました」

美月がため息をつく。本来ならば、ゲームをする前に交渉できれば一番だったのだろうが、それは許されないということらしい。自分を勝利させてほしい、なんてお願いをしてきたのもそこまで予想できていたからなのだろう。

「ゲームに勝利して勇者に選ばれること。そうすれば、残酷なペナルティを受けずに済む。その後の交渉次第では……〝お仕事〟のあとに、元の世界に、生活に戻して差し上げてもいい。それを踏まえた上で、どうぞ全力でゲームの勝利を目指してください」

「どんなお仕事なんだか」

仕方ないな、と輝が続けた。

「やはり、生き残りたければ全力で戦って勝つしかないわけだ」

「輝さん！　でもそれは……！」

「美月くんのトンデモ話を信じろと？　悪いが、そこまでオレは馬鹿なつもりはないし、オレのチームのメンバーも同じだろうさ」

ギリ、とアンリは唇を噛みしめる。やはりというべきか、こっちもこっちで交渉の余地がないらしい。ここまで残酷なゲームを生き残ってきた者達だ、そう簡単に自分達のことを信じてくれるとは思っていなかったが。

「時間も押しているのでね、さっさとゲームの説明を開始させていただきましょうか」

ナナシはにべもなく、懐からリモコンのようなものを取り出した。そして、ぽち、とボタンを押す。

テロリロリロリ、とどこか間抜けた音楽が流れてきた。モニターにクリーム色の背景が表示され、ぽよーん、と音を立ててポップな文字が飛んでくる。

そこにはこう書かれていた──『姫と騎士のゲーム』と。

「これが最終ゲームの内容です。方向性は、人狼ゲーム……『汝は人狼なりや？』に似ていますね」

彼がさらにボタンを押すと、文字が吹っ飛んでいき、緑色のピクトグラムがずらずらと整列した。

上の列に五人、下の列に五人。恐らく、自分達のチームを現しているのだろう。輝のチームは四人しかいないのだが、どうするつもりなのだろうか。

「皆様には今から自分達のチームだけで相談して、それぞれのポジションを決めて頂きます。姫が一人、騎士が一人、平民が三人です。相談時は、それぞれ別室に飛ばしますので相手チームに聞こえることはありません、ご安心ください」

「だから、姫と騎士のゲーム、か」

「はい。ゲームはいたってシンプル。相手チームの姫を当てて投票で吊ることができればその時点で勝利となります」

ぴよっ、という音とともにピクトグラムの上に全員の名前が表示された。さらに朧輝と雪風アンリの名前の上には『姫』の文字が、初春雅哉と陽炎美月の名前の上には騎士の文字が浮かび上がっている。

「例えば相談で、このようにポジションを決めたとしましょう。騎士、姫がない他の皆さんは平民だと思ってくださいね」

まず第一回に投票です、と続けるナナシ。

「一回目の投票。アンリさんチームは輝さんチームに一人一票。逆に輝さんチームはアンリさんチームに一人一票を投票します。この時投票前に、誰に投票するかは相談できますが……ゲーム開始前の相談と違い、それぞれ別室に転送されません。席から離れることもできません。チーム内の相談はすべて相手のチームに筒抜けになっているとお考えください。全員が投票すると、結果がこのように表示されます」

これは、とアンリは眉をひそめた。アンリチームのメンバーは、美月に三票、楓に一票、舵に一票となっている。しかし、輝チームの誰が誰に投票したかは表示されていない。

それは反対側も同じだった。輝チームのメンバーも理乃に三票、雅哉に一票、雄介に一票と表示されている。こちらのチームの、誰がどこに投票したかはわからない仕組みであるようだ。

「これが一回目の投票結果だったとしましょう。最多得票は美月さん、理乃さん。ですので、この二人はここで退場となります。退場した者は別室待機となるので、この部屋からは一時的にいなくなります。ゲーム終了時には、勝敗に限らずまたここに戻ってくるのでご安心ください」

なるほど、確かに人狼ゲームに似ているな、とアンリは思う。吊られた人間は霊界で待機、というわけだ。

同時に、本当にこの通りにゲームが進んだならば、アンリチームは結構困ったことになっているだろう。何故ならば騎士、である美月が一発退場となっているからだ。姫が当てられたら即敗北だが、姫と騎士のゲームというからには騎士にも重要な役割があるはず。

汝が人狼なりや、ならば騎士（狩人と呼ばれることもある）は村人を一人護衛して狼の襲撃から守ることができる役割ということになっている。ということは、このゲームにも似たような能力が与えられているのではないだろうか。

「……さて、ここで騎士の能力について解説しましょう。この投票の通りなら美月さんと理乃さんが退場になるわけですが……この投票結果が公開される前に、騎士が能力を使っていると結果が大きく変わってくることになります。騎士の能力は単純明快。特定の人間の票を操作することができる、というものです」

「護衛じゃないのか」

「はい。ですがこの能力は強力です。票の操作によって、味方の重要なポジション……姫と騎士を守ることができるのです」

例えば、とナナシはモニターを指さした。

「このまま行けば、アンリさんチームは美月さんという重要ポジションが投票で吊られてしまいます。ですが美月さんがそれを読んでいたなら話は別。投票は、誰がどこに入れたかわからないようになっていますが……仮に今回、美月さんに票を入れた三人というのが、輝さん、雅哉さん、理乃さんだったとしましょう。騎士は投票時に、〝相手チームの特定の人間二人を指名し、指示した人間に強制的に投票させる〟能力を持っています。一人に移動させても、二人に振り分けても構いません。もし美月さんがこの能力を行使し、〝輝さんの票と雅哉さんの票をどちらも舵さんへ〟とした場合、結果はこう変わります」

画面が切り替わった。

投票の最終結果が変わっている。美月一票、楓一票、舵三票。これで、吊られるのは舵に変更となった。騎士である美月が吊りを免れられた、というわけだ。

「騎士が吊られた場合、次以降の投票では騎士が能力を発揮することができません。そして、相手チームの騎士が吊れたかどうかはアナウンスがありません。状況から、敵チームの騎士がいなくなったかどうかを判断するしかないというわけですね。こうして投票を交互に繰り返していき、先に敵チームの姫を吊った方が勝利。もし同時に相手の姫が吊れたら、再度ゲームを行い片方が勝利するまで続くという寸法です」

ルールは、理解できた。この流れからいくと、恐らくは。

「待ってくれや。おれ達のチームは一人足らないんだが、どうするつもりだ？」

アンリよりも先に雅哉がそれを口にした。ご安心ください、とナナシがひらひらと手を振る。

「わたくしが、特別に輝さんチームに加わります。もちろん、全力で勝利に貢献させていただきますよ」

「信用できるのかよ」

「信用していただく他ありませんねえ、こればっかりは。ああ、それと全員が投票した後、少しの間場が真っ暗かつ完全に無音になります。その時騎士の方だけ別室に転送されて能力を行使していただくことになりますね。そのため、騎士が誰なのか、能力を使ったかはわからないようになっておりますよ」

さて、他に質問は？　とナナシは全員を見回した。

「もし質問がなければ早速……チームの皆様の、作戦会議の時間に入らせていただければと思います。チームの方々だけで相談できる機会は、この一回きり。ぜひ慎重に、誰を姫にするか、誰を騎士にするか……そしてどのような作戦で動くのか、ご相談くださいね」

三十五・コウリャクホウホウ

「申し訳ありません、皆さん」

一瞬にして、輝チームがテレポート。部屋にアンリたちだけが残されたところで、美月がしょんぼりと頭を下げてきた。

「話を始めるタイミングと、言い方を失敗した気がします。できれば、ゲーム開始前に話をつけてしまいたかったんですが」

「いや、それはもうしょうがないじゃないかな……やっぱり突飛な話だったし。俺だって、最初ちょっとエ？　って思ったのは確かだし」

確かに、このゲームは異世界転生する勇者を選ぶためのもの、ということは最初に説明されている。それでも現実に照らし合わせてみれば、カルト教団がヤバイ科学や組織力でどうこうしてるだろう、くらいの想像にしかならないのは普通のことだ。ましてや、アンリだって美月の話を信じたというより、美月個人を信用したという方が強いのだから。多分、摩子たちもみんなそうだろう。

——とはいえ、輝さんたちのチームもしれっとテレポートしてるしなあ。……完全に疑ってるっていうより、半信半疑、信じたくないって方が正しい気がするけど。

とりあえず、時間も限られているようだし、さっさとゲームの相談をしてしまわないといけない。姫と騎士のゲーム。想像以上に厄介なものに違いないのだから。

ここで自分達が話すべきことは主に二つ。誰を姫と騎士に選ぶか。そして、その後の投票や会話を、どのような作戦でいくか。チームメンバーだけで相談できるのがこのタイミングしかないというのが厳しいことだ。この時間が終わったら、次は会話できたところでその内容がすべて輝チームに筒抜けとなってしまう。

「面倒くさそうなゲームだけど、そんな勝ち目ないかんじかなあ？」

摩子が首を傾げて言う。

「だってさ、朧輝って人のチーム、全体的にギッスギスだったじゃん？　特に、リーダーの輝サンと理乃ちゃんって女の子はめっちゃ仲悪そうだった。あの女の子がリーダーの命令効かないで反抗する可能性もありそうかなーって思うんだけど」

「間違ってないわね。さっきの会話を見る限りだと、理乃ちゃんは輝くんに憎悪に近い感情を抱いてるようにも見えたわ」

でもね、と楓が続ける。

「他のみんなは気づいてるんじゃない？　あれが全部、演技である可能性もあるということ。輝くんはこの後の最終ゲームが、チーム戦になる可能性が高いことに気付いていた。ならばこちらを油断させるために、仲違いの演出くらいしてきそうよね？　だってあっちのチームは、私達より先にこの部屋に到着していたんだもの。どれくらいのタイムラグがあるかわからないけれど、多少の相談をする時間はあったかもしれないわよ」

それは、アンリも同意するところだ。あのギスギスした雰囲気を、そのまま真実と受け取るのは厳禁である。彼らのチームの人間が一人死んでいるのは事実だろうが、死んだ人の名前や経緯も真実ではない可能性がある。彼らを煽って仲違いさせることができればゲームは簡単に進みそうな気がするが、彼らだってなんだかんだいってここまで生き残ってきたのだ。あまり楽観的に考えない方がいいだろう。

少なくとも第三のゲームで、リーダーである輝の指示に全員が従ったからこそ彼らは生き残ったのだ。土壇場のところで理乃らが反旗を翻すなんてことは、期待しない方がいい。誰だって生き残りたいに決まっているのだから尚更に。

「このゲーム、途中で相談できないのが面倒くせえな。……つまり、騎士が誰の票をどう移動させるのか、仲間に相談できねえってこった」

頭をぽりぽり掻きながら舵が言う。

「てことは単純に言えば、姫は腹芸ができそう……演技力が高そうな人間。騎士はゲーム中に自分でいろいろ作戦考えられそうな人間がいいってことになる。が、そんなことはあっちも百も承知のはずだよな。でもってこのゲームは最初に一回で姫を当てられない限り、騎士の存在が投票において大きな障害になってくるゲームと見たぜ」

「……えっと、ごめん。あたし全然わかってない。舵さん解説よろ」

「騎士の能力は最初から最後まで変わらないが、人数が減れば減るほど実際は強力になるってこった」

いいか？　と彼は右手の指を五本立てた。

「スタート時、俺らは互いに五人なわけだ。俺ら五人が相談して、全員で朧輝に票を入れたとするだろ？　すると、票が一気に朧輝に五票集まる。すると、何が起きる？」

「……あ。もしかして、騎士がどう能力を発動させようが、あっちのチームは輝さんを吊り逃れさせられないってこと？」

「その通り。だから、一番最初の投票は俺らが票を揃えれば、必ず〝最初に落としたい奴を落とせる〟んだ。騎士の能力で票移動ができるのは二人分だけ。仮にあっちの騎士が俺とアンリの票を輝以外に逸らしたところで、残り三票が確実に輝に入り、最多となって吊られる。……問題は次だ。二回目の投票からは、確実に騎士の能力が効いてくることになる」

「だよな」

アンリも頷いて、話を引き継いだ。

「一回目で輝さんを落としたとして。残り四人のうち……例えば次は雅哉さんにみんなで票を投げたとする。でも、俺達の側も一人減って四人になってるから、最大四票しか入れられないワケ。雅哉さんに四票入れても、落ちた輝さんが騎士じゃなかったら騎士が残ってる。騎士が票逸らしを発動した場合、雅哉さん二票、他の人二票になって雅哉さんが吊れなくなる可能性があるんだ。

……あ、しまった」

そういえば、引き分け票になった場合がどうなるのか尋ねていなかった。今この部屋にナナシはいない。しかし、どこかで会話は訊いているのではなかろうか。やるだけやってみよう。

「あのー、運営さん？　最多得票が二人以上いる場合どうなるの？　投票二回目の時とか、二票ずつになる可能性あるけども」

　すると、真っ暗な状態で沈黙していたモニターに、砂嵐が走った。向こうでぶつぶつ、と何かを繋ぐような音がする。やがて、ナナシの顔が再び表示されることとなった。

『ああ、すみませんねえ、アンリさん。うちの仲間経由で通信が入りまして。確かに、その点説明不足でしたね。得票数が引き分けとなった場合はもう一度投票が行われます。それでもまた引き分けになった場合は、最後の投票で最多得票数だった人達のうち一人がランダム処刑となりますのでご注意を』

「……だってさ、みんな」

　これ結構大事じゃないのか、先に説明しておけよ——とは心の中だけで。モニターが再びブラックアウトしたところで、ついついべー、と舌を出してしまうアンリである。

「何にせよ、二回目投票以降に騎士が残っていたら非常に厄介なことになる。三回目に至っては三人しか残ってないわけだから、ほぼ確実に狙った人間が吊れないわけだ」

「そうなりますね。しかも三回目投票時に騎士が残ってるとなると、内訳は姫一人、騎士一人、平民一人しかありえません。確実に、平民に票を集めて、四回目投票に騎士と姫だけを残してしまうことになります。そうなったら、四回目投票は騎士本人が吊られるので、やっぱり姫が吊れません。こちらのチームも同じ状況になっていない限り、ほぼ敗北確定です」

　ズレた眼鏡を直しながら、美月が息を吐いた。

「想像以上に、このゲームはシビアなものだと僕は思います。事実上、一回目か二回目で相手の騎士を吊れないと引き分け以下の結果にしか持ちこめませんから。誰が姫で誰が騎士なのか……さっきまでの彼らの会話と、これからの駆け引きでなんとか焙りださなければいけないのです」

しかも、騎士を吊ることに成功したかどうかについては、投票になってみないと明らかにならない。うっかり三回目投票まで騎士を残してしまったと分かった時の絶望は半端ないものとなるだろう。

「姫と騎士って、そう簡単にわかるもの、なのかなあ。相手だって必死で隠そうとするでしょ？」

今にも頭から湯気を出しそうな顔で摩子が言う。

「それに、こっちの姫と騎士を隠す方法とか、誰を姫と騎士にするのかとかさあ……。あたし、全然いい作戦思いつかないよ。アンリくんは、何か考えとかある。少なくともあたしに役割を振るのはやめといた方がいいんじゃないかなーって思ってるわけだけど！」

「あのねえ、摩子さん……」

そんな胸張って言うことじゃないでしょ、と呆れるアンリ。

「撹乱する作戦、いくつか思いついてはいるんだけど、有効かどうかなーって。あとさ、ほんと誰を姫と騎士にするべきかが迷いどころなんだよな……」

一番最初の投票。確実に、一番削りたい相手を削ることができるタイミングでもある。向こうのチームが最も狙ってくるのは誰だろうか。やはり、リーダーであるアンリが最も狙われやすいのだろうか。もしもそうなら、アンリは平民であるのが安全ということになる。同時に、こちらも向こうのチームの誰が姫や騎士を担ってくるのか、きちんと予測して動かなければいけない。

「……ねえ、みんな」

その時。どこか笑いを含んだ声で、楓が言った。

「ちょっと面白い作戦を思いついたんだけど、こういうのはどうかしら？　私、あの朧輝くんはクワセモノだけど……結構素直にものを考えるタイプじゃないかと思ってるのよねえ」

そこで、彼女が言い出した内容。全員、言葉を失ったのは言うまでもない。確かに楓の頭がキレるであろうことはみんな知っていたが――まさか彼女の口から、このような提案が出ようとは。

いや。

――この人まさか……ゲームの説明効く前から布石を打ってたのか？

さっき、輝たちの前で話したことを思い出す。もしこんな雰囲気のゲームになることまで予想して動いていたのなら、見事としか言いようがない。

多少博打にはなるが、やってみる価値はありそうだ。

「なるほど、面白そうではあります。失敗すれば即死、成功すれば相手は大混乱に陥りますね」

「マジ？　あたし、うまくできる自信ないんだけど……」

「腹を括れよ摩子。これは、全員で協力しねえとできない作戦だろうが」

「え、ええええ……」

大丈夫かなあ、とぼやく摩子。彼女の背を、アンリはぽんぽんと叩いた。彼女は事あるごとに、自分はものを考えるのが苦手だの、頭がからっぽだのということを言う。けれど、他人を思いやれない人物ではないことも、腹をくくれば強いこともうわかっていることなのだ。

そんな言葉に甘えていていい状況ではない。彼女だって、それは理解しているはずである。

「その作戦を踏まえて、ポジションを決めるとしましょうか」

美月が頷いて言った。

「同時に、向こうがやってくるであろうことも予想しておきましょう。最初の投票が重要なのは、こちらも同じですからね」

三十六・エンギヲスル

「このゲームの基本戦術は極めてシンプルだ」

　輝は仲間たちを見回して告げた。

「一回目、二回目のどちらかで騎士を落とし、そのあとじっくり姫を仕留める。騎士が残っている限り、姫を投票で削ることができなくなるわけだからな」

「おお、さすが輝様。このゲームの本質をよく理解しておいでで」

　パチパチパチ、と手を叩くナナシ。こいつのことは気に食わないが、今は一応味方ということになっている。ゲームの運営である以上ゲームの本質については理解しているだろうが、少なくともこちらが不利になるようなことはしないだろう。信頼はできないが、ひとまず信用はしてやってもいいはずだ。

「とりあえず、あんたが考えてるようにやってあげたけど」

　フン、と不機嫌そうに鼻を鳴らす理乃。

「あたし、輝さんにムカついてるのは本当だからね。そこんとこ忘れないでね」

「ああ、わかっている。君に恨まれるのは仕方ない。それくらいのことをした自覚はあるさ。ただ、生き残るために全力を尽くしている、その事実だけ信じて貰えればいい」

　先ほど――自分達はアンリチームより先にあの部屋に到着していた。そこで、もう一度チーム戦になる可能性が高いと踏んで、わざと理乃には派手に自分に絡んで貰ったのだ。こちらの不仲を印象付けることで、向こうの油断を誘えると考えたからである。まあ理乃の場合、半分くらいは本心だったのだろうけれど。

「本当に、おれ達が勝っちゃっていいのかよ？」

雅哉は、不安げにこちらを見る。

「異世界転生って、本当にあるんじゃないかと思ってるんだよ。だって、おれ達もこの部屋に突然テレポートしたしさ。現実の技術で、説明できることなんかな。もしあの美月クンって男の子が言うことが本当なら……」

「テレポートだけなら、この世界に隠されていた超科学技術だった、で強引に説明できる。オーバーテクノロジーを有しているからといって、異世界なんて話を真に受けるのは流石に飛躍しすぎてると思わないか」

人の話をすぐ信じてしまうのは、雅哉の長所でもあるが。ここは、リーダーである自分についてきて貰わなければ困る。ゆえに。

「そもそも、運営は最後に選ばれた勇者の言うことなら聞く、と言っている。なら、勝つのはオレ達だっていい。オレ達が勝ってから、彼らの助命を乞うなり、美月少年の言い分を聞くなりしてもいい。そうだろう？」

言いくるめは得意だ。敗者は即処刑されるかもしれない——という可能性を遠い遠い場所に放り投げて言う輝。それもそうか、と雅哉は納得してくれたようだ。とにかく、向こうに勝ちを譲ることだけはあり得ない。このゲームは全員での連携が必要不可欠となるのだから。

――俺は、何としてでも生きて帰る。……やっと、望んだ未来が勝ち取れるところまで来ているんだから。

ずっと入りたかった会社の内定も貰っている。きちんと就職したらその時は、恋人に――舞沙《まいさ》にプロポーズするつもりでいたのだ。大企業の正社員になれば、彼女と対等の立場になれる。年上の彼女に背負わせず、共に歩いていくこともできる。無理して大学に入れてくれた両親だって安心させることができるだろう。

ならば、他の事などすべて切り捨てて生き残ってみせる。――死んだ由加里のことは気の毒だったとは思うが、自分にとっては舞沙以外の女性に興味も価値もないのだ。彼女は幸か不幸か最期までそれに気づかなかったようだけれど。

「相手チームの姫や騎士を知る方法なんぞ、あるものか？　それに、わたし達のチームのポジションは本当にこれでいいのだろうか？」

どこか心配そうに、雄介がこちらを見る。

「騎士が理乃ちゃんみたいな子供で、しかもわたしが姫なんぞ……。本当に心配で仕方ない。騎士の票操作に関しては以降相談できないというのに」

「問題ない。理乃はかなり肝が据わっているし頭も回る。オレは彼女を信頼している。それに、一番重要なポジションは、年長者であり威厳もある雄介さんに任せるのが妥当だと踏んでいますが、いけませんか？」

我ながらズルいな、と内心輝は自嘲する。こういう言い方をすればまず間違いなく雄介が降りないことを知っていての言動だ。

雄介が長いものにひたすら巻かれる小心者であることは、既にみんな知っての通り。自分より弱いものには強気に出られるが、自分を脅かしそうなものに対しては逃げるか屈服するしかカードがない。きっと、そうやってうまく相手に取り入ることで世間の荒波を乗り越えてきたタイプなのだろう。

だが、今は彼のそんな小物感こそが生きるのだ。まさかアンリチームも、このチームで一番の雑魚に見える男が姫を持っているなどとは思うまい。

そして、実はこのゲーム、姫のポジションはあまり重要ではない。姫は吊られなければいいだけなので、特に考えたり駆け引きをする意味もないのだ。

騎士になるべきはそこそこ自分で考えることができ、真っ先に戦力吊りをされない程度の位置につけている人間。リーダーである輝は一番最初の投票で吊られる可能性が高いので、平民であるのが妥当。ナナシは能力こそあるかもしれないが、運営の人間である以上重要ポジションを任せるのは怖いので平民。ならば騎士を任せるに足るのは、雅哉か理乃の二択になる。

——そして、理乃は少なからずオレに不信感がある。それを、あえて騎士を任せることで払拭させる。……人は、自分を信頼する人間を裏切ることに強く罪悪感を抱くものだ。

「理乃」

輝は真っすぐ理乃を見つめて言った。

「君ならば、このチームに勝利を齎してくれると信じている。頼むぞ」

「……ふ、ふん。そんな言い方したって、あたしの気持ちは変わらないんだからね」

案の定、彼女はちょっと照れた様子で視線を逸らした。なんともわかりやすい反応である。これで、決めるべきことは決められただろう。あとは一回目の投票時に、誰に票を投げるかだ。

一発で姫や騎士を落とせたら簡単ではあるが、向こうもさすがにこちらが即狙い打てる位置に重要なポジションは置くまい。五分の三の確率で、平民に当たると思っておいた方がいいだろう。

大事なのは一回目の投票という情報を経た後の、二回目の投票なのだから。

「おっと、そろそろ時間になりますね。話もまとまったようですし、ミーティングは終了ってことで」

自分達が話し合いをしている間、茶々しか入れてこなかったナナシが偉そうにまとめる。自分達の味方だというのなら、少しは有益な意見くらい出してくれてもいいものを。

「それではではー」

彼がパチン、と指を鳴らした。するとそれが合図となり、全員が元の部屋に戻されることになる。それも、ご丁寧に着席した状態で、だ。

正面にずらりと並んで座っている、アンリチームの面々。彼らはどこまでのこのゲームを理解しているのだろうか。そして、どんな作戦を練ってきているのか。

皆には話してあるが、こちらはまず一回目の投票までの様子を見て、相手の狙いを決め打つ方針でいる。それでも問題あるまい。こちらが相談するのはすべて筒抜けとなってしまうが、あちらのチームも最初に決めた姫や騎士のポジションを後になって動かせるわけではないのだから。

「今から十分間、議論の時間を設けます。その後、一分間の間に皆さんで相手に投票していただきます」

ナナシはピシッ！と天井に向けて右手を掲げ、そして。

「それでは……開始！」

振り下ろした。モニターに、残り時間のタイマーが表示される。

まず最初に何を言うべきか。どうやって相手を揺さぶるべきか。束の間、氷のような緊張が走った。恐らくはほんの数秒程度の間だったことだろう。

それを真っ先に破ったのは。

「まどろっこしいの苦手なのよね」

楓だった。

「このゲーム、騎士がお互い邪魔だと思わない？　一回目の投票、二回目の投票。どちらかで騎士を落としておかないと詰みゲーになっちゃうでしょ？　はっきり言ってそれじゃつまらないと思うのよね、私は」

「……何が言いたい？」

「お互い、この一回目の投票で騎士を差し出しちゃうのはどう？　って言ってるの。お互いに騎士がいなくなれば、最後まで勝負の行方がわからなくなって面白いじゃない」

彼女はにやりと笑って、とんでもないことを告げた。

「というわけで。……〝騎士CO《カミングアウト》〟この最初の投票で、騎士である私を吊ってくれてかまわないわ。さあ、あなた達の騎士も教えて頂戴。それでイーブンでしょう？」

絶句。まさか、自分から騎士の名乗りを上げてこようとは。否、人狼ゲームならばそれも作戦ではあるが、しかし。

――だ、駄目だ。惑わされてはいけない！

はっとして、輝は他のメンバーの顔色を覗った。雅哉、理乃、雄介。ナナシ以外の全員が明らかに動揺した顔をしている。だが、その混乱ぶりはみんな同じくらいのレベル。その反応だけで、誰が騎士で姫かまで察することはできないだろう。

即座に、輝は理解した。これは、自分達を動揺させ、その反応から騎士と姫を焙りだすためのものだと。

――落ち着け。自分から騎士を差し出す？　それで勝負をイーブンにする？　そんな提案が通るわけない。つまり、荒潮楓は騎士ではないということだ。騎士のふりをして吊り誘導をしようとしているだけ！

単純なトラップだ、引っかかってやる必要はない。だが。

「ま、ま、まま待ってよ！」

ここで、摩子が声を上げた。

「何勝手なことしてんの楓さん⁉　相談してたことと全然違うことやるのやめてくんない⁉」

「ええ、いいじゃないの。一回やってみたかったのよ、カミングアウト。それに、せっかく楽しそうなゲームなのに最初の投票だけで決まっちゃうなんてつまらないじゃないの」

「そう言う問題じゃないでしょぉおお⁉」

がばり、とこちらを見て叫ぶ摩子。その内容は、なんと。

「騎士はあたしだから！　〝騎士ＣＯ！〟楓さんのは嘘っぱちなんだから‼」

「は、はあああああああああああああああああああ⁉」

素っ頓狂な声を上げる雅哉。理乃も「冗談でしょ？」と呟いている。メンバー全員の動揺が激しい。雄介が、指示を仰ぐようにちらちらとこちらを見ている。

――……やってくれるじゃないか。

確かに、こちらは向こうの作戦を見てから動くつもりではいた。カミングアウトが一人出る、というところまでは全く予想していなかったわけじゃない。問題は、それをもう一人出してきたこと。つまり、確実に片方は騙りということになる。

本来、騎士というポジションは最後まで隠さなければならないものであり、このゲームにおいては尚更カミングアウトの必要などない。それが二人出てきた理由は何なのか。考えられることは二つ。

荒潮楓が本当に騎士で、それを誤魔化すために摩子が慌てて柱になりに出てきた可能性。

もしくは二人揃って演技であり、どっちも騎士ではない可能性、だ。いや、それさえ裏をかいて、実は摩子が騎士なんてことも考えられなくはないが。

——だが、この二人は前の雑談の折、特に仲が悪そうな印象だった。喧嘩になりかかっていたところを、アンリに止められていたしな。

この二人でそんな腹芸なんてさせてくるものだろうか。演技をするなら摩子よりも適任な人間がいそうな気がするのだが。

——なるほど。こうやってモヤモヤと考えさせるところまで、君達の作戦か。ならば。

「そうやって混乱させて、さっさとオレたちの騎士を焙りつつ、こちらの票を誘導させようというつもりなのだろうがそうはいかない。君達のバカげた作戦に乗るつもりはない」

ここは、予定通りに行こう。最初に皆に指示した通りだ。

自分達のチームは、戦力狙いで真っ先に落とされる可能性のある輝に役職を割り振らないことにした。向こうもきっとそのはずだ。ならば、騎士に当てたいのはアンリ以外のメンバー。自分である程度モノを考えられて、残しておくと余計な入れ知恵をしそうな人間である。

もし名乗り出なかったならば楓も候補に入ったことだが、さすがに自らCOした楓が騎士である可能性は低い。なれば。

「みんな、さっき決めた通り。惑わされず予定通りの投票をしよう。いいな？」

——まずは陽炎美月、こいつを退場させる！

三十七・ウラヲカクモノ

美月の前世云々、という話を信じるかは別として。彼があのような作り話をして揺さぶりをかけてくるほど、頭が回る人物であることは明白である。

ついでに言うなら、輝は陽炎美月という名前に聞き覚えがある。とあるカードゲーム大会の世界王者が、まだ小学生の男の子であったこと。しかもリバーシの世界大会で優勝経験がある人物だった――ということでニュースになっていたのだ。自分以外のメンバーは覚えていなかったようだし、輝も第三のゲームの時まではうっかり忘れていたのだが。

――騎士に任命するのであれば、真っ先に戦力狙いで落とされそうな位置におらず、かつ自分で作戦を考えて能力を使える人間がふさわしい。リーダーのアンリは除外。いかにも頭脳派からほど遠そうな摩子も除外。残るは楓、舵、美月のいずれかだ。

舵はヤクザの下っ端といった風貌だし、粗野なイメージが先立つ。感情的な人物かはわからないが、先の雑談においては他人を威圧する方が得意そうな雰囲気があった。ならば彼よりも頭脳派っぽいのは楓か美月のどちらかだろう。

その中で選ぶなら美月の方か、とは思っていた。美月の荒唐無稽な話を即信じたところからしてアンリの信頼も厚そうだ。重要なポジションを任せるに足る人物だろう。

加えて、自ら騎士COをした時点で楓が騎士の確率は下がっている。ならば、仮に外したとしても美月を落としておくのは無難であるはずだ。

「予定通り、でいいんだな？　輝くん」

「はい。よろしくお願いします」

何もなければ、最初に投票する相手は美月にしようと事前ミーティングで話していた。予定通り、と一言言えば全員に通じるだろう。

「おい、お前らもう投票したのか？　随分迷いがねえんだな」

舵がにやにやと笑いながら言った。

「わかってんだろうが、この一回目の投票が唯一……確実に一人を落とせる場面だ。もう少し慎重に選んだ方がいいんじゃねえのか？」

「そうやって、こっちを迷わせるつもりなんでしょ。バレバレなんだから！」

反抗するように、理乃が声を荒げる。やはり筋骨隆々のヤクザ男は怖いのだろう、少しだけ体が震えていた。

「あんた達の話になんか、惑わされないんだから。一人目で騎士とか姫とか当てられそうで焦ってんじゃないの⁉」

「俺はそういう細かいの考えるの得意じゃねえからな。そういうのは全部リーダーに任せるつもりだ。どうせ、最初の投票でうちのリーダーは落ちねえんだろ？　さっきのミーティングで楓サンとかも言ってたしよ」

ひらひらと手を振る男は、結構余裕そうである。本当に余裕なのか、考えるのを放棄しているのかどちらなのだろう？

だが、今の言葉から多少透けることもある。彼らは、少なくとも舵はアンリに投票されることはないと考えている。実際、自分達はアンリは平民に置くだろうと踏んで投票を避けた。しかし、それも連中が裏をかいた結果ならば？

アンリが投票されないと思っているから安心している——実は彼が姫や騎士、の可能性は本当にないのだろうか？　あるいは今の言葉も、アンリから票を逸らそうとしてるがゆえのブラフということもあるのだろうか？

——最大のポイントは、能代舵がそこまで考えるだけの人間かどうか、だな。

何も考えていないからこそ、堂々と発言できているということもある。そこに振り回されすぎるのは危険だろう。

やはり、ここは最初に決めたことを貫くべきだ。経験上、輝はよく知っている。最初に決めた通りにして失敗するより、覆して失敗する方が精神的なダメージが大きいということくらいは。

「そろそろ時間になります。皆さん、投票をどうぞ」

ナナシがあくび交じりに言った。本当に、この男は自分達の味方をするつもりがあるのだろうか。議論にろくに参加していない、そこにいるだけではないか。確かに余計な発言をされてこちらの作戦をひっかきまわされてはたまったものではないが。

「皆さん、テーブルの下をご覧ください。そこにリモコンがあります。皆さんの名前にアルファベットを振ってありますので、投票したい人のアルファベットのボタンを押してくださいね」

モニターに、参加者の名前が表示され、その上にアルファベットが記載される。アンリにA、美月にB、楓にC、舵にD、摩子にE。自分達は全員Bを押せばいいというわけだ。テーブルの下でボタンを押すので、正面に座った敵チームに手元が見えることはないだろう。

暫くすると、照明がすべて消えて真っ暗になった。このタイミングで、騎士の能力が発動されているようだ。音も聞こえないので、どういったやり方で能力を使っているのかはわからない。

数秒か、数分か。再び光が戻ってきた時、モニターに結果が表示されていた。

「それでは、発表します。まず輝さんチームの票は……初春雅哉さん三票、朧輝さん一票、ナナシさん一票。よって最多得票は初春雅哉さんということになります」

——最多得票が、雅哉だと？　……オレではなく、雅哉に票を集中させた？　どういう理由でだ？

やらかした、と舌打ちした。輝とナナシに入っている一票は、騎士の能力で理乃が逸らした分だろう。——初回は騎士の能力を使っても吊り先を変えられない、だから使う必要はないと指示をしておけば良かったか。平民なのは雅哉も同じだが、雅哉に票を集めることはしたくなかったと思える。彼女は雅哉を一番信頼している様子だからまあそれが心情というものだろう。

「そして、アンリさんチームの票。こちらは、五票すべてが陽炎美月さんに入っていますね。よって、こちらは陽炎美月さんが脱落になります」

「!!」

馬鹿な、と輝は言葉を失った。自分達は示し合わせて、全員で美月に投票した、これはほぼ間違いない。その票がそのまま反映されているということは、騎士が能力を使用しなかった、もしくは使用して逸らした先がそもそも美月だったということである。一票も逸れていない以上、前者の可能性が高いだろう。

――やらかした……くそっ！

雅哉は平民だから、騎士ではない。しかし、輝は己が犯したミスが致命傷になりかねないことに気付いていた。

――まずい……！　恐らく、次で確実にチェックをかけられる……！

＊＊＊

まさか、ここまで思った通りになろうとは。アンリは心の中でひっそりと息を吐いていた。先ほどのミーティングでのやり取りを思い出す。

『一番最初の投票は確実に狙った相手を脱落させることができるけど……その代わり、情報が少ないから当てずっぽうになりがちだ。相手の役職に当たる確率はそのまんま五分の二で、当たらない可能性の方が高い』

だから、とアンリは続けた。

『二回目の投票で高い確率で騎士を落とせるように、情報収集と相手の票の誘導を優先したいんだ。さっきの楓さんの〝騎士ＣＯ〟作戦も利用してね』

楓がまず騎士を宣言し、それに便乗して摩子も騎士を名乗り出る。それは、楓が発案した作戦だった。うまくいけば相手は動揺し大きなボロを出すかもしれない。少なくとも混乱させることはできるだろう、と。

人間というのは、平等な五択から一つ選ぶより、不自由な五択から選ぶ方がストレスを感じる生き物だ。外した時のダメージも大きい。楓と摩子が騎士ＣＯしたことで、アンリ達五人の立場はイーブンなものではなくなった。楓たちが本当のことを言っているのか？　あるいは騙りなのか？　それをぐちゃぐちゃ考えながら投票するのは、かなりのプレッシャーになるはずだ。

その上で、もう一つ。ここは、一番最初にいきなりこちらの姫を落とされることはないはず、と言う前提の上での話になるが――。

『最初の投票の時、こちらは騎士の能力を使わないというのはどうでしょうか？』

『それは、どういう意味かしら？』

『そもそも、一回目の投票の時、向こうの五人が一人に投票したら騎士がどうやっても吊りは変えられないんです。……下手に吊りを変えようとしてしまったら、それが相手への情報になってしまう。何故なら……〝誰に票を逸らしたか〟によって、姫と騎士が透ける原因を与えるから』

票を逸らした相手は、最多得票数で吊られる可能性が高い。一回目は効果が薄いとはいえ、姫や騎士に票逸らしをする勇気はそうそう持てまい。つまり、票を逸らした相手は平民である可能性が、高い。それを、こちらの騎士の能力で教えてやる必要はないのだ。

無論、一発目で姫を当てられて吊り殺されてしまったら、その時は運が悪かったと諦めるしかないが――輝の性格を鑑みるに、恐らくそれはないと踏んでいる。

彼は第三のゲームで三夜子につき、それでいてアンリたちがゲームをクリアしそうだと判断するやいなやさっさと彼女を裏切って自分達も鍵探しを実行した。つまり、最善策と次善策を予めがっちり用意しているタイプではないか、と思われるのだ。

つまり。一人目に選びたいのは心理的に、〝騎士や姫という要職を外しても、落としておけば有益になる人物〟となる。ならば選ばれるのはまずアンリか美月だ。楓が騎士ＣＯをして、彼女にも投票しづらくなっているから尚更に。

『一回目の投票と、その逸らし先を見れば……騎士が誰なのかも割り出せるかもしれない』

その上で、とアンリは続ける。

『こちらも、騎士の候補を確実に削りに行くんです。俺は、騎士に選ばれるのは雅哉さん、理乃ちゃん、輝さんのほぼ三択だと考えています』

『俺もそれは同意だな』

舵が頷く。

『少なくとも、ナナシに姫や騎士は割り当てねえ。輝チームも運営にはかなりムカついているだろうし……突然仲間に入ってきた運営の人間が何をしでかすかわからねえと思ったら、平民以外を当てるのはギャンブルだろう。恐らく、朧輝は博打に出るタイプじゃねえ。でもって、あの川内雄介とかいうジジイは他人にすり寄って生きる小物ってかんじだ。騎士になって票をどうこうするってのを任せるにゃ不安があるだろ』

『そういうことです。そして……輝さんはリーダー。真っ先に戦力吊りされるかもしれないと思ったら、騎士や姫を当てるのは不安に思うはず。なら……ここは雅哉さんか、理乃ちゃんに集中狙いして、確実に騎士候補を落としましょう』

ここで成功すれば、騎士を消して一気に勝利に近づける。失敗しても、二度目の投票で残った候補を半分以上の確率で吊り殺せるはずだ
結果、アンリたちはまず雅哉を消すことに決めた。同時に、想像以上の成果も出せたわけだ。

——初春雅哉三票、朧輝一票、ナナシ一票。……向こうの騎士は、二票分逸らしてきた。ということは、これが高度な攪乱でない限り、輝とナナシは平民の可能性が高い。さらに。

『その人達、敵になるかもしれないんでしょ。なんで仲良くしようとしてるの？　あたし、雅哉さんしか信じてないから。……輝さんだっけ。あなたのことだって、リーダーなんて認めてないんだから』

仮に平民でも、雅哉に票を集めたくないであろう人間が一人いる。ならば、向こうの騎士は。

——あとは二回目の投票で……あっちに俺達の姫と騎士を見つけさせなければ、こっちの勝ちが一気に近づく！

三十八・サイゴノイッテ

非常にまずいことになった。輝は内心で焦る。

向こうが裏読みしてくれる可能性もあるが――先ほどの一回目の投票で、こちらのポジションはほぼ透けてしまったことだろう。

――よくよく考えれば、向こうの雅哉投票は極めて妥当だ。確実に騎士候補を一枚落としに来たわけだから。

一回目の投票でゲームが終わらなかった時点で、双方少なくとも姫は落ちていないことになる。あちらのチームで脱落した美月と、こちらのチームで脱落した雅哉は共に平民か騎士のどちらか。そして、少なくとも輝は雅哉が平民であったことを知っている。向こうのチームも焦っていないあたり、恐らく美月は平民であったということなのだと予想できる。

自分があちらの立場ならば、戦力吊りで即落とされかねないリーダーは役職に選ばない。同時に、輝がナナシを一切信用していないことは明白である。だからナナシも重要なポジションには選ばない。

その上で、輝チームが役職に選ぶ可能性があるのは、最初から雅哉、理乃、雄介の三択だったと言っていい。その中で、我がチームの騎士は輝とナナシに票を逸らしている。ストレートに考えるなら、やはりこの三人の中に騎士と姫が含まれていると解釈するのが妥当だ。

そんな中、騎士が逸らした先に雄介がいない。

自分達のバランスを考えるなら、雄介は一番小物感が漂っているし切り捨てるには妥当な位置。

それが入らなかったということは、彼は役を持っているということ。そして、雅哉にも票逸らしがなかったことも見えているから、雅哉から票を逸らしたいであろう人物ともなれば――。

――まずい。騎士だけじゃない。ほぼ姫まで透けている状況だ……！

二回目の投票で、自分達はなんとしてでも騎士を探し当て、吊り殺さなければいけない。あるいは、どうせ騎士に逸らされるならとそれを前提に姫に投票する。どっちにせよ、ランダムで吊り殺せればまだ勝ち筋は見える。

――やはり、この二回目投票でほぼ決着する。なんとかして、向こうのチームの姫と騎士を見破らなければ……！

「それでは雅哉さん、美月さんは脱落なので、一時別室待機となります。どちらも姫ではありませんでしたのでゲームは続行です」

「わ、わかったぜ……」

「了解しました。皆さん、よろしくお願いします」

ナナシの言葉とともに、雅哉と美月が別室に消えた。そして、ナナシは全員を見回すと、とんでもないことを言い出すのである。

「たった今、運営から連絡が入りましてね。ルールを変更せよと指示があったのです」

「は⁉　こ、こんな途中でルール変更ってナニソレ⁉」

「わたくしの希望ではありませんので、わたくしに文句を言われても困りますよ。……変更はシンプルです。リーダーには特別に二票を与えること、リーダーの票は騎士の能力で逸らせないようにせよ、と言われましてねえ」

全員の顔に緊張が走る。だが、これは自分達にとっては好機だ、と輝は気づいていた。

本来、この二回目の投票の時点で双方の騎士が生きていた場合、票逸らしが起きてランダム決着となる可能性があったはずである。例えば向こうがこちらの姫に票を集中させようとしても、理乃の騎士能力で半分の二票をナナシに逸らした場合、最多得票は雄介とナナシの二人。同じ票数で投票が二度続けば雄介かナナシのどちらかがランダム吊りされることになる。なるほど、運で決着する事態を避けたかったというわけらしい。

つまり。自分達がやるべきことはただ一つ。アンリチームの姫を、この二回目の投票で当てること。成功すれば自分達の勝ち目も見えるはずだ。

——そうだ。仮に向こうもこちらの姫を当てたとしても……同時にお互いの姫を吊り殺せば延長戦。なんならこの際、騎士である理乃の方が吊られても問題ない……！

「つまり、この二回目の投票で実質決着となるわけよねえ」

楓はヤレヤレ、と言いたげに肩をすくめた。

「それで、うちのリーダーさんはどう考えてるのかしら？　結構、あちらのチームのポジションは透けたと思うんだけど」

「そうですね」

アンリは楓を見て頷くと——真っすぐ理乃を見た。

「恐らく理乃ちゃんが騎士で、姫が雄介さんってとこだろ。さっきの票逸らし、心理的に姫や騎士に票は逸らしづらい場面だったしな」

「……ふうん、随分素直に考えるんじゃん」

理乃も己の失策は察しているはず。やや顔色は悪いが、それでも気丈に返してみせた。

「あたし、お兄さんのことは結構好きかも。考え方がすっごく安易っていうか、素直な感じがしていいなーって思うから。裏読みとか全然しないんだね」

彼女なりの抵抗だろう。残念ながら、それを言ってしまっている時点で、アンリたちの推測が当たっていると肯定してしまっているようなものだったが。

——やはり、小学生の女の子に騎士を任せるのは無理があったか。……いや、そもそも一回目の投票で、騎士能力は使うなと言わなかったオレが悪い。そこは人のせいにしてはいけないな。

こちらのポジションを隠すことより、あちらのポジションを当てることを考えなければ。

自分達は美月こそが騎士の可能性が高いと踏んで吊りに行った。が、この様子だとその予想は外れている。ということは、残るアンリ、楓、摩子、舵の四人の中に騎士と姫がいるということ。

そのうちリーダーであるアンリは戦力吊りの危険があるため、騎士や姫を当てるのはリスクがある。自分もそう考えて己を役職に据えなかったが——そうやってアンリを避けることを見越してあえてポジションを、割り当てた可能性、というのはあるのだろうか？

厄介なのは楓だ。

自分達は彼女が票を集めるために騙りで騎士ＣＯしたと判断したが、実は本当に騎士であった可能性はないのか。まるで彼女を庇うように出てきた摩子は、頭もあまりよくなさそうだし騎士はないだろう。多分姫もない。いやそれも裏を返せばということはあるのか？　さらに、ＣＯせず残っている舵はどうなのか？

――くそ……一回目の投票であちらが能力を使ってこなかったせいで、情報が足りない。なんとか、集める方法はないものか……？

「……相談がある」

議論の時間は、十分以内。残り八分で、なんとか勝負をつけるしかない。

「このままだと我々が負けてしまいそうだ。……しかし、ここでオレたちが君たちの姫を一発で当てて全員が投票すれば、勝負はまだわからない。引き分け、あるいは勝ちの目もありうる」

「そうですね」

「君達の最初の提案……美月くんの話を信じて、君達をあえて勝たせるということをすれば。こちらのメンバー全員の命を救ってくれる、そのための取引を運営としてくれるという話は、まだ有効か？」

「え」

まさかここにきて、一度蹴られた提案を持ち出してこられるとは思わなかったのだろう。驚いたように目を見開くアンリ。

「オレはこのチームのリーダーとして、全員を生き残らせる義務があると考えている。ましてや、今回は今までと違ってそれが充分可能なゲームだからな。ゆえに……このまま負けるくらいなら、〝君達を自ら勝たせる〟ことで、取引に応じたことにしてもらえないだろうか」

「ちょ、ま、待ってよ輝さん！　何言ってんの、急に⁉　あいつら信じないことにしようって言いだしたの、輝さんじゃん。ここにきて覆す気⁉」

ナイス、と心の中で笑う輝。今の理乃の言葉。本心か演技かは分からないが、非常にグッドタイミングだ。

これは予め決められていた作戦ではない。完全に輝の独断で、この場で決めた命乞いだと思って貰わなければ困る。

「え、え？　取引に乗るのか？　わ、わざと負けるのか？　ほ、本当にいいのか輝くん⁉」

慌てふためいている雄介は確実に素だろう。こういう時、素直に信じてくれる小物キャラも必要なのだと察する。ナナシはと言えば輝の意図を察しているのかいないのか、にやにや笑いながらこちらを見ている状況だ。

そう、気づく者は気づくはず。ここで、この提案をする最大の理由は。

「そういうわけだから……アンリくん。君達を確実に勝たせるために、今オレたちは君達の平民に投票しようと思う。君達の中で……オレたちが投票しても問題ない、平民は誰だ？」

そうだ。相手に勝ちを譲る——その名目ならば、この質問が充分通る。そして、この唐突な提案で一番狙い打てるのは、恐らく一番腹芸ができないであろう人物。

「あ、アンリくん！　やったよ、あたし達に勝ち譲ってくれるって！　それなら、あたしかアンリくんに投票してもらえば……」

「おい、何勝手なこと言いやがるんだ、てめえは！」

手を挙げて喜びをあらわにした摩子に、舵が激昂した。椅子を蹴って立ち上がり、少女の胸倉を掴んで立ち上がる。

「ひ、ひいいいいいいいいいい!? なななななな、なんで怒ってんの舵さ……っ」

「怒るに決まってるだろうが、勝手なこと言いやがって！　大体てめえは最初から……!!」

「ちょ、舵さん駄目です、暴力は駄目ですってば！」

「あーあ……」

慌てて止めようとするアンリ。額に手を当てて呆れる様子の楓。輝は——笑いをこらえるのに必死だった。まさかこうもあっさり引っかかってくれようとは。

先の雑談で感じた印象は間違っていなかったらしい。あの五人で、一番足手まといなのはやはり摩子であったわけだ。彼女はしれっと口を滑らせてくれた——自分とアンリが平民だと。ということは、楓と舵で姫と騎士で間違いない。そして、楓は目立つことを承知で騎士COしている。ならば、姫は舵の方だ。なるほど、配役としては妥当かもしれない。

まさか楓のCOが本物の騎士だったというのは驚きだが——それなら、慌てて平民の摩子が庇いに来たのも筋が通るというものだ。なんという強心臓。自らCOすることで、逆に自分は騎士ではないとアピールするとは。

「……わかっているな、お前たち。……投票するのは、能代舵だぞ」

喧嘩している彼らは、こっちの会話に全然気づいていない。輝がそう告げると、理乃は頷き、雄介は目をまんまるにしていた。

「そういう作戦だと思った。……ごめんなさい、あたしのミスで、ピンチにしちゃって」

「気にしなくていい。初回で騎士の能力を使うなと指示しなかったオレにも非がある。……芝居に乗ってくれて助かる」

「あ、あ？　あ、そ、そういう作戦だったわけか。さすがだ、輝くん！」

雄介もどうにか考えが追い付いたらしい。頷いて、慌ててリモコンを取り出した。もう、相談する必要はない。全員で、舵の名前、Ｄのボタンを押す。

「ナナシ、あんたもＤを押しておいてもらおうか」

「了解です。……さあて、当たっているといいですねえ」

モニターの残り時間がゼロになった。言い争いをしていた摩子と舵が、ぎょっとしたようにこちらを見ている。完全に頭に血が上っていて時間を失念していたという様子だ。アンリが困り果てた様子で宣言した。

「みんな雄介さんに投票ですよ、いいですね⁉」

舌打ちをしながら席に戻る舵。むっつりとした顔でテーブルに顎を乗せる摩子。勝った、と輝はほくそ笑んだ。これで双方姫を吊ってイーブンに戻っても――彼らのギスギスした空気はそう簡単に戻せない。アンリもコントロールしきれていないようだし、この状態で連携など取れるはずもない。ましてや、摩子のような足手まといを抱えていては、ここから先どんなゲームをしてもあちらのチームが勝つことはないだろう。

そう、既に、自分達が勝ったも同然。ブラックアウトの後、二回目の投票の発表が行われる。

「それでは発表します。……輝さんチームは、雄介さんに三票、ナナシさんに二票。よって吊られるのは雄介さんです。アンリさんチームの方は舵さんに三票、アンリさんに二票。吊られるのは舵さんですね、そして」

その瞬間まで、輝は自分達の優位を確信していたのだ。そう。

「吊られた雄介さんは姫、舵さんは姫ではありませんでしたので……このゲーム、アンリさんチームの勝ちです」

ナナシがにこやかに、そう宣言するまでは。

三十九・ユキカゼアンリ

「馬鹿、な……なぜ？」

輝は茫然とこちらを見ている。彼は確信をもって、舵が姫だと考えて投票したのだろう。だがそれは外れていた。ゆえに、姫が落ちたのは輝チームだけとなり、アンリたちの勝利が決まったのである。

とはいえ、実際驚いているのはアンリも同じだった。はっきり言って、最初に決めた作戦以外何も思いついていなかったのである。ここで、彼らもこちらの姫を当ててきたら勝負はわからなかった。どうやって票の矛先を逸らせばいいだろうと悩んで悩んで、アンリ自身は一切手を打てなかったのである。

そう、最後の一手を決めてくれたのは、自分ではなく。

「……あたし、ずっと考えてたんだ。このチームで一番力がないのあたしだし、お馬鹿なのも透けてんだろうし……。だから、あたしが一番弱点扱いされて、狙い撃ちされるんじゃないかって思ってた」

摩子は真っすぐ輝を見て言った。

「あたしの様子や言動から、こっちのポジション見抜こうとするんじゃないかなって。そう思ってたら……輝さんがさっきの提案してくるじゃん？　美月くんいないのにさ、ここにきて美月くんの話を急に信じようとか、輝さんが言い出すもんかなって思ったんだよね。だからこれ、平民が誰かを教えてもらうことで、勝ちを取りにこようとしたんじゃないかって思ったんだ」

「まさか、それでわざと口を滑らせたふりをしたのか……!?」

「うん。あたしとアンリくんが平民だって言えば、残りは楓さんと舵さんでしょ。楓さんは騎士COしてるから多分姫だとは思われてないし……舵さんに票を集められるんじゃないかなと思って。そしたら、舵さんがあたしの芝居に乗ってくれて、すごく助かっちゃった。舵さんわかってるよねー、自分がブチギレても不自然じゃなさそうな見た目してるってところ。マジ怖かったんですけど！」

「わ、悪かったよ嬢ちゃん……つか、服掴んでわりい」

「いいっていいって！　マジ迫力あったし、かっこよかった！　役者できるんじゃないのー？」

そう。あの時、アンリは摩子に何も指示していない。というより、敵チームの前で何かの指示などできたはずもないのだ。

ただ、彼女には〝囮を演じろ〟とは言ってあった。つまり、最初に騎士COをした楓を庇った平民であり切られ役だという印象をつけろ、と。彼女自身、自分がチームで最も重要に見られていないのがわかっていたのだろう。だからこそ、それを利用してみせた。まさか、土壇場でこんな機転を利かせてくれるとは。

「種明かしをするとね？　私も騎士じゃないのよねえ」

にこにこ笑いながら楓が告げる。

「騎士は私じゃなくて、舵さんなの。でもって……私は平民。姫は、摩子ちゃんなわけ。……まさか騎士COをした私を庇いに出てきたのがお姫様だったなんて、誰も想像しないでしょう？うふふふふ、なかなか良い作戦だったと思わない？」

彼女はちらり、と摩子を見て言った。

「私もずーっと、あの子のことは足手まといだと思ってたわ。でも……実はこのゲームの中で、一番成長したのが彼女かもしれないわね。自分が弱者であることを、こうも逆手に取るなんて。すこーしだけ、見直しちゃったかも」

「は、ははは……そうか。オレたちは、最初から……」

テーブルに突っ伏して、渇いた声で笑う輝。その時、小さく彼が呟く声が聞こえた。

「……そうか。ああ、そうか。……舞沙、すまない。すまない……」

まいさ。それが、誰かの名前であるのは明らかだった。ここにはいない人物。彼にとって、大切な人の名前だろうか。

輝たちは、自分達の提案に乗らず全力で勝ちに来た。この時点で見捨てられても仕方ないと、そう考えているはずだ。これでもう、自分の人生は終わり。何もかも、オシマイ。そう思い込んで落ち込んでも無理は、ない。しかし。

——美月なら……きっと、輝さんたちのことだって救ってくれる。少なくともその努力は全力でしてくれる、だから……！

「ひゃあ⁉」とか「うわ⁉」とかいうひっくり返った声が聞こえた。見れば部屋の真ん中で尻餅をついている雅哉と、そのそばに立っている美月の姿が。ゲームが終わったので、別室から転送されてきたということらしい。ゲームの結果は知っているのだろう。雅哉の顔は、やや青い。

「ああ、そんな……おれ達、負けちまったのかよ。これ、本当に全員死ぬのか、嘘だろ……」

「そんなことはさせません。さっきも言ったように、僕は……」

美月が雅哉を宥めようと、座り込んだ彼に手を差し出そうとした、まさにその時だった。

「ひ、い、あ……」

音を立てて、席から立ちあがった者が、一人。真っ青な顔。目を血走らせふらふらと歩きだしたのは。

「あ、あははは、ひひひひひひひいひ、あはははははははは！　あ、あ、あるものか、わわわわ、わたしが死ぬとか、あるものか！　わ、わたしは公務員で、誰よりも真面目に仕事してきて、そうだこいつらなんかよりずっと社会に貢献していて世間のやるべきことをやっていてだいじな命でそういうことをだれかにとやかくいわれるなんておかしいわたしはエライわたしはがんばった死ぬなんてありないだろうそうだろうそうだろうそうだろうひひひひひひひずっとへいこらしてわかぞうになんでそれなのにこんなことこんなありえないしにたくないしぬなんてぜったい」

それは、現実から必死で逃げようとして、虚空を這いずりまわっている者の顔。雄介はふらつきながら石の椅子を振り上げ、そして。

「！　あんた、まさか……っ」

ぎょっとしたように輝が顔を上げた瞬間――その椅子で、輝の頭を思い切り殴り飛ばしていたのだった。アンリ達が止める暇もなかった。輝の体はかるがると吹っ飛ばされ、壁に叩きつけられる。轟音と共に、血が飛び散った。彼は悲鳴を上げることもなく、壁際でずるずると倒れこむ。

足元の割れた眼鏡には、べったりと血が付着していた。ああ、とアンリは口元を押さえて凍り付くしかない。見てしまったからだ――輝の頭の半分が、陥没しているのを。あれでは、到底。

「い、いやあああ!?」

次に狙われたのは、理乃。悲鳴を上げて逃げようとする少女に、雄介は口から泡をふきながら椅子を振り上げる。

「り、理乃ちゃんっ!」

雅哉がそれを見て走った。とっさに、理乃を抱きしめて庇おうとする勇敢な青年。しかし、彼は屈強な体格ではないし、何より暴走した成人男性の火事場の馬鹿力は馬鹿にならないものだ。アンリが見ている前で、雅哉と理乃は二人いっぺんに吹っ飛ばされた。雅哉はぶつぶつと意味不明なことを呟きながら、ぐったりした雅哉と理乃の両方に椅子を振り下ろし続ける。

「おまえらがおまえらがおまえらが無能だからおまえらがダメだからおまえらのせいでおれがいきいきのこれないふざけるなガキどもがなんでおれがおれがおれがおれがおれがしねよくそがくそくそくそくそくっ」

誰も、動けなかった。荒事に慣れている様子の舵でさえ、突然の暴走と殺人に凍り付いてしまっている。

そう、ただ一人を除いては。

「がはっ」

雄介のぼやきが、急に止まる。彼は、自分の〝足手まといの仲間〟に制裁を加えることに夢中で気づいていなかったのだ――真後ろに迫る、もう一人の影に。ゆっくり倒れていく男の背中には、カッターナイフが突き刺さっていた。それを刺したのは、美月。どうやら、どこかにそれを隠し持っていたらしい。

「馬鹿ですね。……大人しくしていれば、全員助かったかもしれないのに。本当に、馬鹿です。人を殺さなくても……良かったのに」

美月の声には、少なからず憐憫の色が滲んでいる。アンリは言葉も出ず、血に染まった部屋を見つめるしかできなかった。まさか彼がここで、人を殺す選択をしようとは。

輝と雄介はまだ原型を保った死体だった。しかし、何度も何度も顔と頭を殴られた理乃と雅哉は悲惨な有様となっている。一体どれほどの力で殴りつけたというのだろう？

確かに、雄介はかなりメンタルが弱そうだった。負けた時に暴走する可能性もゼロではなかった。けれどだからといって、こんな。

「やれやれ、我々が処分する手間が省けてしまいましたねぇ」

摩子がその場にしゃがみこんで、嗚咽を漏らしている。それさえもまったく気に留める様子なく、ナナシは続けた。

「これにて、姫と騎士のゲームは終了。そして……今回のテンセイゲームも終了となります。皆さん、お疲れ様でした。そして、おめでとうございます。生き残ったその実力、勇気、大変すばらしいものでしたよ」

「……それだけかよ」

この状況を見て、何故、何も思わずにいられるのか。自分の好物の料理でも語るように楽し気に、労いの言葉を口にできるのか。理解できない。それが、テンセイゲーム運営――否、魔王とやらを倒し、自分達の国の平和だけ護れればいい、人間のエゴだというのか。

「ええ、それだけですよ？　大いなる使命の前に、犠牲はつきもの。いちいち悲しんでいたらキリがないでしょう？」

アンリの怒りの声さえ、ナナシは全く気にする様子もない。

「というわけで、皆さんにはぜひ、我々の世界を救う勇者となっていただきたいのですよね！　今上から通達があったんですけど、できれば全員がいいとのことでして。少なくとも、アンリさんには……」

「いい加減にしろよ！　お前ら、こんな……こんな風に人の命弄んで！　みんな必死で生きようとしていただけなのに、そんなっ」

「アンリさん」

ナナシに掴みかかろうとしたアンリを、美月が止めた。その手には雄介の血が付着している。泣きたくなった。美月が雄介を殺したのは、どう見たって自分達のためだ。現世ではまだ小学生のこの子に、殺人まで犯させてしまった。本当にこいつらは何も感じないのか。おかしいとは思わないのか。あるいは――誰かがそれを正さない限り、永遠に続くというのか、こんな愚行が。

「……ナナシさん。あなた、ゲーム開始前に……僕が皆さんに話していたこと、聞いていたんですよね。だったら、僕が皆さんに何を交渉したいのか、もうわかっているはずです」

アンリの手を押さえる美月の手が、微かに震えている。怒りを殺しているのは彼も同じなのだとわかった。

「僕の前世での名前は、〝エイル・ガーディガン〟。カーディガン皇国の第五皇子にして、異世界転移装置の研究開発を担っていた者です。ガーディガン皇国に僕達が隠した装置を使えば……異世界転生ではなく、転移が可能。あなた達にとっても、手が出るほど欲しい設備と技術であるはず」

美月はまっすぐナナシを見つめる。

「装置の隠し場所とパスワード、僕が知っている技術のすべてを教えます。その代わり……僕一人で、異世界〝転移〟をさせてください。僕以外の皆さんは全員解放してほしいのです」

まさか、前世では単なる研究者ではなく皇子様だったというのか。あっけにとられるアンリ。

ナナシは、愉快そうに喉の奥で笑う。

「確かに、カーディガン皇国には優れた科学技術がいくつも眠っていましたし……あなたが我々の味方となってくれること自体が心強い。その提案、受けて差し上げたいのはやまやまなんですがね。上からは、少なくともアンリさんは絶対に選べと強く言われておりましてねえ……」

アンリの方に首を向けるナナシ。

「高校生という若さ、仲間を全員生かしてみせたスキル、とっさの判断力に他者の成長を促す素質。実に素晴らしい。我々が求める勇者像にこれほどぴったりな人間はいない。……あなたが美月さんと一緒に来てくださるのなら他の三人は解放して差し上げてもいいのですがね」

ああ、最初からこのつもりだったのだろう。アンリは、拳を握りしめる。そんなあ、と摩子が泣きながら言うのが聞こえた。

「こんなにいっぱい頑張ったのに……まだ、アンリくんも美月くんも戦わないといけないの？　また、あたし、なんも……なんもできてないのに」

ああ、とアンリは目を閉じた。不思議なことに、摩子のその言葉で決心がついてしまったのだ。最初は、生き残るために誰かを殺すこともやむなしとしていた彼女。その彼女が成長して、ここまで誰かの役に立ちたいと必死に考えるようになった。最後の最後、ファインプレーで自分達を勝利に導いた。もしそれが――それも自分の功績としていいのなら。そんな自分にしかできないことが、この先にあるのではないか。

「……俺と美月くんは、死ぬわけじゃない」

アンリは摩子を振り返った。そして舵を、楓を見て笑ってみせる。

「皆さん。……本当に、ありがとうございました。俺、今度は……別の世界で美月くんを助けます。助けて、俺にしかできないことをして……必ずもう一度、この世界に戻ってきます」

約束は、力。言葉にすれば魔法になるのだと、昔誰かがそんなことを口にしていた。自分も、今はそう信じて見たい。自分が行くことで、異世界とやらの愚かな戦争に終止符を打てるかもしれないなら。そして、テンセイゲーム運営委員会とやらがこんな恐ろしいゲームをすることを阻止できるというのなら。

「……くそ。お前ら、俺みたいな見掛け倒しの奴よりよっぽど肝が据わってるぜ。本当に、恩に着る」

「ええ。私からも一応、感謝は伝えておくわ。……まだまだあなた達とは遊び足りないもの。戻ってきてくれなくっちゃつまんないわよ？」

舵が困ったように、楓が相変わらず愉快そうに笑う。短い間の、友達とは呼べないまでも、確かに仲間だった自分達。

もう一度再会できる保証なんてどこにもないけれど、でも、今は。

「ええ。……また」

ナナシが手を振ると、壁の一部が開き、白い扉が出現した。扉が開いていくのを見ながら、アンリは美月の手を握る。

怖くないと言えば、嘘になる。でも、自分もまたようやく、己の成すべきことを見つけた気がするのだ。

——必ず救ってみせる。異世界じゃない……俺自身の、セカイを。

どんな場所にだって、きっと夜明けは来るのだから。

あとがき

まずはこの本を手に取って下さった皆様に、心からお礼申し上げます。

そして担当編集のO様、カバーイラストを担当してくださった一条様、その他この本の出版に関わってくださったすべての方にお礼申し上げます。

この本を出す契機となった『エブリスタ小説大賞2023 竹書房×エイベックスピクチャーズ コラボコンテスト』は、何年も私が挑戦し続けてきた公募でした。受賞を知った時は、本当にエブリスタ様、ならびに竹書房様に頭が上がらないと思った記憶があります。同時に、少しでも良い作品作りをするよう、粉骨砕身努力せねばなるまい！　と考えました。

この作品は小説投稿SNSであるエブリスタ様にも掲載されていますが、そこから大きく加筆修正をさせて頂いております。特に、最終ゲームは完全に書き下ろしとなっております。WEB掲載版では第三ゲームの後、いざ運営と対決するぞ！　というところで話が終わっておりました。残りのページ数、ほとんど名前しか出てこなかった輝チームの掘り下げ、すっきりと解決させるためにはどうすればいいのか——を考えた末、姫と騎士のゲームというものが採用されたのです。

というのも、本当はWEB掲載段階で最終ゲームまでがっつりやって終わらせたかったところ、思いがけず長くなってしまい、最終ゲームまで入れようとするとコンテストの規定文字数に収まらなくなりそうでやむなく断念した、なんていう経緯があったりなかったり。そんなことになってしまうのもひとえに、私が毎度毎度一切プロットを書かずに物語を書き始めてしまう性分だからというのもあります。本当に反省しきりです。

今回この作品のテーマとさせていただいたことの一つが、いかに『魅力あるキャラクターを描けるか』ということでした。子供の頃から少年漫画が大好きで、HUNTER×HUNTERや遊戯王を読んで育った人間としては、ぜひ「少年ジャンプ的な王道の熱血漢を主役にしたい」という気持ちがあったのです。

しかし、ホラー作品においてあまりにもメンタル強すぎる主人公ってどうなんだろう？　親近感なくて共感を得られないのでは？　という危惧もあったのは確かでした。悩んだ末に出来上がったのが、完璧ではないけれど「仲間を全力で生き残らせる」「信念を貫く」ことはけしてブレない主人公・雪風アンリだったのです。弱さを持っているからこそ成長する余地があるキャラクターは、実質ヒロインのポジションである摩子さんに全振りさせていただきました。最終ゲームで、彼女の成長を少しでも示せていれば幸いです。

異世界転生×デスゲーム、というある意味かなりチャレンジした作品でした。その分、私としては書きたいことを目いっぱい描くことができたのではないかと思います。

改めまして、読んでくださった皆様、支えてくださった関係者の皆様、本当にありがとうございました。またお目にかかる機会がありましたら、その時はなにとぞ。

二〇二四年十二月　　はじめアキラ

テンセイゲーム

2025年3月8日　初版第一刷発行

著者……はじめアキラ
装幀……坂野公一（welle design）

発行所……株式会社　竹書房
〒102-0075　東京都千代田区三番町8-1　三番町東急ビル6F
email: info@takeshobo.co.jp
https://www.takeshobo.co.jp
印刷・製本……中央精版印刷株式会社